COLLECTION SÉRIE NOIRE
Créée par Marcel Duhamel

Parutions du mois

2438. LE PROGRAMME E. D. D. I.
(SERGE PREUSS)

2439. LES EFFARÉS
(HERVÉ LE CORRE)

2440. RÊVES PÈLERINS
(RAY RING)

2441. PHALANGE ARMÉE
(CARLO LUCARELLI)

2442. LES TREIZE MORTS D'ALBERT AYLER
(COLLECTIF)

COLLECTIF

Les treize morts d'Albert Ayler

PRÉFACE DE
MICHEL CONTAT

Cet ouvrage a été réalisé
avec la collaboration
de l'association « Jazz et Polar ».

nrf

GALLIMARD

Préface

UNE PERLE DANS LA SOUPE COSMIQUE

« You're not the only oyster in the stew. »[1]

FATS WALLER

Ce n'est pas parce qu'on s'est foutu le doigt dans l'œil qu'on devrait cesser de la ramener. Ce mot d'ordre de l'après 68 – plus on s'est trompé sur la Chine de Mao, plus on a le droit à la parole, sur tous les sujets – je pourrais me l'appliquer au sujet d'Albert Ayler. Attendez, je ne suis pas en train d'avouer que j'étais, salle Pleyel, le 13 novembre 1966, du côté des siffleurs hueurs fâchés debout pas contents. Au contraire, avec Michel Thévoz, guitariste et aujourd'hui directeur de la Collection de l'Art Brut à Lausanne, nous frémissions de joie de la tête aux pieds en écoutant cette explosion sur scène et en regardant dans la salle cette implosion de bêtise. Le saxophoniste en costume vert, son frère trompettiste en costume rose, et cette bande d'allumés profonds derrière eux défiaient magnifi-

1. Vous n'êtes pas la seule huître dans la soupe.

quement le bon goût. Ses représentants aboyaient, et nous étions ravis, parce que le bon goût pour nous avait pris depuis quelque temps une saveur de dentifrice. L'erreur, je l'ai commise dans une lettre à Paul Haines, le poète new-yorkais, l'auteur de Escalator over the Hill *et de* Darn it! *qui m'avait fait connaître Albert Ayler en m'envoyant ses trois disques de 1965 sur ESP,* Spiritual Unity, Spirits Rejoice *et* Bells. *J'employais pour qualifier les marches et les hymnes qu'Ayler avait joués ce dimanche-là le mot « sarcastique ». Pour un poète les mots ont un sens : sarcastique, en anglais comme en français, renvoie au verbe grec « sarkazein » qui signifie quelque chose comme déchirer la chair, se mordre les lèvres de rage, de mépris. Se moquer du monde, provoquer, ce que les petits-bourgeois français savent faire presque aussi bien qu'un aristocrate anglais. C'était le contresens total. Nous avions aimé cette musique, sans savoir pourquoi, spontanément, mais comme il fallait bien en penser quelque chose, nous nous étions dit qu'elle mettait en déroute l'armée américaine au Vietnam et incendiait les clochers de toutes les églises. Albert, m'a répondu Paul Haines, avec une ferme gentillesse tout à fait zen, est à l'exact opposé du sarcasme. C'était quoi l'exact opposé ? Le dictionnaire des antonymes indique : la flatterie. En jazz ce serait quelque chose comme la musique de Grover Washington Jr aujourd'hui, vous l'entendez sur la bande FM new-yorkaise en permanence. Du jazz pour se brosser les dents avant d'enfiler un pyjama de soie. Ou en préparant le spaghetti sauce FIP, entre 19h30 et 21h. Jamais vous n'entendrez Albert*

Ayler sur une radio qui est supposée vous conduire à la maison, devant la télé ou au lit pour une flatteuse gâterie. Mais ce n'est sans doute pas ce qu'avait voulu dire Paul Haines. Sinon, à l'époque, en 1966, il aurait mentionné, je ne sais pas, moi, Charles Lloyd, qui donnait de l'évangile selon John Coltrane une version raisonnable, flatteuse pour les campus, et qui ne correspondait pas à notre idée noire de l'Amérique. Le contraire du sarcasme était à chercher ailleurs, du côté de l'adoration, mot qu'un intellectuel français des années soixante ne pouvait concevoir, pas même en relation avec une femme, ou alors par cliché. Ni Dieu, ni maître. Nous n'avions pas compris qu'Albert Ayler avait pour Dieu la même adoration qu'Aloïse pour l'empereur Guillaume II. Pas l'ombre de sarcasme dans sa peinture, mais l'amour d'une éternelle fiancée qui se fie aux couleurs, aux traits vigoureux. Ayler jouait du jazz brut comme Aloïse ou Wölfli dessinaient, pour la beauté du geste. L'idée de se moquer du monde, de se moquer de l'art cultivé leur était aussi étrangère qu'une huître à une perle, ils étaient ailleurs. Nous l'avons compris grâce à Paul Haines, qui avait écrit du son d'Albert Ayler dans son texte pour Spiritual Unity *qu'il était celui d'une « perle malade », et nous nous sommes mis à jouer* Ghosts, *cet hymne qu'il aurait voulu universel, sans partager le moins du monde son amour de Dieu, mais en trouvant la vie beaucoup plus chavirée qu'avant. Cette musique était bien une perle que la grosse huître du monde avait sécrétée autour d'un grain de sable humain qui blessait sa chair. On y entendait, indiscernables, la souffrance et la joie.*

Donc, le dénommé Albert Ayler a existé, si fort même que des contrôleurs sourcilleux en ont été incommodés. D'où cette affaire qui nous occupe, des treize morts d'Albert Ayler. Une sombre affaire où s'affrontent la fiction et la réalité. Deux mots qui s'entendent comme chien et chat et dont la signification est de plus en plus brouillée, par la faute de scribouillards, certes, et ça remonte au moins à Cervantès, mais on peut mettre en cause aussi des Godard et des Baudrillard, et de petits débrouillards qui ont tellement embrouillé la bonne vieille télé de « Cinq colonnes à la Une » et des « Cinq dernières minutes » qu'on ne s'y retrouve plus, entre « Envoyé spécial » et « NYPD Blue ». Documentaire ou film ? Image juste ou juste une image ? Vérité du mensonge ou mensonge de la vérité ? Orson Welles pour commencer, le faux charnier de Timisoara pour finir ? Qui trompe qui et pourquoi ? Vous vouliez une vérité sur la mort d'Albert Ayler ? En voici treize, comme des lunes. Pour les faits, ça commence mal. Voyez le Dictionnaire du Jazz, *de Philippe Carles, André Clergeat et Jean-Louis Comolli :*

AYLER, Albert. Saxophoniste (Ténor, alto, soprano) et compositeur américain (Cleveland, Ohio, 13-7 – 1936/New York (?) – 11-1970).

Vertige de ce point d'interrogation entre parenthèses. Il a déclenché les treize histoires que vous tenez entre les mains, les autorise en quelque sorte. Que s'est-il passé entre le moment où Albert Ayler a disparu et le moment où on a retrouvé son corps ?

Le dictionnaire, l'indispensable dictionnaire évoque sa « famille de la black middle class *», son apprentissage dans la fanfare où son père joue du ténor ; il résume sa carrière, débuts avec les Lloyd Pearson Counts of Rhythm, années de service militaire passées à Paris, à Orléans, au Danemark et en Suède, le retour au pays, l'insuccès, l'indifférence, puis les premiers enregistrements à Stockholm et à Copenhague (*My Name is Albert Ayler*), ses rencontres au Jazzhus Montmartre avec Don Cherry, Cecil Taylor et Sunny Murray, le trio qu'il forme ensuite à New York avec Gary Peacock et Sunny Murray, la formation de son quintet avec son frère Don Ayler, trompettiste déraisonnable, l'enregistrement en 1967 de la musique du film* New York Eye and Ear Control *de Michael Snow, la mort, cette même année, de Coltrane, qui l'avait pris sous sa protection et qui a demandé qu'il joue à son enterrement, lui seul, et Ornette Coleman, lui seul aussi ; la rencontre avec la chanteuse et pianiste Mary Parks, les deux concerts historiques qu'il donne en juillet 1970 à la Fondation Maeght, au milieu des Giacometti, des Henry Moore, des Calder, sa reconnaissance, enfin, comme artiste par les Français les moins cons du moment. Et ce fait brut :*

« Le 25 novembre 1970, on retrouve son corps dans l'East River. Mort par noyade, dit la police. Il avait trente-quatre ans. »

« Dit la police. » Il suffit d'écrire ça, c'est comme de mettre des guillemets à l'« overdose » de Marilyn Monroe, au « tireur isolé » du rapport Warren

sur l'assassinat de Kennedy. Ou au «suicide» de Baader dans la prison de Stammheim. Les Français adorent les guillemets, ces signes de leur scepticisme, donc de leur intelligence. Je n'en connais pas un à avoir lu le rapport de la commission parlementaire allemande qui a enquêté sur la mort de Baader, Meinhoff et Raspe dans cette prison de haute sécurité. On continue donc d'un côté du Rhin à parler de suicide entre guillemets. Et de l'autre, en Allemagne, on ne trouve pas un intellectuel, un journaliste qui, ayant lu ce rapport, maintienne les guillemets à ce qui fut sans doute un suicide politique, dernier acte décidé en commun. Pour justifier des doutes, il faudrait admettre l'hypothèse d'un complot, pour raison d'État, des treize médecins légistes internationaux qui furent appelés pour l'autopsie. La mort d'un jazzman noir n'appelle pas tant de précautions. À vrai dire, à peu près tout le monde s'en foutait. L'absence d'enquête entraîne donc des questions par où la fiction peut inventer du sens – la fiction, ce n'est jamais que l'autre nom des spéculations sur le réel, quand elles ne sont pas policières. Treize versions fictives, voilà ce que vous allez lire sur cette mort. La treizième est plus documentée que les autres et se donne donc pour plus vraie, et ce qui me gêne, c'est qu'elle implique Miles Davis sur la foi d'un seul témoignage, celui de l'auteur lui-même. La vérité? Celle qui s'obtient en sondant les reins et les cœurs? Si vous vous attendiez à ce que cette préface vous la révèle, c'est que vous prenez son signataire pour Dieu, lequel, comme M. François Mauriac, n'est pas un artiste, disait Sartre. Je n'en suis pas un non plus, on l'aura noté, c'est d'ailleurs pour ça que je suis dans la position du préfacier, mais je ne suis pas très sûr qu'aucun des treize écrivains qui interprètent ici la mort d'Albert Ayler aimerait se faire traiter d'artiste, par les temps qui courent. Gagner sa vie en écrivant, en racontant des histoires, c'est déjà pas mal. Et passer le temps en lisant, c'est ce que vous voulez, n'est-ce pas ? De toute façon, il y a la mort au bout. Et si vous n'y croyez pas, écoutez la musique d'Albert Ayler, elle vous confirmera que les hommes n'ont rien trouvé de mieux que de souffler dans des trompes en une adoration perpétuelle pour chasser l'effroi du « silence éternel des espaces infinis ».

Finissons par une bonne nouvelle, pour les vivants que nous sommes, la meilleure de ce recueil : Paul Haines a retrouvé cinq morceaux inédits dans les bandes qu'il avait enregistrées d'Albert Ayler. L'idée qu'on allait pouvoir l'écouter davantage, ce saxophoniste ailé et hurleur, plutôt que d'entendre seulement parler de lui, voilà qui faisait plaisir. Les livres sur les musiciens, sur leur vie, sur leur mort, parfait, rien à dire. Et pourquoi pas treize vies bien noires de saint Albert ? Mais sa musique de chair et d'esprit, dans l'immatérialité d'un enregistrement, n'est-ce pas ce que souhaite un ange quand il flotte entre deux eaux, entre oubli et légende ? Les bandes sont sorties, en Allemagne, plus ou moins piratées, alors qu'un éditeur réputé pour son dévouement à la musique souhaitait les publier avec son superbe. « Fuck it ! »

Petite prière pour le bon usage de ces treize

morts : qu'elles fassent écouter treize fois autant de disques d'Albert Ayler qu'il y aura d'exemplaires vendus de ce volume. Et que les sous aillent à sa fille plutôt qu'à ses veuves en querelle. Le monde qui l'attend n'est pas celui qu'un père, même par mégarde, aurait souhaité à son enfant.

Michel Contat

MICHAEL GUINZBURG

Lettre aux morts

TRADUIT DE L'AMÉRICAIN
PAR DANIEL LEMOINE

Il a vécu un peu partout aux États-Unis et a travaillé comme plongeur, cuisinier, coursier, chauffeur de gangsters, garde du corps de stripteaseuses, télégraphiste, détective privé à la Nouvelle-Orléans, chauffeur de poids lourds, emballeur dans une conserverie de poissons, planteur d'arbres, marchand de fleurs, de fruits, de glaces; il a également été convoyeur de fumier, bûcheron, ramasseur de déchets toxiques. Il a même transporté une cargaison de mannequins à bord d'un mini-car. Il est aussi l'auteur d'*Envoie-moi au Ciel Scotty*, paru chez Gallimard.

J'en ai marre des morts. Plus que marre des morts. Plus que marre des éclaboussures de cervelle, des balles, des yeux exorbités, des millions d'entailles pourpres d'un million de lames brillantes... En vérité, j'en ai plus que marre de la mort. D'être un professionnel de la mort. J'en ai plus que marre de devoir me pencher sur un cadavre mutilé et de voir... quoi ? Un quartier de viande à pourrissement rapide, qui raconte une triste histoire ? Viande muette qui chante un blues silencieux, dans un silence assourdissant... Ça fait trop mal, bordel, trop mal. Comme a dit quelqu'un, un mec célèbre dont j'ai oublié le nom, qui a dit : « Toutes les morts m'affaiblissent... » Ou quelque chose comme ça. C'est ce que ressent tout bon flic digne de son insigne. Chaque fois que quelqu'un meurt pour rien, on meurt tous un peu.

Assez de philosophie de bazar. J'ai une histoire à raconter. Après tout, je suis pas encore mort. Je suis encore dans la catégorie de la viande à pourrissement lent, et douée de parole.

Je suis entré dans la police en octobre 1970.

Agent Gerard McDonough. Irlandais ordinaire, fils de flic, petit-fils de fossoyeur, débutant typique de New York, fier de porter le bleu de la police. C'était avant le long cortège de cadavres. Une procession de vingt-cinq ans... Ah, merde, c'est pas ce que je voulais raconter. Attends, je vais éteindre cette putain de saloperie de magnétophone et me servir un verre. Un double.

Bon... Deuxième prise.

J'ai traîné dans assez de salles de permanence, mangé assez de donuts rassis, bu assez de fleuves furieux de café noir amer, de quoi récurer les écuries d'Augias – et qui se sont pas privés, nom de Dieu, de m'attaquer les tripes, et de me transformer la prostate en putain de balle de golf – pour savoir que c'est pas la philosophie de bistrot qui résout les crimes, pas plus que les jacasseries sur les grandes questions, sur les mystères de la vie... Non, c'est frapper aux portes, être capable de flairer la peur, les secrets que cette viande à pourrissement rapide peut raconter... c'est le coup de chance.

J'avais besoin d'un coup de chance. Pour une affaire pas fraîche, c'en était une. Un meurtre vieux de trois jours, à Harlem. Un cadavre aussi froid que les yeux d'un nouveau-né.

Et c'était de ça que je m'occupais, le jour où le Français a débarqué dans la salle de permanence. Quelqu'un – Rodriguez, je crois – m'a indiqué au Français, lui a dit d'attendre que j'en ai fini avec un bébé et sa mère.

C'était un balèze, le Français. Un mètre quatre-vingts, cent kilos. Entre quarante-six et cinquante ans. Crâne rasé, visage pas rasé, pattes et moustaches grisonnantes. Yeux bleu vert. Manteau de cuir, blue-jean, bottes de cow-boy noires. À la main droite, une bague en argent rehaussée d'une turquoise. À la gauche, une alliance. Un ancien lutteur, pas de graisse, pas un haltérophile... Un balèze. Solide. Debout, il regardait les affiches des personnes recherchées et fumait une cigarette en attendant, poli.

Le bébé était emmitouflé, à cause de l'hiver, et on ne voyait que ses yeux, ses putains d'yeux venus du fond des âges, qui me fixaient. Il y a longtemps que je ne fais plus de guili-guili aux nouveau-nés. D'accord, après quelques mois, quand les terreurs de la naissance sont estompées, on peut peut-être jouer avec eux, mais les nouveau-nés sont tellement furibards d'être venus au monde qu'ils n'ont pas envie de faire plaisir aux adultes... Évidemment, ils sourient un peu, dupent les mères – les bébés sont pas idiots, ils savent qu'ils doivent payer leur billet, en risettes et en sourires, s'ils veulent qu'on les laisse sucer le sein ou qu'on leur change leur couche, mais c'est de la comédie. À l'intérieur, ils savent qu'ils seront, au bout du compte, de la viande à pourrissement rapide, qui aura un blues à chanter, en silence...

Les bébés, la vie, Dieu – toutes ces conneries sérieuses sur l'existence – j'avais jamais vraiment réfléchi à tout ça avant le jour où, pendant ma première année dans la police, j'ai lu ce que ce cinglé avait écrit... mais j'anticipe. Carrément.

La mère avait à peu près quatorze ans, peau marron clair, jolie, cheveux tressés en une de ces sculptures africaines de boucles et de spirales, qui ressemblent à un cornet de glace et sont très à la mode, et elle était vachement en colère, révoltée comme seuls peuvent l'être ceux qui sont complètement impuissants face au système. Elle avait accouché de son fardeau de misère dans la rue, alors que son mec, Rahim, venait de prendre un pruneau dans l'oreille et gisait, dans une mare de sang. Un décès. Une naissance. Une ambulance par famille.

— Écoute, Shaniqwa, soupirai-je, Rahim s'est fait descendre pour une histoire de territoire. C'est tout simple. C'était son destin.

— Et qu'est-ce que vous allez faire ?

— Chérie, regarde-moi. Je suis gros, j'ai quarante-cinq ans et j'en fais soixante, j'ai les pieds plats et j'ai mal au dos, je suis chauve, j'ai des pellicules, le nez qui coule et tout un tas de problèmes de santé tellement personnels que je peux pas t'en parler… Je suis plus moche qu'un chameau borgne qu'aurait des pellicules. J'aurais dû prendre ma retraite il y a cinq ans, mais pour quoi faire ? Pour devenir vigile ? Tout ça pour dire qu'un flic, c'est pas Dieu, surtout moi. Je peux pas te dire qui a buté Rahim. Pas de témoin sauf toi, le tueur portait un passe-montagne, personne parle… la routine. Si tu veux un miracle, prie. Qu'est-ce que je peux te dire d'autre ?

Pas de réponse. Seulement cette petite fille meurtrie, un bébé aux yeux froids dans les bras… un bébé qui s'appelle Rahim Junior.

Tu es dans la salle de permanence et tu manges une saloperie de donut, un donut au sucre glace, aussi dur qu'un morceau de béton, tu bois la dixième tasse de café de la journée et il est encore tôt, et tu attends le coup de téléphone inévitable, surtout ici, à Harlem, dans le « trentième dégoûtant », le trentième secteur, le trois-zéro, où le moral est encore dans le placard aux cadavres à cause des scandales qui ont éclaté il y a quelques années, quand la commission Mollen a coincé une bande de flics pourris qui vendaient de la came, touchaient des pots-de-vin et je sais pas quoi encore… Tu es assis et tu attends le coup de téléphone qui annonce un nouveau quartier de viande à pourrissement rapide, avec une histoire à raconter, tu es assis sur ton gros cul et tu attends le coup de fil qui t'invite au triste bal des sirènes, des cris et des larmes, et la nana d'un petit merdeux de dealer de quinze ans vient te demander pourquoi son mec s'est fait descendre dans une putain d'histoire de drogue, pourquoi on lui a fait exploser la tête en pleine rue, et qu'est-ce que tu peux faire, puisqu'il y a déjà trois jours qu'on a tiré la chasse ?

— Alors, qu'est-ce que vous allez faire ? demande-t-elle.

Nada, cocotte, que dalle. Le môme avait pas encore touché le trottoir que sa place dans la chaîne alimentaire était déjà prise…

Je haussai les épaules.

— Je ferai mon possible, dis-je.

— C'est-à-dire rien, répondit-elle.

— C'est-à-dire rien, reconnus-je.

Bébé au regard froid et maman au regard furieux mirent les voiles.

Rien à faire sinon soupirer encore et recevoir le client suivant.

— Qu'est-ce que je peux faire pour vous ? demandai-je au type en manteau de cuir.

— Vous avez reçu mon fax ? s'enquit-il, avec cet accent…

Qu'est-ce que c'était, ce putain d'accent ? Merde, on a mille et une variétés d'accent, ici, au Congo, mais celui-là…

— Mon fax de Paris ?

Nom de Dieu, le putain de Français. Encore un rêve impossible.

Le type était éditeur, directeur de collection, écrivain, cinéaste, journaliste. Il avait au moins cinq casquettes. Il m'avait envoyé un long fax, quelques semaines plus tôt, à propos d'un macchabée qu'on avait trouvé dans l'East River en 1970, le 25 novembre 1970. Une viande froide vieille de vingt-cinq ans. Suicide, apparemment. Mon premier cadavre.

— C'est vous qui avez trouvé Albert Ayler dans le fleuve…

— Ouais, fis-je.

Je tirai de ma mémoire cette froide journée de ma première année dans la police, et je poursuivis :

— Un noyé. Noir. Dans les trente-cinq ans, touffe blanche dans la barbe, cicatrice sur le cou. Pas d'indice de coup fourré.

Le type me dévisagea, leva les yeux au ciel.

— Détective, nous, Français, estimons beaucoup cet homme. On l'a pratiquement oublié ici, en Amérique, mais chez nous, c'est un géant du jazz. Nous préparons un livre sur sa disparition. Douze écrivains vont écrire leur version de sa mort. Ça s'appellera : « Les douze morts d'Albert Ayler »…

On s'interroge beaucoup sur sa mort. J'ai besoin d'informations... De tout ce que vous pouvez me raconter...

Qu'est-ce que je pouvais lui raconter? Est-ce que je pouvais lui raconter ce que j'avais mangé au petit déjeuner? Est-ce que je pouvais lui raconter ce que j'ai ressenti, quand le gamin juif est arrivé, à bout de souffle, au carrefour de Brooklyn où je mangeais un hot dog gratuit, et m'a dit de venir, vite, parce qu'il y avait un Noir mort (mais il n'a pas dit Noir), qu'il y avait un Noir mort dans le fleuve? Est-ce que je pouvais lui raconter que j'ai fini mon hot dog, et que j'ai fini mon soda, et puis que j'ai tranquillement gagné le fleuve, fumant une saloperie de cigarette et profitant de l'air froid et sec – le type était mort, après tout, pas vrai, alors pourquoi se presser? Est-ce que je pouvais lui raconter que j'ai trouvé un cadavre et que je ne savais pas que c'était celui d'un jazzman assez célèbre, un nommé Albert Ayler... Que j'ai sorti le corps boursouflé d'Albert Ayler de la flotte? Aussi froid qu'une putain de congère, et aussi lourd, plein d'eau, gonflé, et du même gris qu'un cadavre de requin gris, la peau gluante après un séjour de trois semaines dans la bouillabaisse toxique de l'East River. Est-ce que je pouvais lui dire que l'eau a gelé, dans la barbe d'Albert Ayler, pendant qu'on attendait l'ambulance? Est-ce que je pouvais lui dire que cette saloperie de hot dog, et aussi mon petit déjeuner, sont remontés et ont éclaboussé mes chaussures? Est-ce que je pouvais lui dire de quelle couleur étaient mes chaussettes? Que j'ai donné deux dollars et dix cents au gamin, les deux dollars pour qu'il aille pas raconter que j'avais dégueulé et les dix cents pour qu'il téléphone au poste et signale le cadavre.

— File, junior.

Je me souviens que j'ai dit ça, les yeux fixés sur le cadavre gris qui gisait au bord de l'East River.

— File, putain.

Je sais pas à quoi je pensais, ce jour-là, mais, en tout cas, bordel, j'appliquais pas les procédures policières. Je suppose que je jouais simplement le rôle du flic pourri, que je profitais de la situation, que je me disais peut-être que le mort avait sûrement quelques dollars dans la poche. Et il en avait, que j'ai défroissés et empochés. Et il y avait autre chose. Deux autres choses, en fait. Mais il n'y en avait qu'une qui était dans ses poches. L'autre était dans sa bouche et on l'a trouvée plus tard, quand le légiste a pris le relais : une anche de saxophone, en plastique, extradure. J'ai appris plus tard qu'Albert Ayler avait tellement de souffle qu'il était capable de faire tomber la mèche postiche d'un type à cinquante pas et que c'était pour ça qu'il avait besoin d'une anche extradure. Dans sa poche, il y avait un sachet en plastique, fermé avec du fil de fer, étanche, sans air à l'intérieur, le tout soigneusement fait, par un homme décidé qui prenait son suicide au sérieux. Et, dans le sachet… une lettre. Je ne sais pas pourquoi je l'ai gardée. Pourquoi fait-on ce genre de chose ? Dissimuler des preuves pourquoi ? À cause de quelques misérables dollars mouillés ? Pourquoi fait-on ce qu'on fait ? J'en sais foutre rien. J'ai fourré le sac contenant la lettre dans ma poche et je l'ai lue plus tard, je l'ai lue chez moi, et, après l'avoir lue… Je sais pas, je vous laisse juge de ce que j'aurais dû faire. Il était trop tard pour la remettre à mes chefs. C'est devenu ma responsabilité, mon putain de fardeau, ma croix, mon boulet…

Alors je vais vous lire la lettre, cette chose que j'ai depuis vingt-cinq ans, les derniers mots d'Albert Ayler avant son suicide. Ça sera à vous de juger de ce que j'aurais dû faire…

LETTRE AUX MORTS

Rien ne commence dans l'innocence. Ni les histoires d'amour, ni les transactions commerciales… même pas la vie. Demandez-vous ce qu'il y a d'innocent dans le désir ? Ce qu'il y a d'innocent dans les ronds de jambes et les sourires, la sueur et les soupirs, la douce malédiction poétique d'une étreinte enflammée, les cajoleries et les caresses, les soupirs et les larmes qui précèdent le soi-disant miracle de la vie ? Rien. Qu'est-ce qu'il y a d'innocent dans la naissance ? Rien. Quand on s'engage sur le toboggan glissant de l'utérus, on est déjà un ancien combattant. Neuf mois dans un ventre et on a déjà entendu plein de choses, tout ressenti, toute la palette de l'amour et du chagrin, le feu du désir, les cendres froides de la tristesse, le sucre de la joie… Ouais, naître, ce n'est pas du gâteau ; les fœtus devraient avoir des boules antibruit dans les oreilles et un casque : toutes les tensions et les déchirures de la chair tendre, l'élasticité, les fragiles cellules qui éclatent tandis que la mère hurle…

Sang et chaleur : souffrance, petit, souffrance – la souffrance en cadeau, la souffrance en héritage, la souffrance et le savoir, le savoir et la souffrance – le savoir est souffrance... Ouais, tu sais quand tu nais, tu sais ce qui t'attend quand tu nais et, bon Dieu, ça fait mal... Et puis un géant monstrueux, en blouse blanche, avec plein de poils dans le nez – semblables aux buissons qui entourent l'entrée de la caverne de l'enfer éternel – te donne une claque sur les fesses et ta première goulée d'air doux et rance, qui sent le cuivre et le sang, ton premier souffle c'est un gémissement, un cri de désespoir :

— Seigneur, qu'est-ce que je fais ici ? Ici, parmi les morts, les morts-vivants ? Cette race morte d'esprits errants dans l'erreur... ?

Ouais, c'est pour ça que les yeux des bébés sont sagaces, vieux, blasés. Regardez un bébé dans les yeux et je vous jure que le petit vous rendra un regard aussi glacé qu'une descente d'air canadien, mais sans le parfum frais des conifères, sans le souvenir des torrents de montagne, sans la vision d'ours bruns gras pataugeant dans les rivières automnales et dévorant une infinité de saumons tandis que les faucons tournent dans le bleu froid du ciel, en attendant des restes... Ouais, ces yeux froids vous masseront la colonne vertébrale comme des ongles glacés et gelés, comme de longues pointes acérées de glace, chasseront le soleil de votre esprit, vous accuseront de tout, de l'holocauste des Juifs jusqu'à l'holocauste de l'esclavage en Afrique, d'être le deuxième tireur lors de l'assassinat de JFK et d'être responsable du fait que sa couche est pleine de merde... Il y a des gens, des gens très sages et tournés vers les choses de l'esprit, qui croient que ces yeux semblent vieux parce qu'ils sont la conséquence de la réincarnation, de la sagesse d'une succession de vies, de la proximité de la dernière vie vécue – et peut-être, après tout, qu'ils ont raison, peut-être qu'on se souvient à la naissance, peut-être qu'on se souvient des amours et des joies de la vie précédente, des chagrins et des peines, de la sueur, des sacrifices et de l'écrasante tristesse des nombreux rôles qu'on a joués, au fil des années, dans le Plus Grand Spectacle du Monde, dans le cirque triste de dément de la comédie humaine, depuis l'âge des cavernes jusqu'aux nuits peuplées de gratte-ciel... Ou peut-être, à la naissance, qu'on regrette simplement d'avoir quitté la chaude étreinte de Dieu, qu'on regrette la longue et sinueuse route qui, par-delà les espace glacés de l'histoire personnelle, conduit au Grand au-delà... Ouais, quel que soit le point de vue, naître n'est pas du gâteau, c'est un héritage de chagrin, un legs de souffrance... Mais quand on regarde les choses en face, quand on fait fondre la graisse de l'équation, quand on affronte le regard rouge et flamboyant de ce putain de fond des choses, vraiment, vraiment, vraiment on est seulement coupable de respirer.

JE M'APPELLE ALBERT AYLER... On prononce Aïe-ler, comme aïe, comme la souffrance. Quand on trouvera cette lettre, je serai mort. Ce qu'on appelle mort. On dira que je suis mort et de bonnes gens, que j'ai eu la chance de connaître et d'aimer, qui m'ont connu et aimé tandis que je franchissais péniblement, le visage trempé de larmes, la ligne de partage des eaux du temps, ces bonnes gens pleureront, mais l'immense majorité ne saura pas, et l'immense majorité s'en fichera, et c'est très bien ainsi... Mais je veux vous dire, à toi ma chère Mary Parks, à toi, Don Ayler, mon cher frère, à vous, mes tendres parents, et à tous mes frères et sœurs en Musique, je veux vous dire que je ne suis pas mort, oh, non, que je suis désormais vivant, véritablement vivant, et que, pour la première fois depuis ma naissance, mort dans un monde mort, je suis vivant... Que je suis rentré chez moi, auprès de Dieu, dans la vraie vie... Que, bien au chaud dans l'étreinte de Dieu, innocent à nouveau, loin de ce monde de souffrance glacée, de révolte enflammée et de triste putréfaction, je ne suis plus un fantôme errant dans le royaume de l'esprit incarné, que je suis auprès de celui qui, SEUL, me comprend... Écoutez le silence : je chante...

Je – moi, l'incarnation de *aïe*, de la souffrance – je suis né à Cleveland, Ohio, USA, le 13 juillet 1936, par une journée si chaude que les moqueurs refusaient de chanter, si bien que j'ai chanté à leur place, la musique dans le cœur, que j'ai chanté et gémi le blues à pleins poumons, gémi parce que je venais de quitter la chaude étreinte de Dieu... Et, pendant toute ma brève et longue vie, je n'ai fait que chercher le bref et long chemin du retour, que suivre la route sinueuse qui conduit à la paix, à l'Afrique de l'esprit, à Dieu.

J'ai eu une enfance heureuse, imprégnée de musique, dans une maison où fleurissaient l'amour des gens, l'amour de Dieu, l'amour de la musique; j'ai grandi dans la pratique du chant et du saxophone, dans le bien-être matériel – contrairement à mes frères, sœurs, oncles et tantes Noirs qui habitaient en ville, à quelques kilomètres de chez nous –, sans me briser les poings sur la cage en béton du racisme et de la pauvreté, non, j'étais à l'abri, confortablement installé dans la banlieue américaine – Doux Jésus, je jouais au golf. Mais j'ai grandi en Amerikkka et l'Amerikkka est un ghetto, un ghetto de l'esprit, où l'esprit humain vient mourir : une terre inculte de matérialisme et de spiritualisme factice, où les membres masqués du Klan lynchent un Frère le samedi soir, rentrent chez eux le dimanche matin et tabassent leur femme avant d'aller à l'église où ils chantent les louanges de qui ? De quel Dieu ? Amerikkka la maudite, où certains ont en abondance et d'autres n'ont rien, mais où tous ont une chance de mourir dans la violence... Amerikkka, Ghetto du Hurlement Intérieur, où le diable rôde pendant la nuit, une faux ensanglantée à la main, sabrant les anciens innocents, laissant dans son sillage d'infortunés cadavres tailladés dont les âmes gargouillent dans son ventre tels des yeux de poisson au vinaigre... Ah, moi... je propose le renouveau de l'innocence, le retour, lent ou rapide, à l'esprit. Coupons les bras du diable, frappons-le avec l'épée de l'amour, et puissent ses sales bras se tortiller à nos pieds et tenter de nous saisir tandis que nous passerons sur la route de la Paix, puisse sa lame ensanglantée rester immobile, dans la poussière, dans la boue de poussière et de sang, et regardez derrière vous, sœurs, quand vous serez proches de l'autre côté, regardez derrière vous, frères, tournez votre regard innocent derrière vous, et vous verrez que ces bras meurtriers flétrissent et dessèchent, que ces lames meurtrières rouillent et tombent en poussière et qu'à leur place, baignant dans la lumière, poussent des oliviers, arbres de la paix éternelle…

En compagnie de mes frères, dans les bars et chez les barbiers des carrefours, dans les voitures rapides de l'Amerikkka maudite d'Ike, j'ai appris la chaleur des femmes, peau noire, marron ou blanche, sourire blanc, bras tendres que le vin et le rire communicatif du chagrin partagé rendaient d'autant plus tendres, j'ai appris qu'on n'est un homme que lorsqu'on a souffert, affronté la perte de l'innocence, exploré l'univers brûlant de la chair et du chagrin… Pour renoncer au monde, il faut l'avoir étreint, l'avoir étreint très fort, en avoir éperdument extrait la vie, l'avoir pressé et léché, avoir bu son poison jusqu'à ce qu'il meure, jusqu'à ce qu'on meure, et on peut alors renaître, naître vraiment, en fait, grâce au tendre souffle de Dieu, et, aussi fragile qu'une fleur offrant ses pétales ouverts au ciel, lever les yeux vers l'azur et sourire…

Je choisis ce que tu appelles la mort, Mary mon amour, mais c'est en réalité la vie, une vie de l'esprit magnifié…

Oh, vous ! mes sœurs et frères fantômes qui errez encore dans le monde du stylo et du papier, du saxophone et du toucher, le monde de l'oreille et du nez et de la chair, vous tous, fantômes égarés dans les gorges venteuses d'acier et de pierre, de verre et de vacarme, dans ces rues baignées par le sang de l'histoire, où vibrent les ondes de la souffrance, oh, vous qui arpentez encore les rues d'une ville qui n'est qu'une illusion, oh, vous qui sucez la langue d'une putain qui se nomme futilité, vous, oui, vous, ce joli mort, écoutez mon chant de mort, écoutez le chant de ma nouvelle vie : je voudrais un monde sans armées… Oui, j'ai été soldat, un sac plein de pierres sur le dos, j'ai marché, j'ai franchi des montagnes, j'ai crapahuté dans la rocaille jusqu'à ce que mes doigts saignent, que mes pieds douloureux enflent, que mes poumons soient en feu, oui, j'ai marché au pas sur la musique du démon, j'ai célébré la guerre et j'ai été invité à la table de grossiers hommes de haine, j'ai joué la musique de la guerre et j'ai vu ce que la guerre a engendré – les ignominies et les difformités – j'ai vu l'Amerikkka et j'ai vu l'Europe, et j'ai compris que le blanc, le noir, le brun, le jaune et le rouge doivent vivre en paix, réunis par l'harmonie, reliés par la musique, et j'ai étudié aux pieds des maîtres qui me soufflaient à l'oreille les leçons de la vie et de la musique – Oh, Bird, toi qui connaissais le pouvoir des transformations, oh, Prez, toi qui savais que la connaissance de Dieu est dans le souffle, oh, Satchmo, toi qui avais compris qu'il suffit, pour réjouir le cœur, de se souvenir comme il est douloureux d'être Noir dans un monde blanc («montre-leur tes dents, mon frère ! »), d'apprendre à nos jeunes frères, les Blancs, nos jeunes frères terrifiés et révoltés, les Blancs, dont la peau a perdu son pigment – est-ce la malédiction de la lèpre ? – d'apprendre à nos frères qui, dans la démence du tic tac du temps, ne sont plus capables d'aimer et de rire, de leur réapprendre à rire, à aimer, à chanter les chants de la vie : Tel est le fardeau de l'homme noir. Il lui faut enseigner à son frère blanc à cesser de haïr, à renoncer à la fabrication insensée d'argent et de souffrance – de souffrance pour la souffrance – à tourner le dos à l'horreur du sang, à l'horreur de la haine, issues de la peur, de lui enseigner à rompre le cycle de mort et à retrouver la chaleur, l'hospitalité – que nous sommes tous frères et sœurs (LA COULEUR EST UNE BLAGUE), que nous sommes ici dans un seul but, je vous le dis, un seul petit but sacré : ramener notre cul auprès de Dieu, retrouver notre innocence parce qu'après tout nous sommes seulement coupables de respirer… nous, putains de fantômes ridicules qui dansons, terrifiés, dans les ombres couchées du chagrin, qui dansons sur les échos des hurlements de nos mères…

Esprits, réjouissez-vous ! Brisez vos chaînes ! Traversez les ténèbres et entrez dans la Vie de la Vérité ! Dans la lumière !

Blues de bastringue qui vient des tripes et raconte, viande morte jouant du saxophone et partageant la souffrance, frénésie hystérique d'une vie de Noir dans un monde blanc dément : réapprendre aux Blancs et aux Noirs à ressentir, à faire revivre l'héritage commun de la souffrance… Et puis, ce à quoi je croyais vraiment… sans compromis… selon mon plaisir… marchant sur les traces du géant, John Coltrane, prophète qui libérait la musique des exigences de l'oreille mercantile, de la prison de l'Amerikkka, de l'oreille populaire, fumant de l'herbe, buvant du vin sacré, savourant le miel des femmes qui, si nombreuses, perçoivent l'amour de Dieu dans la musique et ont envie de toucher cette chose, cette vibration tendre, ineffable – cette fille, en France (à l'époque de l'armée), yeux d'or, yeux de chat, seins comme les melons sucrés du désir mûr, chaleur liquide sur ses cuisses…

Retour en Amerikkka, meurtri et humilié par les pierres et les flèches d'un rejet scandaleux de la part de mes compagnons de recherches musicales, qui ne voyaient pas, qui ne sentaient pas, qui ne voulaient pas sortir de la prison blanche du swing, du bop, du blues, d'un cool qui refroidissait carrément, qui n'avaient pas envie de courir, de danser, de chanter, de jouer parmi les arcs-en-ciel des prairies du Seigneur… mais je me suis laissé emporter, esprit libéré de ses chaînes, amen, me préparant à devenir un ange, car tel était mon destin…

J'ai toujours eu une tache rouge sur le menton. Elle me gênait, elle attirait les moqueries de garçons et de filles cruels et insensibles, mais je sais à présent, alors que le temps est accompli, que mon Dieu, facétieux s'est amusé à me marquer ainsi car, lorsqu'il a accordé sa grâce à mes lèvres, il a brûlé mon menton, m'a fait comprendre, en plaçant une tache claire sur mon visage, qu'il est stupide de haïr les Blancs à la peau rose… mais, lorsque je me suis laissé pousser la barbe, les poils étaient blancs sur la tache, et ils sont à présent d'une blancheur de neige…

En Europe, on m'a compris, on a compris mon désir d'aller au-delà du connu, dans l'inconnaissable, on a senti que je n'étais pas seulement capable de raconter les histoires terrestres qu'on apprécie dans les bastringues, que je n'étais pas seulement capable de me laisser entraîner dans le sillage parsemé de fleurs des géants, mais que j'avais aussi ma personnalité, que je cherchais du neuf, c'est-à-dire de l'antique, du beau, de l'essentiel pour l'esprit. Autrefois, les géants parcouraient la terre. Ils ignoraient les langues – l'anglais, le français, l'africain, le chinois, l'indien, le mexicain ou l'italien – et ils n'avaient que la voix ! DE LA PURE ET DOUCE MUSIQUE. Par-delà la culture, par-delà le temps, par-delà les abysses de la souffrance, de l'expérience et de la confusion des langues, ils s'exprimaient par la MUSIQUE, grognaient et marmonnaient de longues rhapsodies d'arcs-en-ciel plaintifs et tendres, en calligraphies de sagesses gravées sur les parois des cavernes du temps... Autrefois, il y avait des géants, et leur musique ressemblait à celle de Trane, qui marchait à pas de géant, à celle de Rollins et de Parker, et même à celle de Miles avant que son cœur ne sombre dans un amer poison de haine et d'héroïne, qui n'est cependant jamais parvenu à détruire l'esprit qui brûlait en lui – cet esprit qui dépasse toujours l'homme, chétive enveloppe de chair, de nerfs et de souffle coupable –, à celle de Rassan Roland Kirk, de Cecil Taylor et d'Ornette Coleman, qui fragmentaient le temps et la mélodie, brisaient les barrières de la distance et de l'origine, fouillaient le passé, leurs saxos faisant le tour du monde, pénétrant les mystères du temps, qui fouillaient aussi l'avenir, se projetaient dans l'espace, dans le futur, dans les nouveaux systèmes solaires de l'amour...

Et toujours, partout, à Cleveland chez des parents tendres et bienveillants, à New York en compagnie de Mary, avec Don quand je jouais à Harlem, au Village, en Europe ou à LA, partout SON souvenir me suivait... celui de la Française qui m'a offert sa tendresse... que j'ai acceptée et au sein de laquelle je me suis déployé, si bien que nous avons partagé comme on ne peut le faire qu'avec la bénédiction de Dieu, et que mon cœur s'est empli de joie... et j'ai rêvé cette nuit-là, pendant cette nuit des années cinquante, tandis que je dégustais sa tendresse, j'ai rêvé, rêvé d'une jeune gazelle qui venait à moi et disait : «Je suis ta fille, père...», et, le lendemain, la Française avait disparu... j'ai cru que je l'avais rêvée, qu'elle était un lambeau de rêve disparaissant, comme de la fumée, dans la brume matinale du temps circulaire...

Et la nuit dernière, la dernière nuit, le rêve est revenu, le rêve de la jeune gazelle, qui avait grandi, cette fois, et qui vint à moi une lame froide et brillante à la main, qui vint à moi, sourit, m'embrassa sur les lèvres, me serra contre elle et passa la lame sur ma gorge, oui, c'est ce que fit la jeune gazelle, et je n'eus pas mal, et elle dit : «Père, ton Père t'appelle». Puis Dieu, oui, Dieu, C'était LUI, L'UNIQUE, dit : «Oui, Albert, le moment est arrivé, mon fils, viens...»

Et, l'après-midi, je marche dans une rue, une rue froide, un jour d'automne finissant, poussière de feuilles mortes dans mes narines, je traverse le carrefour de la Onzième rue et de la Septième avenue, je vais vers la Septième avenue et j'ai cette impression, vous savez, cette étrange sensation de plénitude qu'on éprouve quand on abandonne une note et qu'on la reprend, qu'on l'explore parce qu'on sent qu'il le faut, qu'on n'a pas le choix et je traverse obliquement la 7ème avenue, Louge Greenwich, arrivé au Vanguard et je tombe sur une mignonne minette, peau brun doré et cheveux brun doré, treize ans peut-être, la vraie beauté hybride de l'avenir tel que Dieu le veut, et elle pleure, devant le Vanguard, yeux brillants de larmes, et je dis :

— Qu'est-ce qu'il y a, ma douce ?

Et elle répond, avec l'accent français :

— M. Gordon dit que mon père est devenu fou et que personne ne l'a vu...

Alors je l'emmène chez moi, mais pas vraiment chez moi, où Mary risque de poser des questions (rien ne commence dans l'innocence) mais chez moi dans un hôtel, une chambre pauvre, triste et grise de Bowery, quartier pauvre, triste et gris et je lui offre du poulet, du vin et du pain de maïs dans la lumière de l'après-midi finissant, au parfum d'automne, et elle se blottit dans mes bras, brune et chaude... et la nature dicte sa loi et on fait tendrement l'amour... et ensuite, alors qu'on est allongés côte à côte dans le soir aux ombres brunes, elle me demande...

— Tu connais mon papa...

— Comment s'appelle ton papa, chérie ?

— Ma mère dit – oh, cœur qui se serre – que c'est un saxophoniste – oh, souffrance jaillie des profondeurs – et qu'il s'appelle Albert Ayler.

Terreur.

Oh, Seigneur, c'était cela, le temps s'était accompli et le rêve s'était réalisé… j'avais embrassé ma fille, savouré sa chair, ma chair… c'était ma condamnation à mort, ma condamnation à vie…

Et à ce moment, chers et tendres amis, le froid de la mort s'est posé sur mes lèvres. Je suis devenu muet, bouche paralysée, mots tournoyant dans mon esprit sans pouvoir s'en échapper. Péché, oh péché, péché, oh péché. Péché. Chagrin.

J'ai posé mes lèvres froides et mortes sur le front brun et doré, puis je suis parti, parti dans la nuit glacée de novembre, tremblant de froid, égaré, muet… inlassablement j'ai marché dans la ville de cauchemar, parmi les autres âmes mortes, les visages morts de novembre me fixant comme s'ils connaissaient mon péché… et je suis passé chez moi, chez moi où je t'ai embrassée, Mary, où les larmes qui coulaient sur mes joues tombaient ensuite sur ton visage endormi, je t'ai embrassée et je t'ai dit au revoir, à toi qui demeurais dans cette vie morte, puis j'ai pris un stylo, du papier et mon saxo, un sachet en plastique et un morceau de fil de fer, et je suis parti, je suis allé à South Ferry par le métro, j'ai pris un billet et je suis monté sur le bac… Allers et retours, passant et repassant devant la statue de Dame Liberté, incarnation du ridicule, et j'ai écrit, et j'ai voulu jouer du saxo, mais aucun son ne sortait de l'instrument, ou alors je ne les entendais pas, parce que seul DIEU, au-delà et au-dessus des eaux, peut désormais m'entendre, que mes lèvres ne sont plus de ce monde, que je ne suis plus de ce monde, que j'ai toujours été mort, viande morte errant dans le triste rêve de l'histoire… et je suis maintenant sur le pont, près du bastingage, l'anche de mon saxophone dans la bouche, le soleil se lève et j'achève cette lettre, je te demande pardon, ma fille, je vous demande pardon, Seigneur, je vous demande pardon, mes amis… je mettrai cette lettre dans le sachet, le sachet dans ma poche et, mon saxophone serré contre la poitrine, je sauterai. L'eau m'acceptera, c'est sûr, et peut-être cette offrande expiatoire convaincra-t-elle mon Dieu de m'accepter, lui aussi, oui, peut-être mon Dieu m'acceptera-t-il, je vous en supplie, Seigneur, acceptez-moi… JE VIENS JOUER VOTRE MUSIQUE… BONJOUR !

Albert Ayler,
New York, ville morte
Novembre 1970

Voilà la lettre. Après l'avoir lue, je me suis mis à la recherche de la petite Française. Il a fallu que je ratisse les bas-fonds pendant un bon bout de temps, mais j'ai fini par la trouver, quelques semaines plus tard, parmi les camés de l'East Village. Elle était belle, peau brune et yeux de chat, exactement comme dans la lettre du type, et, après des semaines de came, elle faisait des années de plus que son âge. Je ne pouvais guère la remettre aux autorités chargées de la protection des mineurs – trop de questions et un trop triste destin, me suis-je dit – alors je l'ai emmenée chez moi, désintoxiquée, et puis j'ai appelé sa famille, en France. On m'a dit, dans un anglais hésitant, que sa mère était morte – suicide –, que la gamine avait volé de l'argent à sa grand-mère et que personne n'avait eu de nouvelles depuis, et qu'elle pouvait aussi bien rester en Amérique puisqu'elle était, de toute façon, à moitié américaine…

Qu'est-ce que vous auriez fait ?

Alors, je l'ai gardée et, puisse Dieu avoir pitié de mon âme, j'ai fait la même chose que le jazzman, j'ai fait l'amour avec elle. Et je me suis occupé d'elle jusqu'à la naissance de son bébé, ce bébé débile que son père, Albert Ayler, avait engendré. Et j'ai donné mon nom à cet enfant. Et elle a dit merci, avec l'accent français, puis elle est sortie de l'hôpital en me laissant le bébé, elle est sortie et je ne l'ai jamais revue, jamais…

Je me demande où elle est, maintenant, la fille d'Albert Ayler. Où est-elle, maintenant ? Elle doit approcher de trente-huit ans, si elle est encore en vie. Je sais pas. Je sais que dalle. Je suis qu'un crétin de flic qu'a fait son possible, c'est-à-dire pas grand-chose.

Alors écoutez, M. le Français, le môme s'appelle Albert. Albert Ayler McDonough. Il a vingt-cinq ans et il aime les dessins animés. Il mange de tout. Emmenez-le en France, mais allez-y mollo sur le fromage, ça lui donne des gaz. Il aime le jazz, surtout les ballades. Les trucs rapides l'énervent et le tourneboulent. Mais passez lui de l'Albert Ayler, les morceaux tendres et mélancoliques d'Ayler, et vous verrez ses yeux briller, vous verrez son sourire. C'est un beau gamin. Dites-lui que son papa Gerard l'aime.

J'en ai marre de la vie, plus que marre des morts, des cadavres à pourrissement rapides, qui racontent de tristes histoires, en silence. Je suis plus dans la course. La femme qui s'occupe d'Albert pendant la journée, et qui fait la cuisine, elle trouvera mon corps, cette chambre minable et déglinguée où je vis depuis quarante-cinq ans. Elle trouvera un mot, près de cette bande, et elle trouvera un testament où je lègue tout à Albert et où je vous le confie. Elle vous téléphonera à votre hôtel avant d'appeler l'ambulance. Utilisez ces informations dans votre livre, ou les utilisez pas. J'en ai plus rien à foutre... Mais ceci est, mon ami, la véritable histoire d'Albert Ayler, jazzman qui voulait vivre. Salut.

Bien à vous,

Gerard McDonough,
détective très fatigué

NOTE DE L'ÉDITEUR

La femme de ménage a découvert le corps du flic, une balle dans la bête. Un cadavre à pourrissement rapide, avec une triste histoire à raconter. Et j'ai emmené l'enfant, un homme de vingt-cinq ans, en France. Après tout, sa mère est française et son père est Albert Ayler. C'est sa place. Et le flic a dit vrai... quand on passe les morceaux tendres et nostalgiques d'Ayler, les yeux du jeune Albert brillent... et il sourit... La vie continue.

Paris, juillet 1996

GILLES ANQUETIL

Le free fort

Il est journaliste et écrivain. Rédacteur en chef au *Nouvel Observateur.* Il est l'auteur de *Tout va se jouer* chez Grasset, un roman sur l'improvisation et le jazz. Il était au lycée avec Jean-Bernard Pouy.

C'était un souvenir intense et cruel. Fin juillet 1967. New York. Comment oublier l'enterrement de John Coltrane ? Il avait respecté les dernières volontés de son ami et joué pour lui dans cette église où régnait une chaleur poisseuse et étouffante. Il avait joué pour celui qu'il appelait le « visiteur », celui qui vint en paix sur cette planète et la quitta en lui ayant donné ce qu'il avait de plus beau. Ornette, autre musicien choisi par Coltrane, avait joué le premier. Ensuite, calmement, presque au ralenti, Albert avait embouché son ténor. Il se tenait près de l'orgue. Ses mains tremblaient. Son frère Don, le bassiste Richard Davis, le batteur Milford Graves l'accompagnaient. Ils attaquèrent *Truth is marching in*, cette complainte sauvage, vaguement néo-orléanaise, qu'il avait composée et que John adorait. Il savait que son ami, Là-haut, l'écoutait et qu'il fallait qu'il joue de toute son âme, qu'il sorte de son instrument les sons les plus purs, qu'il prêche une nouvelle fois la vérité, qu'il dise sa peine et qu'il en fasse un cri. Un cri d'amour. Il attaqua *Love cry*, thème qui semble remonter du fond des âges et appartenir à quelques tribus perdues dans des plaines et des vallées imaginaires. Des plaines et des vallées universelles. Albert chanta aussi. C'était un chant inconnu de tous, un chant à la fois africain, égyptien ou kurde qui ne cherchait qu'à atteindre la vérité que John lui avait léguée. Son cercueil était placé devant lui. Il reposait enfin en paix, lui qui avait ces derniers mois souffert le martyre. Mais il ne s'était jamais plaint. La dernière fois qu'il l'avait vu, il priait avec un maître hindou. John était mort et c'était lui qui jouait, dans cette église pleine à craquer de musiciens.

Ce «concert» était sacré. Il tremblait mais il ne pleurait pas. Comme si son corps était un immense vibrato humain, ce vibrato incroyable que Coltrane aimait tant. Oui, il vibrait. C'était l'adieu d'un souffleur à un autre souffleur. Poumons, langue et lèvres étaient mobilisés pour ce dernier chant. Il était épuisé mais presque heureux. La musique est la plus divine des prières.

Pourquoi ce 6 novembre 1970, alors qu'il marchait, marchait dans les rues de New York, ne pouvait-il chasser de sa tête, ce moment de communion avec Trane ? Il avait la veille quitté son appartement sans dire un mot à Mary. Il voulait disparaître. L'été indien brûlait ses derniers feux. Lui seul le savait : il s'était porté disparu. Il n'avait ni froid ni faim et il fallait qu'il marche au hasard pour parler silencieusement à sa mère. «Oh, maman, ne m'en veux pas. Je ne suis pas ton élu.» Sa mère, femme d'un garagiste baptiste de Cleveland (Ohio) lui avait dit un jour : «Cette tache blanche sur ta barbe noire, c'est un signe. Tu appartiens à Dieu.» Élu ou maudit, il ne voulait plus faire la différence. D'abord marcher, se perdre dans les rues de New York, dans cette ville absurde où plus personne ne sait qui est John Coltrane. Depuis son retour d'Europe, après les concerts bouleversants de la Fondation Maeght à Saint-Paul-de-Vence, il savait qu'il allait perdre pied. On l'avait aimé, follement aimé dans le sud de la France. Il se souvenait de ce concert improvisé, l'après-midi, dans un camping de la Colle-sur-Loup et de cet Allemand en short, assommé de bière et de soleil à qui il porta le coup fatal. Il savait que sa musique l'avait anéanti de bonheur, lui ce gros campeur que rien n'avait préparé à son chant total. Il était tétanisé, prostré, interdit. Mais changé. Il venait d'encaisser la force folle de la musique des anges et de découvrir la grandeur de l'homme qui souffle. Il était en vacances et ce chant l'avait ensorcelé. Le gros campeur ne connaissait rien au jazz. Il ne connaissait d'ailleurs rien à rien. Mais la musique de ce clochard céleste habillé d'une grande aube blanche le rendait à la simplicité d'un premier communiant. Lui qui n'avait jamais eu l'idée de prier eut soudainement envie de chanter intérieurement un cantique dont il inventait à mesure les paroles. Il était emporté par un flux furieux d'émotions mais sa tête était claire. Découvrir, retrouver l'innocence n'était pourtant pas le souci de ce campeur imbibé de bière et de soleil, mais déjà il devinait les vraies promesses de la naïveté. Il écoutait cet étrange saxophoniste en aube, qui avait atterri comme un extraterrestre dans son camping et qui jouait des morceaux qui avaient de drôles de titres *Spiritual reunion, Spirits, Universal message, Witches and Devils, Holy Holy, Ghosts, Mother, Our prayer...*, bref tout un bric-à-brac mystique qui lui paraissait ridicule mais qui le transportait, tout gros campeur qu'il était, et aussi peu préparé à recevoir le message d'un prophète du saxophone. À mesure que l'autre soufflait, il devenait, comment dire, naïf. Oui, naïf. Nativité. Il était en train de renaître par la grâce naturelle et rythmée de ce sorcier d'Amérique. Il reprenait enfin tout au début. Mais ce début il pouvait pour la première fois le choisir. Les portes une à une s'ouvraient. De petites larmes coulaient doucement sur les joues du gros campeur. «Il faut être naïf», disait souvent Ayler. Ses faux amis se moquaient alors de lui sans savoir que la vraie naïveté est une quête insensée. Albert ressassait des paroles d'amour et de paix le plus naïvement du monde. Il les hurlait dans son saxophone et sa cornemuse, mais c'était pour lui comme s'il les murmurait. Il parlait toujours d'une voix douce, d'un ton mystérieusement détaché. On le traitait de mystique alors qu'il n'était qu'un enfant qui chante. On disait qu'il torturait sa voix alors qu'il ne faisait que dire des choses simples et belles. Lui qui avait si longtemps fréquenté avec sa mère – «Oh maman, pourquoi m'as-tu élu?» – l'église sanctifiée de Cleveland connaissait les transes de la foi. Lui qui marchait, marchait dans les rues de New York, aimait la vie à en crier. Ses stridences étaient son cri. «Je joue un cri silencieux», disait-il souvent. Il errait depuis un jour et une nuit pour retrouver ce silence gorgé de musique et pour faire taire cette mère qui voulait faire de lui un saint. « Je ne suis pas un saint, maman, je suis un homme qui crie. Le cri éternel est ma musique. Je n'ai jamais eu le temps de haïr, moi qu'on a tant détesté. » Déjà jeune musicien dans un orchestre de rhythm and blues, il s'était fait jeter avec violence d'une boîte. « Dehors, dehors, quitte le club, ne joue plus ! » Il ne comprenait pas la haine des autres. Il savait que sa musique était pure. John Coltrane, Erroll Garner, Eric Dolphy l'avaient, eux, tout de suite compris. Dolphy en Suède lui avait doucement dit à l'oreille : « Joue ce que tu as à jouer. Ne laisse personne t'arrêter. » C'est terrifiant la haine, celle qui veut vous brûler les ailes et vous couper la voix. En novembre 1966, à Paris, en dernière partie de deux concerts déchirants, salle Pleyel, il s'était fait lyncher par une bonne moitié du public. Plus ils sifflaient, plus il soufflait. Pas pour les vaincre mais pour vivre. Il savait que tous les grands musiciens qu'il vénérait, de Monk à Charles Ives, de Cecil Taylor à Ornette, avaient dû affronter la haine des autres. C'est épuisant la haine. Il faut tant de force pour y résister. Mais, eux les tueurs de musique, pourquoi refusaient-ils d'entendre ce qu'il jouait ? Avaient-ils simplement tendu une oreille à sa version de *In Heart only* qu'il avait joué à Saint-Paul-de-Vence, dans les jardins de la Fondation Maeght ? À la troisième minute du morceau il y a ce cri silencieux. Cet appel. Un cri pour renaître. Un cri sans haine et sans peine. Il était, c'est vrai, fragile mais c'était sa seule force. Les autres détestaient sa liberté naïve. Ils haïssaient le free. Ils détestaient la vie.

8 novembre 1970. Albert marche toujours. Il déambulait comme s'il jouait un long, très long solo de saxophone. Stridences, accélérations, obstacles provoqués, fuite… Tout fusionnait, s'accordait. Il fallait fuir. Fuir cette ville qui s'estompait un peu plus à chacun de ses pas. Marcher pour disparaître. Non, maman, je ne suis pas ton élu. Tu m'aimes trop, maman. Il faut que je crie, mais mon cri est du silence, tu entends, du silence. Mon cri va s'éteindre. Comme celui de Coltranc. Oh non, je n'ai pas encore tout raconté. J'étouffe. Je n'ai pas encore hurlé tout mon amour. Vous riez ? Pourquoi l'amour fait-il rire les imbéciles ? Vous ne croyez pas aux esprits ? Ils parlent pourtant par ma voix. Il n'y a rien de mystérieux à cela. Les esprits sont naïfs. Ils jouent, rient et pleurent. Comme moi. Non, je n'ai pas faim, maman. Je ne suis ni élu, ni maudit. Je marche. Ma foulée est ma sagesse. Mon chant est de l'art pur. Oui, je marche le ventre vide. Je n'ai été choisi que par la musique. Par le rythme. *Truth is marching in*. Laisse-moi enfin me taire, m'enfoncer dans le silence. Les rues de New York sont mon labyrinthe. Je m'y perds, mais j'en connais la sortie. La faim alimente mon délire. Mon corps disparaît. Regarde, je marche, je marche de plus en plus vite. C'est mon dernier solo. Il ne faut pas que je m'arrête. Toutes les musiques du monde dansent dans ma tête. Beau fixe sur New York et je mets un pied devant l'autre. Mes pas sont mes notes. Je trébuche parfois mais j'avance. Ne m'en veux pas, maman. Je te quitte

mais sans t'abandonner. J'erre, je disparais et je sais où je vais. Mon chant est trop fort. Même pour moi. Ici, en Amérique, personne ne veut l'entendre. Il n'y a plus de gros campeur en short pour me sourire aux anges. Depuis mon retour, fin juillet, je n'ai pu jouer qu'une seule fois avec Leroy Jenkins. Ils ne veulent pas de ma musique. Toi non plus, la Sainte mère, la grande prêtresse. Je ne veux plus de ton église. J'y étouffe. Mon art est la transe. Délivre-moi de ta dévotion dévorante. Laisse-moi souffler. Je suis un artiste, j'ai, j'en suis sûr, l'intelligence des artistes. J'ai toujours su ce qui est juste. Je n'irai plus dans ton église. Aucune église d'ailleurs n'est assez grande pour accueillir mon chant. Bien sûr, j'ai connu la souffrance. Elle a été ma meilleure compagne. Dire qu'ils m'ont accusé de trahir la musique ! Moi qui l'ai tant aimée. Ça fait mal. Cette tache blanche sur ma barbe, ce n'est pas la marque de Dieu. En France, ils m'ont pris pour un prophète mais je ne suis qu'un souffleur de rêves. Un artiste noir américain honni dans son propre pays. Mes fulgurances m'ont peut-être tué. Bientôt il y aura un crime. Ne cherche pas l'assassin. Ce sont eux. Ils veulent tuer la musique. Sans doute vais-je mourir mais les anges ne meurent jamais. Je rêve encore d'une musique faite de toutes les musiques. Je rêve de lambeaux de musique, de scories, de rebuts, de bouts de mélodie, de reliquats de rengaine, de restes incandescents. Oui, je rêve de mettre le feu à ce bazar de rythmes. Je suis un recycleur de petits riens. Je les enfourne joyeusement dans ma machine. Pourquoi disent-ils ici que je suis le diable ? Je marche pour ne plus entendre leurs voix. Le Seigneur est bon. Il me laisse crier.

Je marche depuis cinq jours. La faim m'apprend à disparaître. Je n'ai plus peur de la haine, maman. Mais j'ai payé le prix fort. Le maximum. Maintenant je dois sentir mauvais. Je pue. Quelle importance ! Mon âme, elle, a des parfums violents, purs et doux. Je n'ai jamais triché. À la Fondation Maeght, Calder, Miro et Giacometti m'ont compris. L'homme qui marche, l'homme si frêle, si fragile, si pur, l'homme de Giacometti, c'est moi. Je suis un enfant qui marche et qui crie. Ma musique est ma berceuse et ma course. Elle révolte les autres, moi, elle me sauve. J'ai raison. Je sais que j'ai raison. Le gros campeur m'a, lui, un jour, donné raison. Je l'ai touché de plein fouet comme on atteint une cible. Je joue l'amour, mais je sème la haine. Je n'y comprends rien à la haine. Je la prends en plein visage. Pourquoi hurlaient-ils à Pleyel ? Cette question me tue. La réponse aussi. Souffler, marcher, c'est sûrement la même chose. Je marche parce qu'il faut que je leur échappe. Je suis un fugitif. Un fantôme. Mon cri les a enragés, moi qui ne voulais que chanter la paix. Je deviens faible. J'étais si fort. Je ne savais les affronter qu'en les aimant. J'étouffe dans ces rues. Où est le fleuve ? J'ai besoin de voir les friselis de l'eau sur l'East River. Maman, je n'ai plus peur. Le fleuve est là. Je suis un ange. Je vais sauter. Je vais voler. Je n'ai jamais eu peur. Ma musique ne va jamais s'envoler. Elle ne m'a pas englouti. Je vais simplement m'effacer à la surface de l'eau. Avant de disparaître, je vais crier. Tu sais, ce cri silencieux et éternel. Je ne te quitte pas, maman. Je vais ailleurs. Au pays des fulgurances, des suraigus et de la bonté. Au pays où tout le monde est naïf. J'ai été fou. J'ai été bon aussi. Que l'eau est belle ! Je ne me tue pas. Je vais sauter dans le fleuve comme on saute dans la musique. Je n'appellerai personne à l'aide. Regarde, maman, je nage.

PATRICK BARD

Mojo

Photographe professionnel depuis 1980 et membre de l'agence Editing depuis 1990. Écrivain de hasard, amoureux de jazz et de polar et membre du collectif du même nom. Président de l'Association des photographes pêcheurs à la ligne. Il a publié *Blues Mississippi Mud* avec Patrick Raynal, *Paris Chansons* avec Régine Desforges, *Aubrac* avec Jean-Bernard Pouy.

C'est une photo d'Horace Silver en noir et blanc, la pochette d'un disque Blue Note : Senior Blues.

Le musicien est assis sur un banc dans un parc et regarde le ciel gris. Il est vêtu d'un trench, c'est l'automne. L'homme ressemble à ça, silhouette bichromique assise dans Battery Park. Comme souvent à Manhattan en novembre, il fait froid et humide.

La Gustine jette une bûche dans l'âtre refroidi et se recroqueville sur sa chaise. Il pleut sans discontinuer sur la ferme des Brandes à l'abandon. Depuis la mort du père elle ne s'occupe plus guère des terres, toute livrée qu'elle est à ses fantômes.

Dix ans déjà et son corps n'a plus connu l'homme. Depuis ce 14 juillet 1960.

Au beau milieu de la campagne berrichonne, un aérodrome militaire, des baraquements, des bungalows construits à la va-vite en bordure de la nationale 20 : c'était la base américaine de Déols.

En face un parking, un relais routier : l'Escale.

C'est là qu'elle venait tous les matins depuis les

Brandes pour faire le ménage, aider un peu à faire rentrer de l'argent à la ferme.

Aussi pour voir de plus près ces boys dont on parlait tant dans les campagnes avoisinantes.

Ils rôdaient dans Châteauroux au volant de voitures grandes comme des paquebots.

Fallait les voir voguer parmi les 2 CV les jours de marché, à l'ombre de la cathédrale Saint-André. Les Cadillac, les Buick flottaient sur l'air dans un ronflement de V8 mêlé aux accents du jazz qui s'échappait par les fenêtres ouvertes. Bras tatoués et musclés posés sur le rebord des portières, torses bronzés, cheveux en brosse, champs de blé mûrs et regards de porcelaine, la Gustine ne comprenait pas grand-chose à leur langage mais son corps était au diapason.

Ses jambes nerveuses s'étaient musclées à garder les chèvres et à courir les chemins. Sauvageonne jusqu'à l'adolescence, avec ça toujours crasseuse comme une teigne, elle s'était métamorphosée à seize ans.

Sa beauté avait émergé d'une gangue de boue et de poussière sans rien perdre de sa sauvagerie.

Ça, pour affoler les garçons, elle s'y connaissait, bien que jamais elle ne pût garder plus de quelques jours ses amants trop effrayés par son côté primitif.

Il y avait de la bête en elle, de celles qu'on sacrifiait mais aussi devant lesquelles on se prosternait depuis la nuit des temps. C'était quelque chose de spécial au fond de ses yeux de phosphore.

À voler d'un homme à l'autre, elle s'était retrouvée sans promis à presque vingt-cinq ans, autant dire vieille fille, à l'époque.

Livrée à ses sens, elle vivait avec le père à l'écart du village. Aux Brandes, on les regardait plutôt de travers. Alors chaque matin, elle partait dans le monde.

Le monde se résumait à l'Escale et ses grands gaillards yankees qui la lorgnaient quand elle arrivait juchée sur son vélo. Pas farouche, elle volait par-dessus les épaules des GI's et surfait sur la vague du bop finissant.

Il y avait à la base quelques bons musiciens qui de temps en temps s'époumonaient, les soirs de permission, dans l'arrière-salle de l'Escale d'ordinaire réservée aux banquets. C'étaient des Noirs pour la plupart et le son de leurs cuivres faisait trembler les cuisses de la Gustine.

Albert est sorti de Battery Park et remonte les quais, un poing serré au fond de la poche et l'autre crispé sur l'étui de son alto. La cohorte des démons, des sorcières, des magiciens rencontrés sur les routes du blues avec Little Walter, celle des morts qu'il a mis dans le trou avec les *marching bands* dans lesquels il jouait, toutes ces créatures qui s'enveloppent dans le brouillard de Manhattan, il les tient à distance avec le souffle, l'Esprit-Saint, celui qui l'habite et qu'il répand avec fureur autour de lui – blow, man, blow – pour se protéger.

La musique guérisseuse.

L'enfant qu'il avait été craignait Dieu jusqu'à la terreur.

Père l'avait élevé dans la hantise du courroux de l'Éternel, citant à longueur de journées des versets de la Bible.

L'Apocalypse, le livre de Job étaient les plus impressionnants.

Les calamités successives s'abattaient sur l'homme de vertu à la suite d'une sorte de pari entre Dieu et Satan.

Ainsi la colère divine frappait-elle le plus fidèle des serviteurs. L'enfant pouvait presque voir le pauvre Job assis dans la cendre, rongé par la lèpre, grattant ses plaies purulentes avec un tesson de poterie.

«Est-ce pour rien que Job craint Dieu?» Job 1, 2. Glacé, il se réfugiait sous les couvertures et priait longuement. Ses nuits étaient peuplées de christs écorchés vifs, de blasphémateurs rôtissant dans la géhenne, si bien qu'au matin il percevait encore l'odeur de la chair grillée.

Les saints martyrs lui apparaissaient avec leurs corps torturés, sinistre cortège d'ombres hérissées de flèches, de lances, portant parfois leur propre tête sous le bras.

Avec son jeune frère, Albert évoquait dans le secret de leur chambre commune le séjour des morts, les plaies d'Égypte, les sorcières de Salem qui enduisaient d'une plante hallucinogène les manches à balais qu'elles introduisaient dans leur sexe.

À la maison, Dieu n'était jamais amour. On courbait l'échine pour ne pas provoquer sa colère. Père était musicien et jouait du saxophone.

Il avait enseigné la musique à ses fils et mis leur don au service du Seigneur.

Chaque dimanche, les mâles de la maisonnée, raides comme la justice dans leurs costumes amidonnés, s'en allaient vers l'église accompagner psaumes et gospels, instruments sous le bras.

« Docteur Jésus, toi qui as marché sur les eaux, protège-nous ! »

Chacun poussait sa voix au maximum tant la puissance de l'organe était l'incarnation de la Grâce.

La clameur de la foi des croyants montait du « Amen corner » et bientôt les plus dévotes des femmes, électrisées par le prêche du pasteur, tombaient en transe, les yeux révulsés et la bave aux lèvres.

Leurs jambes tétanisées battaient l'air et frappaient le plancher.

La famille était également de service aux enterrements lorsque la fanfare de l'église du quartier, à Cleveland, accompagnait les défunts jusqu'à leur dernière demeure. Albert ne pouvait détacher les yeux des morts raidis dans leurs cercueils ouverts, mains jointes sur le ventre. Sur le chemin du retour, Père ne manquait jamais de rappeler :

« Repentez-vous de vos péchés, mes enfants, car vous ne savez ni le jour ni l'heure. »

Ses péchés, il n'en connaissait pas la nature mais, toujours, il les imaginait immenses et impardonnables.

Alors s'ouvraient sous lui, dans ses pires nuits, les portes de l'Enfer et il se réveillait honteux et mouillé d'urine. Puis le Diable était venu.

C'était en 52, dans un bar. Il jouait dans un groupe avec une bande de copains rencontrés à la John Adams Highschool de Cleveland, les « Pearsons Counts of Rhythm ». La vague du rhythm and blues battait alors son plein.

Il y avait au fond de la salle pleine à craquer un tout petit bonhomme qui les avait écoutés toute la soirée avec attention. Il semblait fasciné par le son du saxo d'Albert.

Juste après le dernier set, il vint le trouver et l'embaucha sur-le-champ pour une tournée *on the road* qui devait durer tout l'été. Il s'appelait Little Walter, petit par la taille, immense par son talent d'harmoniciste de blues.

Ils prirent la route et Albert découvrit la touffeur des étés du sud profond. Le groupe s'appelait « The Jukes » et écumait les *juke-joints,* ces cabanes en planches de bords de routes où l'on consommait du poisson-chat frit et du mauvais alcool de contrebande, le Moonshine. Walter avait coutume de dire que gaffe ! il valait mieux pas faire d'éclaboussures sur ses pompes quand on pissait après en avoir bu, parce que sinon ça faisait des trous. Le Delta, c'était à perte de vue des champs de coton, les grandes demeures des Blancs, les paysages sinistrés des quartiers noirs : baraques branlantes, grappes d'enfants et vieillards endormis sous des porches de guingois, ouvriers agricoles en salopettes élimées, sourires édentés.

Le temps s'était arrêté ici pour le meilleur et souvent le pire.

Le soir, il écoutait les vieux qui racontaient les histoires de mauvais sorts, les mojos qui frappaient les uns ou les autres.

Le Vaudou était venu du Bénin avec les esclaves, s'était transformé au contact de la religion chrétienne dans les Antilles avant de gagner la Louisiane et tout le Delta. Du moins, c'est ce qu'en disaient les livres.

Les vieillards parlaient avec un regard étrange, à la fois éteint et brillant, comme sous l'effet d'une vision, leur main étreignant une pipe de maïs refroidie.

Albert savait que certains soirs on sacrifiait des coqs ou d'autres animaux pour s'en approprier les facultés magiques. Les bêtes savent voir quand l'homme est aveugle. Elles sentent venir les cyclones, les tornades et la mort. Il fallait donc se barbouiller de leur sang, répéter les gestes des ancêtres et faire naître la transe, entrer dans l'esprit animal et connaître ensuite les mots qui charment les mocassins d'eau, les alligators et les oiseaux de proie. Ces gens vivaient dans un monde incantatoire et le blues, la musique des Diables Bleus, était leur musique.

Ces démons-là, il les rencontra pour la première fois à seize ans au sortir d'un de ces *juke-joints* du fin fond de l'Arkansas où ils avaient joué quasiment toute la nuit pour un public rural ivre d'alcool de farine de grain à en devenir fou de violence.

Une rixe avait éclaté et Albert, qui avait lui-même forcé sur la bouteille, était sorti du bar en titubant, histoire de se dessaouler.

Le chant des grenouilles l'avait accueilli, montant des marais alentour.

Tandis qu'il longeait la route, des millions d'insectes nocturnes se mirent à improviser en rythme. Il passa un carrefour en se signant. *Crossroads.* On disait qu'à une intersection comme celle-là, au point de jonction de la 49 et de la Highway 61,

Robert Johnson avait vendu son âme au Diable en échange de son talent. Il se mit à fredonner un vieux blues : « Tu peux toujours enterrer mon corps au bord d'une route, mon âme maléfique trouvera toujours moyen d'embarquer dans un bus Greyhound… » et il rit tout seul dans le noir.

Un camion passa en trombe, indifférent. Décidément cette balade nocturne ne le dégrisait pas, un tempo d'enfer martelait à présent son crâne. Il trébucha dans l'herbe, bougea encore un peu, émit quelques borborygmes et s'endormit là, sous un sycomore, vaguement effrayé.

« L'homme seul est toujours en mauvaise compagnie… » fut sa dernière pensée consciente. Et il rêva.

Il avait de nouveau onze ans et jouait avec Père dans la fanfare de l'église. Il y avait un enterrement.

Tout le monde se dirigeait vers le cimetière, les femmes endeuillées sous leurs voilettes se lamentaient.

O Lord have mercy, et le cortège s'immobilisait au bord de la fosse nimbée d'un halo de clarté aux contours indistincts. Les porteurs déposèrent le cercueil et le pasteur commença son ultime bénédiction, cendre à la cendre, poussière à la poussière et l'orchestre attaqua *When I'll die, I'll live again.*

Il y eut un instant de recueillement puis la scène se modifia. Père le tenait par la main. Ils étaient tous deux près de la tombe, leurs instruments posés à terre.

« As-tu été jusqu'aux sources de la mer ? T'es-tu

promené jusqu'au fond de l'abîme ? », demanda Père en lui posant la main sur la nuque et il lui courba la tête vers le sol. Job 38, 16.

Alors il vit le fond de la fosse rempli d'une eau transparente sous laquelle reposait une sorcière. Elle était blanche et nue et se consumait dans un brasier ardent. Ses mains étreignaient un long manche à balai.

Il remarqua sa beauté et ses longs cheveux bruns qui se tordaient dans les flammes.

Soudain la pluie tomba et les gouttes à la surface de l'eau brouillèrent la vision. Il se trouva plongé dans l'obscurité totale et une musique comme il n'en avait jamais entendue auparavant résonna.

La sorcière chantait.

Il se réveilla en sursaut dans le jour naissant, grelottant sur l'herbe humide. Un troupeau de bisons galopait sous son crâne et il s'interrogea sur la nature de la chose qui était venue crever dans sa bouche.

Le Diable avait dû s'installer au fond de la première bouteille de gnôle qu'il avait vidée.

Elle sentait encore sur sa peau la brûlure de ses caresses.

La Gustine soupire, le feu se meurt.

Il était venu d'Orléans où il était en garnison. Special Services Band, fanfare militaire, quoi.

La musique qui marche au pas, ça lui avait jamais bien plu à la Gustine. Ce qu'elle en connaissait, *Rhin et Danube* exécuté en présence des Anciens Combattants devant le monument aux morts des Brandes, n'avait pas de quoi donner la fièvre. Et pourtant ce type qui, avec ses copains, destructurait ce soir-là une marche américaine à grands coups de saxophone, ça la remuait au plus profond d'elle-même. Les coups de langue donnés sur l'anche de plastique, dure, sa gorge gonflée, ses lèvres crispées sur l'instrument mettaient le feu à ses vingt-cinq ans qui en avaient vu pourtant d'autres.

Il avait un gros son qui repoussait toujours plus loin les cloisons du bar et les rires des buveurs. C'était une musique qu'elle ne comprenait pas mais qui la brûlait en dedans.

Quand elle était petite, le père avait pour elle toutes les attentions, comme pour conjurer l'absence de la mère partie un jour Dieu sait où au bras d'un inconnu.

Le soir pour l'endormir, il lui racontait la ronde du Sabbat, s'amusant à l'effrayer, se réjouissant à l'avance de la rassurer.

En buvant la musique de ce grand Noir comme possédé, elle ressentait quelque chose d'analogue, un mélange de peur et de plaisir. Quelque chose qu'elle connaissait depuis toujours.

Les jeunes du village, ceux qui restaient du moins, écoutaient Johnny Halliday, les Chaussettes Noires.

Ses amants américains, eux, étaient jazz ou rock and roll, ils écoutaient Elvis, le King de Memphis.

De toute façon, les conversations n'allaient jamais très loin. Gustine ne parlait pas anglais et rares étaient les soldats qui possédaient plus de quelques mots de français.

Son monde secret, elle le partageait avec son père. Un univers où régnaient en maîtres les farfadets, les dames blanches qui erraient la nuit sur la lande et le meneur de loups, dans les forêts profondes du côté du Poinçonnet. C'était le bestiaire fantastique du Berry et sa musique était celle des Maîtres Sonneurs qui se réunissaient une fois l'an au château de Saint-Chartier, aux portes de la Vallée Noire.

Le son plaintif des cornemuseux venus du Bourbonnais mêlé aux notes aigrelettes des vieilles convoquait tout un monde de créatures étranges qui menaient la ronde autour des Pierres Sottes, gigantesques menhirs abandonnés là par une civilisation oubliée. Idoles de la peur aux pieds desquelles on retrouvait des ossements, des couteaux de pierre dans la terre noircie de charbon et, disait-on, gorgée de sang.

Jamais le père n'avait manqué pour l'occasion de sortir l'antique Juva 4 de la grange. Ils partaient tous deux pour le grand rassemblement des Maîtres Sonneurs, ne rentrant qu'aux petites heures.

Elle jouissait de cette complicité avec le père autant que de sa solitude. Ce qu'elle avait pu adorer marcher ainsi sur les chemins à la tombée de la nuit, ramenant les chèvres à la ferme. Elle se signait aux carrefours, on y rencontre le malin, et prenait plaisir à s'effrayer des ombres trapues des têteaux, ces ormes aux membres mutilés qui hantaient le ciel au crépuscule.

Elle croyait entendre l'appel des loups, se sentait devenir sorcière et le père, à qui décidément rien ou pas grand-chose n'échappait, décida de lui enseigner ses secrets.

Alors qu'elle devenait femme, il lui avait appris à dompter les forces souterraines, à parler au vent et aux démons. Dans un livre qu'il gardait bien caché et qui avait pour titre *Grand Albert* il lui montra les sortilèges. Ceux qui guérissent, qui envoûtent les hommes, ceux qui font mourir. Elle était devenue belle et ses cheveux de goule lui tombaient sur les épaules. Elle ne se refusait pas mais ses amants la fuyaient au bout de quelques nuits, parfois même après la toute première.

Puis le jazz était entré en elle, pas à pas, au rythme des concerts improvisés de l'Escale. Elle n'était pas sûre que le père aurait compris. L'homme, soutenu par une contrebasse, attaqua un air traditionnel, une bourrée sans doute entendue dans une fête de village des environs. Son saxophone se fit cornemuse, convoquant d'obsédants fantômes venus des étangs de la Brenne. La musique rudimentaire, schématique, appelait sans répit leurs corps désincarnés.

Elle avança vers le devant de la scène pour qu'il la voit. L'homme accrocha ses yeux aux siens.

Cette nuit-là, ils firent l'amour sur la banquette arrière d'une Buick Elektra grise, dans le parking de l'Escale.

Les convois qui sillonnaient la nationale rythmaient leurs halètements frénétiques.

« Comment s'appelles ? » il avait demandé dans un français à peine compréhensible. « Augustine. »

Il avait essayé sans succès de répéter plusieurs fois son nom et puis ils n'avaient plus parlé.

Ils se fondaient l'un dans l'autre, au-delà de toute raison. Une force primitive émanait de leur union.

Tandis que d'étranges visions défilaient derrière ses paupières closes, coyotes, crotales, ours, Albert vit un puma dressé dans la lumière, la tête plongée dans l'abdomen sanglant qu'il dévorait. Il entendit chanter la sorcière et reconnut cette musique entêtante et si étrange, qui avait nourri la sienne, qui avait nourri ses peurs aussi, au long de ce rêve mille fois répété depuis des années.

Comme fou, il jouait du corps de la Gustine comme de son instrument, la démembrant, envoyant aux quatre coins de la voiture ses os désarticulés.

Ils s'endormirent brisés. À un moment, dans la nuit, elle s'éveilla. Il respirait paisiblement, blotti contre ses seins lunaires. Entre les sièges, le saxophone lançait de pâles lueurs.

Gustine observait la bourse de cuir nouée à son cou par un lacet. Un talisman. Elle en connaissait par cœur le contenu mais sa présence sur ce torse noueux l'intriguait. Se pouvait-il qu'ils se soient reconnus dans l'instant, jumeaux incestueux partageant le même univers magique.

Elle aurait voulu qu'il ne s'enfuit pas au matin. Pourtant elle savait bien que leur prochaine rencontre serait cannibale. Ils avaient si faim qu'ils se mordraient, s'entre-dévoreraient, comme des chiens jusqu'à être rassasiés mutuellement de leur chair. Morts et assouvis.

Gustine, très doucement pour ne pas l'éveiller, tendit la main vers la veste posée sur la plage arrière.

Farfouillant dans la poche intérieure elle trouva un portefeuille dont elle examina le contenu : des photos de famille, lui et ses parents, endimanchés, l'air prospère. Lui encore, enfant. Lui et son frère, semblait-il et puis une autre. Lui seul devant une maison proprette. Ce fut cette dernière qu'elle choisit de garder pour elle.

Il y avait aussi un livret militaire.

Albert, Albert Ayler né le 13 juillet 1936 à Cleveland, Ohio.

« Bon anniversaire », elle murmura dans le silence. Il remua un peu, gémissant comme s'il faisait un cauchemar. Elle le berça longuement. Elle remit le portefeuille en place et sombra tout doucement dans le sommeil. La première chose qu'elle vit à son réveil fut un geai bleu perché sur une branche. Il l'observait d'un œil curieux. Le soleil tapait déjà dur sur la carrosserie. Gustine était seule dans la voiture. Elle enfila ses vêtements froissés et traversa le parking. Son ombre allongée ondulait dans la chaleur du jour naissant.

Le patron de l'Escale l'accueillit d'un : « Bin vinguieux la Gustine, c'est-y que t'as encore passé la nuit dans une essoreuse ? T'en tenais une bonne à c'qui semble quand tu t'as retiré avec ton grand nég'. L'est venu boire son café c'matin pis l'est parti. Dame ! Ces ricains, bien qu'y soye tout noirs, a vont pas s'acoquiner longtemps avec une fille des champs comme toi, même jolie comme t'es. Cui-là fera comme les aut'que t'as eu, dame. Une nuit, pis bon vent, la paille au cul et le feu dedans… »

Il y avait des bals, partout l'on dansait et les murs de l'Escale tremblèrent sous les assauts renouvelés du jazz. Il n'était pas revenu. Elle le chercha un peu, sans trop y croire, et finit par apprendre d'un des musiciens qui parlait français que oui. Ayler était un copain venu faire une *jam-session* le temps d'une permission et il lui donna l'adresse de la base où il était cantonné, à Orléans.

Vint la pleine lune et le sang de la Gustine ne s'écoula pas. Que penserait le père d'un bâtard à demi-nègre. Au village on les disait déjà moitié sorciers. Toute complicité rompue, la chasserait-il ?

Si seulement il revenait. Elle se décida à lui écrire et ne reçut pas de réponse. Est-ce qu'il y avait seulement quelqu'un là-bas pour traduire ses lettres ?

Elle cacha comme elle put sa grossesse sous des bandes de plus en plus serrées qui comprimaient son ventre. Même le père semblait ne rien remarquer. Était-ce la naïveté des hommes qui refusent de voir ce qu'ils pressentent ? Elle souffrait le martyre, momie emmaillotée dans des linges qu'elle s'appliquait humides afin qu'ils rétrécissent en séchant. La musique d'Albert, obsédante, envahissait ce corps qu'elle punissait pour la première fois.

S'il revenait. S'il l'emmenait avec son enfant dans la grande maison de la photo là-bas aux Amériques. Se pouvait-il qu'il n'y ait pas là-bas de grands bois où courir ? Les loups, disait-on, y étaient encore nombreux, elle y serait chez elle.

Le 24 novembre 1960 en rentrant de l'Escale elle trouva le père mort, assis dans son fauteuil près de la cheminée. Il avait dû se sentir partir, les larmes avaient coulé sur ses joues encore humides. Longtemps elle le berça en lui chuchotant : « Pleure pas vieil homme, tout le monde meurt... »

Ce ne fut qu'au huitième mois qu'elle se décida à faire le voyage jusqu'à Orléans avec ses économies.

Elle fut reçue à la base de l'OTAN par un officier américain qui lui expliqua avec une politesse un peu raide que le soldat Ayler avait été renvoyé dans ses foyers.

Démobilisé début 61. Parti vers sa lointaine Amérique. Elle prit le train suivant pour Châteauroux.

Les recettes du *Grand Albert* firent merveille. Elle accoucha d'un enfant mort-né qu'elle enfouit le long d'une haie.

Alors commença le temps de la haine.

Devant le feu éteint. Gustine regarde la photo qu'elle a volée une nuit où son corps avait été incendié.

Photo jaunie, gondolée. Face à elle dans le fauteuil du père repose un baigneur en plastique aux traits négroïdes et à la peau brune.

Le rêve était souvent revenu. La sorcière brûlait sous l'eau et toujours l'attendait. Et son chant l'habitait avec insistance, lui inspirant une musique torturée. De temps à autre il jouait dans un *marching band,* pour le plaisir, mais jamais il ne pouvait approcher de la tombe. Il avait l'impression que, pris de vertige, il y serait précipité pour s'y noyer dans l'eau claire de ses cauchemars.

« As-tu été jusqu'aux sources de la mer ? T'es-tu promené jusqu'au fond de l'abîme ? Les portes de la mort te sont-elles apparues ? »

Comme en cette nuit de 14 juillet, en 1960.

Cette fois-là, de nouveau il avait craint le Dieu

terrible de son enfance, celui dont le pasteur invoquait la Sainte Colère.

Sur le tarmac de la piste chauffée à blanc les avions s'élançaient à pleine puissance et le silence du ciel était mutilé par les hurlements des réacteurs. Il avait poussé la porte du bar et trouvé la fraîcheur relative de l'ombre. Quelques cul-terreux buvaient en silence. Accoudés au comptoir, des pilotes de chasse se vantaient de leurs prouesses sexuelles. Ray-Ban en sautoir.

Il avait commandé un Coca et avait attendu en martelant sur le zinc un rythme syncopé.

Demain le 14 juillet. Jour de la fête nationale française. Chaque année, depuis qu'il était en France, ça lui faisait le même drôle d'effet. On aurait dit que tout le pays tirait des feux d'artifices en l'honneur de son anniversaire à lui. Il était plongé dans la contemplation des mouches qui se débattaient dans la chaleur, engluées au papier collant insecticide qui pendait en guirlande du plafond, quand une main s'était posée sur son épaule.

« Al, happy birthday man ! », avait gueulé Leroy. C'était un grand type dégingandé avec qui il avait joué pas mal de fois à Orléans avant qu'il ne soit transféré à la base de Déols. Il avait la peau très noire et les gestes amples et maladroits qu'il faisait avec ses bras évoquaient la silhouette d'un corbeau ivre. N'empêche que c'était un bon contrebassiste, intuitif et doué d'un solide sens de l'écoute.

Il l'avait invité à venir jusqu'à la base de Déols. La salle du bar s'était remplie peu à peu et ils avaient commencé à jouer, juste un trio basse, sax alto et batterie. Ils s'étaient déchaînés toute la nuit sur des marches militaires américaines déjantées, des morceaux traditionnels français et, dans la salle enfumée du routier, il avait levé les yeux. Elle était là. Une fille à la beauté sombre et sauvage. Il avait plongé dans son regard, attiré et terrifié à la fois.

Docilement, il s'était laissé emmener. Lorsqu'ils avaient fait l'amour, il avait eu peur. De lui, d'eux. Dans son délire il avait entendu le chant de la sorcière, il lui avait semblé la reconnaître en elle. Il s'était enfui au matin. Il avait reçu ses lettres et n'avait pas pris la peine de les faire traduire. L'impression de malaise qu'il avait eue cette nuit-là était aussi forte que celle qu'il avait éprouvée au matin du premier rêve, en Arkansas. Il avait voulu oublier sans jamais y parvenir complètement. Quelques mois après son retour aux U.S.A., il avait fait une version différente du rêve. Tout y était semblable, sauf la phrase qui ponctuait son regard vers la tombe. Cette fois-là il entendit une voix lui dire : « Par cinq brasses sous les eaux/Ton père étendu sommeille/De ses os naît le corail. » Des vers extraits de la *Tempête* de Shakespeare.

Littéralement terrifié, il avait entrepris de revenir vers l'Église. Vers ses premières certitudes, ses premières terreurs aussi.

« Cette eau qui nous sépare nous réunira. Goutte à goutte, je comble le vide pour t'atteindre. »

Chaque lune pleine, Gustine laissait s'écouler d'une fiole une goutte d'eau sur la photographie volée.

Jusqu'à la dernière.

Au fur et à mesure que son jazz devenait plus sauvage, il se teintait de mysticisme, oscillant entre l'enfer et le paradis, la malédiction et la rédemption. Après sa rencontre avec Cecil Taylor il s'orienta vers une musique plus abstraite sans cesser ses allers-retours fréquents vers le rhythm and blues ou le gospel.

Holy family, Holy Spirit succédait à *Ghosts*. Il revint en Europe, au Danemark, notamment.

On commençait à parler de lui comme d'un musicien totalement atypique, une sorte de Douanier Rousseau du free-jazz.

La spiritualité avait peu à peu éloigné le rêve jusqu'à ce jour de 1967 où il joua avec Richard Davis et Milford Graves *Truth is marching in* à l'enterrement de Coltrane, selon les dernières volontés de celui-ci.

Là, au milieu de la foule, il crut voir le visage de la sorcière parmi ceux venus rendre un dernier hommage au musicien.

Dès lors il se fit un rempart de sa ferveur religieuse. *New generation, A man like a tree, The music is the healing force of the universe* furent autant d'œuvres à travers lesquelles il structura et nourrit la force qui lui permettait de tenir à distance ses démons.

Il n'entendait plus désormais chanter la sorcière.

Ce qu'il voulait, c'était être «The healer», le souffle, et faire fusionner en lui toutes les musiques du monde.

Il se sentait aux portes d'une maturité pleine et n'aspirait plus qu'à la paix universelle.

Pourtant les critiques étaient toujours divisés à

son égard. Quand les uns s'émerveillaient de sa puissance, de la réalité charnelle de l'incroyable son issu de son instrument, les autres ne manifestaient qu'incompréhension pour la radicalité de sa musique.

Avec Don Cherry, Ornette Coleman, Bobby Few et bien d'autres, il avait inventé *The new thing.*

Ses détracteurs disaient : « Ayler, c'est la fin du jazz. »

Il entreprit un voyage en France pour donner deux concerts à la Fondation Maeght, à Saint-Paul-de-Vence, en juillet 1970. Dix ans s'étaient écoulés depuis l'étrange nuit de Déols. Le cauchemar s'était éloigné avec le temps et désormais l'Esprit, le Souffle étaient en lui. À travers les *Spirits rejoice, Universal message, Spiritual reunion,* son éloquence émouvante avait toute la force de la simplicité retrouvée, du dépouillement. Les lointains maléfices étaient tenus à distance par la nudité d'une foi nouvelle.

Albert Ayler songe à cet étrange parcours de sa vie en marchant le long de l'East River ce 24 novembre 1970. Encore un mois et ce sera Noël. Décidément, l'homme a besoin de visions pour grandir. Il se demande au fond si Dieu a créé l'homme, ou bien si c'est l'homme qui a créé Dieu pour avoir quelqu'un en qui croire.

Il s'arrête, pose son étui à terre, en sort son saxophone et contemple un moment sans crainte les eaux boueuses. Jamais il ne les a vues aussi noires.

La fiole repose, vide, sur le plancher de la maison. La Gustine frissonne. L'eau sombre et vaseuse de l'étang engloutit ses jambes nues. Elle gémit quand elle sent les premières morsures des sangsues sur sa peau, la vase glacée qui s'insinue entre ses orteils de craie. À pas menus, elle s'avance vers le marais.

Le plus dur avait été de trouver un baigneur noir. À Châteauroux, pensez un peu ! Elle a fini par le dégoter aux Nouvelles Galeries. Après, elle a attendu le moment. Dix ans que son enfant dormait près d'une garenne, le long d'une bouchure.

Alors elle est allée là-bas, a prélevé une poignée de terre mêlée de débris humains, elle a incisé le ventre de plastique du baigneur avec le rasoir du père, a jeté dedans la photo de l'homme encore humide de l'ultime goutte de la fiole, a rajouté la terre. Soigneusement, elle a recousu l'abdomen avant de lier les jambes du baigneur avec de la ficelle à rôti.

Puis aux pieds, elle a attaché une grosse pierre, toujours avec la ficelle. Elle a passé la main dans les cheveux crépus et synthétiques et elle a marmonné quelques incantations du *Grand Albert.*

Elle s'est levée, a soigneusement refermé la porte du bâtiment principal de la ferme derrière elle avant de se diriger vers l'étang.

La Gustine a extrait le nourrisson de plastique de sa robe étendue en corolle autour de sa taille, sur l'eau noire. Elle le tient un moment et, plouf, le lâche. Elle le regarde sombrer en fredonnant une vieille bourrée.

Le froid la gagne à présent.

Sans un mot la Gustine qui n'a jamais su nager se jette en avant dans l'étang glacé et coule à pic.

Le saxophone d'Albert Ayler tournoie dans l'East River en envoyant des reflets cuivrés de plus en plus faibles vers la surface. Le 25 novembre 1970 on retrouvera le corps du musicien dans la rivière.

Mort par noyade dira la police.

YVES BUIN

Free at last

Médecin psychiatre en banlieue parisienne et amateur de jazz. A publié notamment : *Thelonius Monk*, P.O.L., 1988, *Bornéo après la nuit*, Grasset, 1990, *La Terre d'Arnhem*, Plon, 1991, *Remarques d'un citoyen ordinaire*, Balland, 1992.

La conspiration a commencé quand Albert Ayler s'est mêlé de faire du jazz et le bureau de Copenhague a, dès le premier concert, signalé les commandos. Les officiels qui avaient beaucoup ramé, il faut le leur reconnaître, pour obtenir le petit marché du bon goût traditionnel, ils se sont tout de suite énervés. Aussi, l'agence s'est-elle bougée et Ruby Sandeman a été mis sur le coup. Évidemment lui et la musique ça faisait deux, mais il connaissait les langues et un peu les milieux blacks depuis la Libération quand il était môme. Les patrons le chargeaient d'une mission, il n'allait pas refuser, d'autant que ses fonds étaient en baisse et, bien sûr, sa cote. Des années qu'il se traînait sur des affaires minables comme la filière turque à Berlin qui ne menait nulle part. À la direction, on lui reprochait encore ses histoires en Algérie, à Oran, à la fin de la guerre en 61/62 et puis, surtout, son obstination au Maroc où il avait un peu trop fouiné sur le trafic du kif.

Ça le changerait d'aller voir du côté des Blacks. Le phénomène était nouveau. Ils rappliquaient en

Europe un par un pour faire leur musique. Ils étaient soi-disant empêchés aux States. À Londres, le syndicat était trop fort, ils passaient. Mais à Paris, à Bruxelles et en Suède, en premier, ils s'installaient et avaient tous des commentaires. Du jamais vu aux States. Ici, on les écoutait, on les respectait et personne ne la ramenait vraiment sur la race, ou bien c'était à l'envers. Tu étais Black, t'avais droit automatiquement à l'auréole. Donc, c'était le petit paradis. Alors vous pensez qu'ils se refilaient le tuyau. On aurait dit les immigrés avec leurs familles. Cette musique, Sandeman, il n'en avait rien à secouer – Celle-là ou une autre! mais les officiels insistaient avec le marché. Il supporterait pas longtemps les méthodes sauvages. Il y avait des règles, des conventions. On allait tout perdre.

C'était quoi, les commandos Ayler? On donna une note à Sandeman. Le chef, c'était un type né à Cleveland avant la guerre et qui avait joué dans les églises, pratiqué aussi le sale blues et qui était venu en France avec l'armée américaine sur les bases. Il avait joué un peu, suffisamment pour tourner la boule à deux ou trois fêlés qui vivotaient dans leur trou autour du jazz. Et lui, sans doute, il avait compris que s'il poussait un peu son truc et revenait, il pourrait exploiter le filon. C'était du tout cousu : j'suis Black américain donc j'suis génial et t'en aurais bien deux ou trois pour tartiner des articles. Le génie, il s'était quand même fait recaler à New York. Personne voulait de lui. Il avait repris des contacts et était tombé sur un nommé Taylor Cecil («Drôle de prénom pour un homme», avait pensé Sandeman), une espèce de barjot du piano qui avait des entrées en Europe. Alors, Ayler, il s'est retrouvé à Copenhague et s'est mis à naviguer entre le Danemark et Stockholm. Là-bas ce sont des libéraux, dans des pays où il se passe jamais rien. Des vrais asiles ! À l'époque, si vous étiez Black on vous permettait tout. L'exotisme des Nordiques, quoi !

Selon les officiels, Ayler c'était pas un demeuré et même pas un pur naïf. Ce qui n'avait pas marché à New York, pourquoi pas l'essayer ici. Au début, il n'a pas fait un tabac mais il existait un peu et il s'est mis à faire des disques pour des marques presque bidon. Côté innovation, il y est allé mollo. Question commando, il variait. Des fois, il s'entourait d'exilés comme lui, des fois rien que d'Européens qui comprenaient pas grand-chose à ce qu'il fabriquait. Mais justement c'était l'astuce, la stratégie. Il restait dans l'apparence, pas vu, pas pris et écoulait sa camelote. Quelle camelote ? Les officiels avaient joint des bandes à la note et Sandeman était bien obligé d'écouter. Dire que je dois m'farcir ça ! se répétait-il et les autres qui appuyaient lourdement : il doit y avoir un code. Donc, il décortiquait les bandes en sachant que dès que l'agence mettait son grappin sur un zèbre c'était jamais bon pour l'intéressé. Ça signifiait une totale : le bousiller physiquement ou moralement.

A priori ce qu'il entendait ne tenait pas debout. Le Ayler, il avait un drôle de son et pas beaucoup d'égards pour les mélodies. Il massacrait *Summertime, Bye, bye Black bird.* Ça, Sandeman connaissait, du temps où il était avec son Américaine. Le sentimental, faut pas gâcher. Ce qu'en faisait Ayler était imbuvable. Affirmatif qu'il avait un truc. Imagine que t'écoutes une bande trafiquée avec des superpositions, des parasites artificiels, tu essaies de trouver le message. Ben, là c'était le même topo. Le Ayler était un loufoque mais il fallait pas s'arrêter aux gogos de service toujours prêts à gober n'importe quoi. Non, il fallait être sérieux, chercher. Le pire, c'était quand il faisait sa prétendue musique et montrait le bout de son nez avec des morceaux sans queue ni tête. J'te dis pas pour le batteur et le bassiste ! Où ça nous mène tout ça ? Ils vont dans le mur et il y en a qui applaudissent. On se suicide pas en public ou alors c'est qu'on a un double jeu. Sandeman les comprenait, les officiels. Déjà que pour la musique nègre en général, ça n'avait pas été facile, mais avec des gabarits comme Ayler, c'était foutu.

L'agence avait fait parvenir à Sandeman d'autres rapports. Il venait d'y avoir à Helsinki – Helsinki, Copenhague c'est dans le même coin, c'est pareil – le Festival international de la Jeunesse Cripto coco. Il paraît qu'il y avait un autre quidam qui avait fait du bruit : un nommé Archie Shepp. En Amérique, les Blacks et Martin Luther King, c'était presque la révolution. Alors, c'est classique, les commandos infiltraient. Tout est bon pour saboter l'ordre établi. Helsinki, c'est près de Leningrad, une nuit de bateau. Il y a eu l'hypothèse : et si les Soviétiques qui interdisaient pratiquement le jazz chez eux s'étaient mis à financer, en sous-main, un jazz qui mettrait fin à cette pourriture petite-bourgeoise ? L'agence était donc dans tous ses états en mixant les Blacks et les rouges. Ça inquiétait beaucoup en haut lieu. Il fallait donc que Sandeman identifie au plus vite les projets d'Ayler. Sauf qu'ils étaient vraiment radins à l'agence, ils ne l'envoyèrent même pas à Copenhague et, durant des années, il n'eut pour travailler que le réseau des Blacks à Paris, les fiches des revues spécialisées et les bandes enregistrées par Ayler, car en plus celui-ci balançait des intros doctrinales. Voilà qu'il causait pour présenter sa musique.

Les notes tirées des revues étaient rares mais c'était délibéré et les zozos qui revenaient des States n'en pouvaient plus avec la « New Thing ». C'était quoi, ce bazar ? Ah ! Il y avait de quoi les écouter. On lui serinait à l'agence : c'est de la subversion. Les Blacks allaient se faire toute la culture blanche. Il y en avait des durs comme Cecil Taylor ou Archie Shepp qui écrivait des poèmes tracts sur Malcom X et compagnie. Ayler, lui, il faisait le zouave. C'était le père – la fanfare. Mais Sandeman en était sûr, Ayler trompait son monde. C'est évident qu'il y avait un code entre eux. Les officiels, ils débandaient pas, surtout depuis que Coltrane s'était laissé entraîner. Celui-là, Sandeman l'avait découvert avec toute la smala. Il avait pas le même genre. Avec lui les officiels avaient un peu de mal, mais maintenant c'était leur chose, comme Miles Davis, ce qui n'empêchait pas Coltrane de placer partout les autres. Il était devenu très copain avec Ayler, il l'avait même fait entrer dans la marque qui l'avait sous contrat : « Impulse », tout un programme ! Alors Ayler s'affichait avec Coltrane. C'était sa caution et il pouvait continuer son travail de sape. Une vraie taupe !

Les officiels enrageaient car, finalement, le commando avait réussi à décrocher un concert à Paris. Les gobemouches de l'avant-garde, les mectons intellectuels avaient bien préparé le terrain. C'était des bavards, pain béni pour Sandeman. C'est fou ce qu'ils racontaient comme histoires. Ça rappelait les gens qui allaient à Cuba. Ils rencontraient tous Fidel et le Che. Foutaises ! Sandeman voyait bien la manipulation, même s'il ne suivait pas à tout coup l'agence qui remettait ça sans arrêt avec les Soviétiques. C'était évident pourtant qu'il y avait l'esprit tiers monde et des agités derrière. Sandeman, les valeurs de l'Occident, il s'en foutait, mais il était payé pour les défendre. Nul doute que les Blacks voulaient tout bazarder y compris leur zizique que des Blancs avaient eu le malheur d'aimer. On trouvait des collabos tous azimuts, des qui étaient avec les iconoclastes, des qui étaient avec les conformistes parce que c'est comme ça en période extrême. C'était un vrai boxon, le jazz. Sandeman n'aurait jamais cru que tant de monde vivait sur le dos des musiciens. Il y en avait qui tenaient les places, qui décidaient. Sans le jazz on eut jamais entendu parler d'eux. On se faisait une réputation en faisant les réputations. T'en avais un, qu'est-ce qu'il a fait comme chichis quand il a disséqué en mal le jeu du batteur Sunny Murray. T'aurais vu le pédant !

Ça a commencé à trembler quand on a cru que les commandos tiraient sur tout ce qui bougeait, mais c'était une erreur de perspective de les voir comme ça, car les commandos connaissaient et étaient amourachés de la tradition. Ils détournaient, c'est tout. Il y avait une mode chez les gauchos : le détournement. Avec Ayler, ils retrouvaient leurs billes, car l'autre, le spiritual, le style Nouvelle-Orléans, le Rhythm and blues, le be-bop, il savait tout par cœur. Il s'amusait à décaler, à déconstruire – comme on disait pas encore – et reconstruire. Quelqu'un l'avait appelé Albert-le-Grand, le sorcier. Les officiels cherchaient du renfort pour leurs thèses. Heureusement pour eux qu'il y avait Miles Davis qui ne se gênait pas pour cracher sur la « New thing » et deux ou trois historiens sérieux qui écrivaient que c'était sens dessus dessous le free. Finalement, ça s'est appelé comme ça sur les étiquettes : « free-jazz » pour vendre le produit. Ça a rendu furibards ceux qui ne le pratiquaient pas et disaient : « Et nous, on est pas libres ? » Vous faites de la musique « pépère » qu'on leur répondait, bonne pour les Blancs climatisés. Bill Evans, Paul Desmond dont Sandeman n'avait jamais entendu parler, qu'est-ce qu'ils prenaient ! Il remontait les pistes, laissait traîner ses oreilles où on causait de tout ça et il se demandait où était la politique.

C'est vrai qu'il y avait la libération des Noirs et le mythe de l'Afrique. Qu'ils y aillent, on verrait s'ils tiendraient le coup avec le cancer de la misère qui galopait. Sandeman se disait qu'ils n'avaient quand même pas tout à fait tort avec leur « Black is beautiful » et que, tout compte fait, il préférait le saxophone à la mitraillette. Son premier rapport fut donc négatif. C'était des Blancs un peu ringards et opposés sur l'idéologie qui montaient tout ça en épingle et il y avait une référence que l'agence devrait surveiller de près : LeRoi Jones, le manitou théoricien culturel radical qui habitait un bled dans le New Jersey. Les Blacks en avaient marre du racisme mais ça suffisait pas à expliquer la musique. Quant aux Soviétiques, Sandeman voyait pas leur intérêt sauf à faire des salades tiers-mondistes de circonstance. Le problème des officiels restait donc entier et ça n'était pas les oignons de Sandeman, le petit commerce du jazz.

Les patrons de l'agence le convoquèrent. Il fallait qu'il active. On y verrait plus clair quand Ayler serait à Paris, car disaient les responsables, il y avait des slogans : « Change has come », « Truth is marching in », « Universal indians ». Ils voyaient une subversion monstre, la fin du monde téléguidée. Sandeman n'était pas du genre à croire que la culture annonce les choses avant qu'elles soient là. Mais il faut bien dire qu'il y avait un air du temps comme quoi ça allait changer de bases. Le foutoir communiste et révolutionnaire, Sandeman y croyait à moitié. Il imaginait pas Ayler dans le scénario. Ayler faisait de la musique bleue. Point final. Sandeman irait au concert puisqu'il avait accepté le job.

Le concert, ce fut fameux. Sandeman se souvient seulement qu'Ayler s'était sacrément fringué : une veste saumon, un pantalon vert et qu'il tapait du pied quand il scandait le rythme de la fanfare, parce qu'à la fanfare on y eut droit. Il se dit aussi qu'un type qui se donne l'air d'un dandy, ça ne pose pas de bombes. À voir. À part ça, autour de lui, des mines pincées au milieu de la claque gaucho. C'était pas la bagarre prévue. Non, seulement des consternés parmi les convaincus. Enfin, Sandeman trouva ça trop court et pas mal. Ça lui confirmait qu'à force d'écouter les bandes, il avait commencé d'aimer Albert Ayler. Ce truc, le code secret, ça n'était plus du chinois ou une farce. C'était le message d'un type pour qui la musique était toute la vie. D'ailleurs t'as déjà vu un musicien pour qui c'est pas comme ça ? Sandeman prétendait pas qu'il raffolait d'Ayler mais il lui était bien sympathique. S'il n'y avait pas eu les officiels qui revenaient sans arrêt à la charge, il aurait fermé le dossier. Ceux-là, ils commençaient à lui courir sur le haricot. Qu'est-ce qu'ils voulaient ? Ayler, c'était un public de dix mille gus à tout casser en Europe. Et aux States, j'te dis pas, il fallait fouiller pour en trouver, alors pourquoi ils se bluffaient ? Ils avaient qu'à lui foutre la paix à Ayler, les officiels.

Mais non, ils s'acharnaient. Les patrons de l'agence étaient prêts à suivre Sandeman mais il devait y avoir des officiels au bras long pour qu'on insiste comme ça. Ça sent le fric – mais dans le jazz, le fric ! ou le pouvoir se disait Sandeman, une sorte de pouvoir. Il y a des marchands d'art comme il y a des marchands de tapis. Il était pas catholique, Ayler, il devait compliquer le business mais est-ce que ça valait la peine d'en faire un plat ? D'autant que les allumés gauchos n'en finissaient pas non plus de le brandir, Ayler. On se serait cru dans les querelles de l'art nègre d'avant. Ils abondaient côté avant-garde et lutte finale. Ça agaçait Sandeman car ça ne pouvait qu'émoustiller l'agence pour laquelle il n'y avait jamais de fumée sans feu. Alors l'agence confirma l'enquête. Sandeman accepta en pensant qu'il allait enterrer le dossier tranquille.

Ça a duré des années pourtant. Comme l'avait prévu Sandeman, il s'avéra qu'Ayler n'était pas dans la politique sauf qu'il était un Black et qu'il voulait vivre, y compris de sa musique. Il était parti dans le spirituel, série fraternité universelle, série secte du Grand Amour et c'est là-dessus que gambergea Sandeman. Un autre marché aussi bizarre que celui de la politique avec pas mal de loufs qui trimbalaient le bon Dieu partout, qui avaient des colliers, des posters, qui faisaient des simagrées. C'était pas Hare-Khrishna, mais tout juste. Ces gens-là, s'ils se prennent au mot, ce sont des dangereux. Sandeman avait l'expérience, le Maroc. On a vite fait de tomber dans l'histoire prophétique, la magie. Il y en avait un d'exemplaire, c'était le Sun Ra. Quand on était sur sa piste, c'était bonjour le Nirvàna et les grands écarts cosmiques. Ils s'y mettaient tous. Tiens, prenez Coltrane, Pharaoh Sanders, plein de beau monde pour la joyeuse apocalypse. Par contre, les branchés de l'au-delà, si on les contrôle de loin, ce sont des inoffensifs. Attention que ça déborde pas car il y a toujours un grand chef derrière. Plus tard, quand Ayler est venu à la Fondation Maeght, Sandeman était convaincu, et le programme l'atteste, qu'Ayler ne cachait plus le bla-bla mystique. Il pensait, faisait dans le lyrisme sacré et prosélyte. La seule violence qu'il se permettait et exprimait, c'était au travers de son saxo avec son gros son dans l'aigu et le suraigu. Aïe ! Et encore, il était dans l'énergie et le déferlement rythmique. Spectacle, travail de scène, art. Il n'y avait pas de quoi fouetter un chat.

Les officiels persévéraient, les constipés. Ils

pariaient sur le temps, la lassitude. Un académicien jeta à Sandeman : « Vous comprenez, c'est du paroxysme répétitif sur un seul registre. Ça ne tiendra pas. » Alors, pourquoi ils se faisaient tant de mouron, les officiels ? Il y avait les intolérants, les mal-embouchés chroniques qui prenaient cette musique comme un glaviot, une insulte et ils avaient envie de les rendre. Ils lésinaient pas. Pour eux, tout ce qui était free-jazz était pathos inconsistant, invertébré, anti-tout et sûrement pas de la musique. Sandeman en chopait des vertes et des pas mûres. Dans le milieu, il y avait la haine. Les musiciens n'étaient pas des tendres non plus. « Tu vois celui-là, désignait l'un d'eux à Sandeman, il ne se retrouve même pas dans l'anatole et il fait du free. Normal, il sait pas jouer. » C'était comme la discussion sur Picasso. Évidemment, tout le monde savait dessiner comme Picasso !

Sandeman n'aurait raconté à personne sa petite passion musicale pour Albert Ayler. Ce qui l'intéressait, c'était les motivations de ceux qui en voulaient à Ayler chez qui, il y avait, pour lui, rien de suspect, rien qu'un musicien un brin illuminé. Que dire de plus ? Mais les autres ! les vitupérants ? S'il ne mettait pas dans le même sac les pour et les contre, c'était presque kif-kif. Les contre, froussards et bigleux ne pensaient qu'à leur boutique, les pour, ils emballaient la machine avec leurs articles bombes incendiaires. On se serait cru en guerre civile. C'était de la dentelle. Ayler, il n'avait pas l'intention de changer le monde, il avait un rêve, que les gens s'aiment avec de la musique. Il aurait été pasteur qu'il n'aurait pas fait autrement.

Remarquez qu'on lui disait à l'agence : Martin Luther King, il avait l'air de rien et vous avez vu tout ce foin ! Et les Black Muslims, vous croyez que c'est des rigolos ? Albert Ayler, c'est pas comparable, s'escrimait à répondre Sandeman. Mais ils y tenaient à leur soi-disant subversion. Il n'osa pas leur dire qu'il avait cru reconnaître *La Marseillaise* dans *Spiritual Rejoice*. Enquêter était un ordre.

À Maeght, Ayler aurait pu fricoter avec Miro qui, un après-midi, s'était pointé derrière Ellington qui improvisait. À Maeght, Ayler était tout simplement heureux. Il avait trouvé un public dans ce pays jugé débile et qui venait de louper sa révolution culturelle. Ça leur fait tous ça la France, la Côte d'Azur. Ils croient qu'on est pas raciste, qu'on est des Latins avec une religion à deux têtes, la bouffe et la baise. Comme ils se mettent le doigt dans l'œil, ricanait Sandeman. Nous, des exotiques tropicaux et des sourires pleins de dents ? Tu parles ! Ils vont voir, s'ils s'obstinent, si on est des civilisés ! C'est pas encore trop mafia, trop moche, alors ils voient rien mais qu'est-ce qu'on va se marrer dans quelques années ! Ce sera comme dans le Sud, à New York, Chicago, Los Angeles où Sandeman n'était jamais allé. Il savait par les lectures.

Puis ça s'est calmé. Ayler est reparti aux States mais il y en avait plein comme lui pour amuser la galerie. Sandeman allait traîner pour la forme à l'Institut d'histoire de l'art où on ne donnait que des concerts free, le vendredi. Les gens de l'Esthétique étaient les promoteurs. L'été d'avant, des fous avaient enregistré tout le monde, les free, des tonnes de disques. Là, on continuait de carburer sur la révolution. On était plus Shepp – il était manifesto – qu'Ayler. On était maos et Black Panthers. Ça faisait qu'à moitié rigoler Sandeman qui supposait qu'il y en aurait toujours un pour y croire et se faire amocher. D'ailleurs, aux States, ça dézinguait beaucoup. Une vraie hémorragie. Ils finissaient par tous les mettre en taule. On ne savait même plus leurs noms. Il y avait des anonymes dans les rues qui trinquaient. Ça valait toujours pas grand-chose la peau d'un Black, mais leurs chefs étaient partis dans les fantasmes, la mégalo et ça n'aidait pas. L'embrouille risquait de mal se terminer. Ça n'était pas son job à Sandeman, les prévisions. Lui, il avait déjà conclu : foutez la paix à Ayler.

Comme ça avait bien marché chez Maeght, on avait proposé à Ayler de revenir au début de l'année d'après. On racontait qu'il était tout joyeux. On ne savait pas s'il reviendrait avec la chanteuse Mary Maria qui rajoutait de l'atmosphère. Sandeman n'avait pas l'intention de poursuivre. Non-lieu. Affaire classée. Ça l'intriguait quand même l'excitation des officiels et la méfiance de l'agence. Comme quoi un artiste, ça pouvait paniquer. Ça n'était pas nouveau, on avait vu ça bien des fois dans le passé, mais la culture, c'était pas le point fort de Sandeman. Il subodorait, c'est tout. Les artistes étaient des compliqués, des pas comme nous, des incompris dans leur époque, reconnus toujours trop tard. Sandeman croyait pas à la malédiction. Si tu as un machin neuf à proposer, tu le proposes et il faut pas t'étonner qu'on te demande ce que tu baragouines, sans ça, ça serait pas du neuf. En plus, qu'est-ce qui prouve que tu es en avance ? C'est uniquement par rapport aux autres que ça se passe. On ne sait jamais si tu vas pas te démoder vite fait. D'abord, c'est quoi la mode ? Moi, si j'avais été musicien, je crois que j'aurais joué pour le plaisir, pensait Sandeman. C'est rare le plaisir. Ça doit être formidable, rien qu'avec les doigts, tu domestiques un instrument. Avant, il y avait rien et toi, tu fais quelque chose qui n'a jamais existé. On dit aussi que les filles sont dingues des types qui jouent du saxo et des batteurs. Ah ! c'est accessoire. Crois pas ça, ça stimule, t'es mieux. Mais Ayler avec le prêchi-prêcha amour, Dieu, est-ce que ça le concernait ? Il devait pas être indifférent. Et la dope ? Ne te demande pas des trucs comme ça, Sandeman. Il a dû y toucher. On dit que c'est culturel chez les musiciens. C'est le jazz qui veut ça, l'ambiance autour. Le jazz, il vient des bordels et de l'église. Il est entre les deux. Des fois il va d'un côté, des fois de l'autre. En résumé, on devient pas dangereux à cause de ça. Et puis, tant qu'il y a la musique ! Ce qui tue les musiciens, c'est de ne pas jouer ou de ne pas pouvoir jouer, ou de jouer pour personne. Il faut pas chercher midi à quatorze heures. Ayler, ça se voyait que ce mec-là était en transe de jouer même si ça décoiffait. Il prétendait pas tout foutre en l'air. Ce qu'il voulait, je l'ai déjà dit, c'était vivre dans la musique et d'être avec elle comme dans la vie. Des fois t'es triste, des fois tu jubiles. Des fois t'es tendre, des fois tu hurles. Des fois t'as la santé, des fois t'es malade et tu mets tout ça dans l'instrument, ta sérénade à toi, en bien, en mal. T'as pas besoin de mots. Au moins Ayler, il me fait réfléchir. C'est pas mauvais, quoi qu'en pensent les officiels.

On vérifia pas trop à l'agence quand il remit son deuxième rapport. C'était l'automne. Probable, qu'ils allaient laisser filer. Cinq ans que j'ai glandé là-dessus. J'ai failli croire à leurs conneries un moment. Des commandos partout et la manipulation coco ! Et puis, le bide. Rien tiré, un vrai régime de préretraite ! Dire que où que tu vas dans le monde l'agence a des fiches sur des qui demandent rien. La plupart du temps ça mène nulle part. Pourquoi ils ont mis les musiciens blacks, ceux du free, dans le collimateur ? Tu sais, toi ? Ils ont le doute pour tout. Dès que tu es un petit peu mariole, crac ! on te fout une enquête. S'ils avaient pu, ils auraient mis Michel-Ange, Van Gogh ou Wagner sur table d'écoute ! Mais, Ayler, qu'est-ce qu'ils avaient envie de prouver ? Que si t'es pas dans la musique pour ascenseurs t'es nécessairement contre l'ordre ? C'est vrai qu'on est pas près de l'entendre sur les commerciales, Ayler. T'as qu'à te rabattre sur les radios-confidences où des types phosphorent question musique à des heures impossibles. En plus, ils causent tellement qu'il y a plus la place pour les musiciens. À part ça, c'était le désert pour Ayler comme pour les autres jazzmen. Tu crois que ça fait combien au rendez-vous mondial ceux qui aiment vraiment ça : cinquante mille ? Et ils ont fait tout ce binz pour ça !

Donc Sandeman était bien décidé à ne pas rempiler avec Ayler. Ça suffisait. Il avait tout appris, écrit, expliqué. C'était du vent, les suppositions, les rumeurs. Ce gars-là est un innocent, un idéaliste, un musicien. Par contre, il ne laisserait pas tomber, il continuerait avec la musique d'Ayler, à l'occasion. Des fois qu'il tombe sur de nouveaux trucs. Et il a fallu qu'ils le relancent, le câble de New York. Il paraît qu'Ayler avait disparu depuis plus de quinze jours. Clandestin quelque part, on vous avait prévenu. Pourquoi vous biler ? C'est pas la première fois qu'un mec se tire de chez lui. Il a peut-être voulu être solo, faire un peu le vide. Il est peut-être avec une nana. Et si c'était la femme de son meilleur pote ? Dans ce cas-là, pas de raison qu'il s'exhibe, surtout si l'autre est un jaloux. Ou alors, une communauté religieuse comme on en rencontre des tas, un monastère dans la montagne. Il y a les éclatés partout sur le territoire en Amérique. L'agence revenait à la case départ. Les Blacks en voulaient. Des quartiers où c'étaient des vraies guérillas. Dans les prisons il y avait la pression maximum. L'Amérique, c'était une cocotte minute. On lui jurait à Sandeman que le free, c'était utilisé comme ce que faisaient les crasseux du rock avec le rock contre la guerre du Vietnam. Allez à leurs concerts et vous verrez ? Une musique de guerre contre la guerre. Ah ! on est bien partis. Sandeman souriait. Les concerts free ? Les mêmes têtes, encore les mêmes têtes Mille personnes sur Paris. Côté démesure, rien à voir avec le rock. Et vous croyez que ça mine la société ? Moi, ma main à couper qu'Ayler, il est parti se balader.

Puis la nouvelle est arrivée. Ayler était mort. Trois semaines de piscine dans l'East River. L'Agence a téléphoné à Sandeman. On avait besoin de lui pour les hypothèses. Alors, là, il n'était pas leur homme. Il y avait la science et la police pour ça. Bien que pour Kennedy, par exemple, elles avaient pas été limpides, limpides. Quand un type se fait plomber ou qu'il se flingue, ou qu'il se balance par la fenêtre, on discute pas, on a la preuve et la cause. Mais quand on sait pas, il vaut mieux pas se prononcer. Comment tu veux savoir pourquoi quelqu'un meurt quand il est pas malade ? C'est un mystère de l'existence. Des fois, ça se produit d'un coup. Tu quittes un copain, tout va bien et il se bute dans la nuit. Ça dépasse. Dans ces cas-là la tête suit pas. Pourtant, s'il ne rédigea rien de spécial, Sandeman n'arrêtait pas d'y penser. Ayler, enfin c'était pas normal. Il l'avait vu chez Maeght, son premier grand succès. *Holy Family.* Tout le monde s'aimait, Ayler aimait tout le monde. C'était pas un type à se suicider, mais je te répète : va savoir. L'East River en novembre, c'est froid et désespérant la nuit. Et lui qui ne causait que de la lumière ! Difficile de croire que la musique l'ait abandonné. Remarque, le milieu black, c'est étranger. Tu peux connaître que jusqu'à un certain point. Faut pas élucubrer qu'il y a que de la politique et que des qui sont conscients. Il y a des gangs et ça dégénère. La came, les femmes, le fric, les flingues, tout ça, c'est mélangé dans les coulisses de la vie publique et du spectacle. Il y a des fois où tu distingues plus.

Tu peux aussi imaginer que t'as la poisse un jour. New York n'est pas une ville tranquille. Il suffit que tu te promènes. T'es dans la lune, dans la musique et tu te retrouves en zone contaminée où les brutes font la loi. Tu comptes pas. Ils te font ton affaire même pour rien. T'étais là et t'avais pas à y être. Ayler, c'est peut-être du sordide comme ça. Banal! New York, quoi! Sandeman s'y résignait pas. Il se dit que ça serait mieux s'il travaillait en indépendant. Il se donnerait le temps. Il trouverait. Pour le moment Albert Ayler était mort «mystérieusement» et, à part quelques-uns, il ne voyait pas qui avait envie d'avoir le fin mot de l'histoire parce que, maintenant, ça n'intéressait plus personne.

JEAN-CLAUDE CHARLES

Le retour de Maître Misère

Né en 1949 à Port-au-Prince, Haïti. Journaliste, écrivain (récits de voyage dans *Le Monde*), et scénariste, auteur de plusieurs documentaires à la télévision et de séries à la radio. Il a publié plusieurs essais dont *Le corps noir* (P.O.L.) et *De si jolies petites plages* (Stock), plusieurs romans, notamment *Manhattan Blues* et la préface du recueil collectif *Noir des Iles* (Gallimard). Jean-Claude Charles collabore également à *Revue Noire*.

À mon ami Jacques Meunier

"The sonofabitch, he is a thief and a threat : he will take everything you have and end by leaving you nothing, not even a dream". [1]

Truman Capote, *Master Misery*.

I

C'est un grand type, noir téléphone, doté d'un gros cul, avec une petite barbe frisée et des lunettes de connard. Il prétend avoir tué Albert Ayler. De Paris, ayant lu sa lettre, je ne pouvais savoir si ce qu'il disait était vrai ou faux, j'en pensais foutre rien. Ou plutôt si. J'avais tendance à penser que, confronté à moi, l'homme se dédirait, son témoignage ne tiendrait pas la route. Pour toutes sortes de raisons, rien n'était clair dans son récit, il aurait

1. « *Ce fils de pute est un voleur, un vrai danger : il vous pique tout, vous laisse rien, même pas un rêve.* » (Toutes les traductions et les définitions de termes créoles sont de l'auteur de la nouvelle.)

pu être écrit par le rhum, un fou, un zombi, l'écriture tremblait, de vieillesse, ou sous le poids de la menterie, une seule phrase était nette : «C'est moi qui ai tué Albert Ayler.»

Venant d'un être avec lequel je pourrais compter le nombre de mots échangés dans la vie, cette affirmation apparemment calculée, précise, me surprenait. Elle pourrait être un prétexte pour me revoir. Un défi. Une invention de mythomane. N'importe, j'ai tout de suite accepté la proposition du journal, partir encore une fois en reportage à Port-au-Prince, même si j'en avais marre, chaque fois c'était moi, comme si j'étais marié avec Haïti. Depuis le temps que ce pays et moi nous sommes divorcés. Toute idée de réconciliation serait une illusion.

Je repense au documentaliste du journal avant mon voyage. Alors tout y est ? ça t'suffit ? ça ira comme ça ? ça baigne ? La vérité, c'est que presque tous les types du service crèvent de jalousie quand je vais en Haïti, enfermés dans leurs bureaux, ils ont des rêves de cocotiers qui swinguent sous les alizés, horizon sans limites, infinies plages de sable fin, mer émeraude avec des barres incroyables, regardez, et le soleil qui te dore la peau des fesses. J'ai dit oui oui, ça va. Depuis ma venue au monde, tout va.

Je suis né à Port-au-Prince, un jour d'octobre de l'année 1949. Deux mois après, papa quittait maman. Tout ça, faut-il y revenir ? Je ne l'ai pas encore écrit. Ce que peu de gens savent, c'est que plusieurs années auparavant, le couple vivait à New York, allait déjà mal. À l'époque ils partageaient un étage de ce brownstone sur Washington

Heights où vit encore ma mère. Loué par un pianiste que tout le monde se contente d'appeler Bill. Un de ces types increvables qui cachetonnent dur pour survivre, brave gars sans génie qui a traversé le siècle et prendra sa retraite quand les poules auront des dents. Bill prétend avoir connu, outre mon père, le père d'Albert Ayler, à Cleveland, dans l'Ohio. Même qu'ils auraient joué un peu ensemble.

Mon père, on l'appelle Dodo. En raison de son attachement aux dodines[1]. Sans doute est-ce le seul trait que je tiens de lui. À part ça, je le hais de toute mon âme. Bill m'assure que Dodo est un saxophoniste raté. Photographie à l'appui. Si l'appréciation de Bill est exacte, mon père a bien pu assassiner Albert Ayler, qui sait ? Dans l'avion, je pensais parfois qu'il était trop lâche pour avoir tué quelqu'un. Je suis ici pour le savoir.

II

Ma mère s'appelle Violaine. D'elle, une sainte, en tout cas pas loin, rien à déclarer, ou si peu. Sa détestation de Dodo ? Elle m'aurait cassé l'image paternelle ? Ils s'étaient connus rue de l'Enterrement, qu'on appelait aussi rue de la Révolution, à Port-au-Prince. De leur rencontre, je ne sais pas grand-chose. Elle n'a jamais voulu en parler. Elle appartient à un univers où les secrets de famille, tous les secrets, s'emportent dans les tombeaux.

1. *Dodine* : Terme créole d'Haïti désignant un rocking-chair.

«Mon fils, je n'ai rien vu, rien vécu, je ne suis même pas sûre d'avoir existé en ce bas monde.» Ce que je peux vous dire, c'est que Violaine, d'après les photos d'époque, était une belle grimelle[1] de vingt ans, montée de sa province du Plateau central d'Haïti, engagée comme petite main à l'atelier de couture de Dodo. Ils étaient jeunes, ils étaient beaux. Imaginez. Je suis né dans l'atelier, à même le sol, parmi les machines à coudre Singer et les piles de tissus. Bien des années plus tard, m'y revoilà. Aucune trace. De rien. De personne. J'ai trouvé la maison vide.

La dodine, je l'ai moi-même achetée, dans une boutique du bord de mer, un de ces lieux pour touristes où l'on trouve des jouets en bois, des objets d'artisanat plus ou moins réussis, des peintures dites naïves. Je la désirais, cette dodine. La vieille dame qui me l'a vendue n'en croyait pas ses oreilles. Se penchant vers moi. Quoi? La dodine? C'est pas à vendre. Elle souriait. M'offrait autre chose. Non merci. Un camion riquiqui en fer-blanc. Non merci. La miniature d'un jeune artiste de l'Artibonite. Non, madame. Une photocopie de la tête du général Cedras transpercée par une flèche. Ah. Combien? Pas cher. Elle éclate de rire. De fil en aiguille, nous en sommes venus à parler du coup d'État, de l'embargo, les Américains qui allaient peut-être débarquer, peut-être, disait-elle en m'interrogeant du regard, comme si j'étais dans le secret des dieux. Je ne sais pas comment je suis reparti avec la dodine. Une merveille en acajou,

1. *Grimelle* : Degré (plus ou moins valorisant) de métissage en Haïti.

ornée de représentations rituelles, diagrammes vaudou peints par une main anonyme. Je l'ai hissée sur le toit de ma 4x4 de location. J'étais heureux comme avec une femme.

Les mecs de Paris voulaient de l'action, ils allaient en avoir. J'étais résolu, si jamais ils faisaient chier, à quitter le journal. M'installer à vie dans cette dodine, rue de l'Enterrement, c'est un projet comme un autre, une grande ambition d'écrivain. Je suis passé à la poste afin de récupérer mon courrier s'il y en avait, rien. J'ai coupé par le désert de l'Institut français. J'ai roulé toutes vitres baissées dans l'air poussiéreux et brûlant, jusqu'à la Grand-rue, à petite vitesse, esquivant de justesse un brouettier devant l'immeuble de l'agence où j'écris mes articles. Je me suis garé non sans difficulté à côté d'une échoppe de produits de contrebande. J'ai grimpé l'escalier quatre à quatre, poussé la porte du bureau, je me suis installé devant le télex et sans prendre souffle j'ai adressé à qui de droit ce message : «Salut mon gars. Pour toi une dodine, ça n'est jamais qu'une sauce au jus de volaille, dinde, poulet, pia-pia, kot-kot. Voilà deux semaines et demie que je suis dans mon rocking-chair sur la véranda, occupé à me balancer doucement en sirotant du gin glacé…» J'ai poursuivi par quelques considérations sur les délices du farniente. Et m'étant ainsi amusé, j'ai mis en route le téléscripteur et commencé à rédiger mon papier. Où apparaissait une nouvelle journée d'été dans l'attente, les militaires règnent encore, tout porte à croire qu'ils ne bougeront pas, ils sont insensibles aux maux de leur peuple, l'embargo fait des ravages, aggravation de la malnutrition chronique, répercussions catastrophiques des privations alimentaires sur la croissance et le développement des enfants, paupérisation des classes moyennes, détérioration des conditions d'hygiène et de la santé publique, bravo la communauté internationale. J'ai arrangé l'ensemble à l'aide de deux ou trois petites choses humaines prises sur le vif et j'ai envoyé la douleur.

Rentré à la maison, j'inaugure ma nouvelle dodine par la relecture de Truman Capote, copyright 1949, l'année de ma naissance, l'histoire de *Master Misery*, Maître Misère, collectionneur de rêves : «*All mothers tell their kids about him : he lives in hollows of trees, he comes down chimneys late at night, he lurks in graveyards and you can hear his step in the attic.*»[1]

III

Une pièce de cinquante francs en argent frappée en 1975, année de mon installation à Paris, m'aide à retrouver la scène. C'est un jour d'été. Un jeune homme est assis dans le bureau d'un agent immobilier. Il a vingt-cinq ans, il est grand, noir, coiffé afro, et il parle français. L'agent immobilier est une petite brune souriante. Il ressort de leur conversa-

1. «*Toutes les mères parlent de lui aux enfants : il vit caché dans les arbres, il descend dans les cheminées tard dans la nuit, il s'embusque dans les tombeaux et vous pouvez entendre le bruit de ses pas dans les greniers.*»

tion que le jeune homme débarque des États-Unis. Il est écrivain. Il a publié un recueil de poèmes, il vient de terminer une fiction. Il cherche à se loger. « De préférence dans un quartier sympathique », précise le jeune homme, sérieux comme un pape. La petite brune continue de sourire. D'un point de vue strictement sociologique, le jeune homme n'a pas beaucoup d'atouts dans ses manches. Il ne le sait pas. La jeune femme ? Si. C'est son métier. Voilà peut-être pourquoi elle sourit. Ou sans doute parce que c'est l'été, un soleil magnifique. Ou bien par réflexe professionnel. Ou bien elle aime sourire. Toujours est-il qu'elle propose au jeune homme : « Une bonne affaire, un duplex dans le quatrième arrondissement. » Il répond : « Pourquoi pas ? » Sans bien comprendre où se trouve le quartier. « Lumière, poutres apparentes, mezzanine... » souligne la jeune femme. « Je vois », réplique le jeune homme, qui ne voit rien du tout. « D'ailleurs, on peut visiter le lieu tout de suite », ajoute-t-elle. Ah bon. Ils y vont.

L'affaire se conclut. La pièce s'échappe de ma main, rebondit, roule sur le sol en ciment. Ainsi la dodine imprimait-elle à l'enquête son mouvement même. Tout corps placé dans un fauteuil à bascule subit une oscillation d'avant en arrière proportionnelle au volume de rhum avalé.

IV

Je ne saurais pas vraiment dire combien de temps je suis resté sans bouger de la dodine. Sauf deux ou trois fois, pour aller pisser au pied du grand quenêpier[1] dans la cour. Je revenais en grognant : *Don't leave your rocking-chair guy*[2]. Allez savoir pourquoi je me parle toujours dans cette langue quand je suis bourré.

« Ne vends jamais tes rêves », me disait mon père, au téléphone. Pour moi, c'était le retour de Maître Misère. « Albert Ayler en M. Revercomb, je ne pouvais pas supporter cette métamorphose du fils », avait-il ajouté. Il s'adressait à moi sans me regarder, parfois même me tournait le dos, d'une brusque giration de la chaise roulante. Je me tenais assis dans un coin de la pièce. Le chant des cigales meublait les silences. Ou le braiment d'un âne au loin. Son récit progressait par petites touches, par couches successives d'assertions énigmatiques, vaticinations où se mêlaient sa crainte de voir la ville bombardée et son désir d'affirmer son emprise sur les événements : « Quand les hélicoptères arriveront au-dessus de Port-au-Prince, ça sera terrible… Voilà, mon fils. Je l'avais toujours prévu. Qu'il y aurait une troisième guerre mondiale. Voilà qu'elle a lieu sous nos yeux. C'est la première chose que nous partageons. Qu'en dis-tu ? Sois courageux. Il est interdit de pleurer. Battons-nous jusqu'à la dernière cartouche. Ou tirons-nous dans la tête une balle en or, à l'instar du roi Christophe. Si la vaillance t'abandonne, j'agirai pour toi. Pour ton bien. Proprement. Sans souffrance. Comme il se

1. *Quenêpier* : Arbre fruitier d'Haïti.
2. *Bouge pas de ta dodine mec.*

doit. Je t'interdis de te rendre. Je n'aime pas les fils qui se rendent. »

Je me suis réveillé en nage. La nuit était tombée depuis fort longtemps. Je me suis levé. J'ai ramassé la pièce en argent, le petit texte de Truman Capote, et deux autres qui traînaient sous la dodine, *Les Comédiens* de Graham Greene et l'autobiographie de Chester Himes. Ces trois écrivains m'accompagnaient depuis mon retour sur l'île, comme s'il y avait, en un point précis de la rencontre entre leurs mondes d'encre et de papier, la clé de l'énigme qui me taraudait : « C'est moi qui ai tué Albert Ayler. »

L'avantage des coupures d'électricité à Port-au-Prince, c'est qu'il n'y a rien à éteindre lorsqu'on s'apprête, regardez, aussi tard dans la nuit, à regagner sa couche, au fond de la maison, titubant, puis porté par un bourdonnement d'insectes, ayant esquivé au passage tous les objets dispersés dans les chambres depuis mon arrivée, la lampe tempête, les seaux d'eau, les cuvettes, la valise, l'ordinateur portable, la grande boîte de bougies, le réchaud à gaz, la radio à piles, le cageot des provisions de bouche, la planche sur tréteaux, la cage aux oiseaux vide, dans ce désordre provisoire, avançant tel un aveugle averti des moindres pièges, renouvelant jusqu'au bout le miracle de mettre un pied devant l'autre et de recommencer. Je m'effondre sur le matelas à ressorts, me souhaite, en murmurant, de doux rêves, *Sweet dreams Master Mystery.*[1]

1. *Fais de doux rêves Maître Mystère.*

Je fais un rêve étrange. C'est dans une ville qui pourrait être de plusieurs pays. Passé portes et remparts, on découvre, des deux côtés d'une voie sinueuse, bordée par un muret en pierre, des femmes debout, immobiles, déguisées en toutes sortes de personnages qu'on devine historiques. Elles jouent, pour le cortège des hommes qui s'avancent dans la haie d'honneur, diverses scènes apparemment codifiées : l'une montre un sein, l'autre exhibe un sexe… Quelqu'un, un homme qui marche à côté de moi et semble familier de l'événement, m'apprend qu'il s'agit d'une fête annuelle de la ville, connue sous un nom que je vois tel le titre d'un tableau : *L'Apaisement des Dieux par les Palestiniennes*.

V

La nuit suivante, il y avait des crocodiles dans l'un de mes rêves. Je devais à un certain moment nager dans une eau grasse et sale, passer sous un pont. L'eau montait jusqu'au tablier du pont, de sorte qu'il fallut nager sous l'eau, afin de rejoindre l'autre côté, où tout était limpide, fleuri, ensoleillé. L'ennui, c'est que j'appréciais mal la largeur du pont. Et il y avait toutes ces merdes de crocodiles qui guettaient leur pitance.

Dans ma dodine, je ne pouvais m'empêcher de penser que Bill avait fichu le bordel, avec son histoire de saxophoniste raté, accompagnée d'une photo sépia où l'on voit un grand type avec un gros derrière, une petite barbe poivre et sel, et des lunettes cerclées d'écaille, emboucher un saxophone ténor. De l'homme, je ne connaissais que la voix au téléphone, un jour où il se manifesta, sûrement à la demande de ma mère, et son écriture depuis peu. Et la maison en plaine que tout le monde connaît ici. La maison de l'assassin probable d'Albert Ayler. Sur la photo, mon père avait ce regard dévasté de ceux qui voudraient transformer le désastre de leur vie en catastrophe pour les autres.

D'où vient l'effet de certitude provoqué par une photographie ?

VI

La dodine est la partie la plus noble de l'homme. Personne n'a jamais vu un accident de dodine. C'est merveilleux. Vous êtes là, à vous bercer, sur une véranda, rue de l'Enterrement. Vous pensez au premier jour où vous avez tenté de rencontrer votre père. Tout était calme et triste. Le vent couchait le buisson devant les barbelés. J'ai tourné un peu autour de la baraque. Pas un signe de vie. Portes et fenêtres étaient closes. Dans la remise, il y avait sa chaise roulante repliée. Au fond de la piscine, croupissait une eau limoneuse. Je me suis allongé sur le gazon, où poussaient des herbes folles, histoire de réfléchir à ce que j'allais bien pouvoir faire dans les minutes à venir.

Sans doute le crépuscule était-il trop beau, je suis resté couché sur le dos, les yeux parfois ouverts, parfois fermés, je ne sais pas combien de temps, assez longtemps en tout cas, finalement heureux de cette haine simple, comblé. Un oiseau a poussé un trille assez rigolo, les autres n'ont rien répliqué. J'ai essayé moi aussi, ça n'a pas marché. Sans doute avec le temps me devenait-il moins facile de faire l'oiseau. Je savais. Je ne sais plus. D'ailleurs je ne les voyais plus très bien, les oiseaux. J'avais posé mes lunettes dans l'herbe. Les arbres se balançaient doucement sur le ciel.

Je me demandais par quoi j'allais commencer. J'avais le choix entre ne rien faire du tout, rester là, dans la lumière du jour déclinant, avec cette haine dans la poitrine, immobile, et les oiseaux dans les arbres au-dessus de moi. Le choix entre ça et ouvrir de force les portes, aérer, mettre en marche le groupe électrogène, le chauffe-eau, repérer au sol les zones à poison, nettoyer, sortir mes affaires de la bagnole, installer mon provisoire bureau, au premier, face à la plaine, me nourrir, peut-être regarder les dernières informations à la télé, peut-être dormir, peut-être aussi pleurer, peut-être, histoire de respecter mon programme. Car j'étais venu chercher des preuves, tuer et enterrer l'assassin d'Albert Ayler. Il fallait pleurer n'est-ce pas ?

Pleurer, non pas à la manière dont on se lamente sur une absence, la perte d'un être aimé, chaudes larmes, chagrin d'amour et tout le tintouin, mais comme, dans mon enfance en ce pays d'Haïti, il convenait de veiller les morts. Au mitan d'une bamboche rythmée par le chœur des pleureuses.

Puisque j'étais seul, j'allais jouer tous les rôles, le détective, le meurtrier, la victime, les familles, la baigneuse du mort, les pleureuses, les tambours, les conteurs, les danseurs, les gloutons, les polissons et les ivrognes. J'avais mes yeux, mes oreilles, une bouche, deux mains, du papier, l'ordinateur, mon stylo, de l'encre, du gin et du rhum, j'avais ma mémoire et des jambes pour imprimer doucement à la dodine son mouvement perpétuel.

VII

La voix. Je me suis redressé. J'ai récupéré mes lunettes. C'était une de ces voix pour lesquelles il pourrait m'arriver de passer des heures entières à chercher les mots exacts. Existent-elles vraiment ? Ce sont des fantaisies d'avant-jour, lorsque l'oreille capte l'inaudible, la raison a baissé la garde, le chant fou des désirs explose, sirènes d'amour au-delà de la nuit, on trouve soudain les mots qu'on cherchait, la phrase s'ordonne en un éclair, voilà je veux celle-là, pas une autre. « Je m'appelle Bee. » Non, je ne rêvais pas.

Bee était une petite brune, ma foi assez mignonne, avec une coiffure très courte, le genre rejeté en arrière comme un défi. Un petit air vaguement insolent. Elle était pieds nus, avait retroussé ses jambes de pantalon au-dessus des mollets et tenait ses sandales rouges dans la main. Je ne vous ai pas vue venir, j'ai dit. Elle savait mon nom. J'avais l'air con dans ma dodine. C'est Bill qui l'envoie. Elle est journaliste elle aussi. Hollandaise. Du sud. Basée à New York.

À relire les bulletins météorologiques de cette fin d'été sous embargo, je ne retrouve guère les sensations réelles. J'étais en plein labeur. L'une des périodes les plus productives de ma vie. Je reprenais du poil de la bête. C'est du moins ce que je ressentais, même si je n'ai jamais su avec précision de quelle bête il s'agissait. Les personnages réels parasitaient la fiction. Ainsi de Bee. Elle s'était installée à même le sol en ciment, sur la véranda, en tailleur, la pose de celle qui a tout vu, tout vécu, pas la peine de vous déranger. Elle acceptait que je continue à lire sans faire attention à elle : « *That is a quality of Master Misery : no one ever knows what he is – not even children…* »[1] Aujourd'hui, j'ai beau la chasser de mes pages, Bee revient au galop. Je me souviens du jour où elle portait une robe de coton claire. Tout était suspendu. Le soleil jouait dans la robe. J'avais mis une main en visière sur mon front, comme si sa grâce m'aveuglait. Elle avait des seins. À son tour, la fiction dévore ma vie.

Bee avait les pieds dans le réel. Bill lui en avait donné les moyens. Ils ne savaient pas où se cachait mon père, mais ça n'avait rien à voir avec la mort d'Albert Ayler. Elle était convaincue que je savais où. Me proposait un deal : la cachette contre la vérité sur la soi-disant noyade d'Albert Ayler. « Votre père reste le témoin et le suspect numéro un dans cette affaire, me dit Bee. Il ne s'agit ni d'un accident ni d'un suicide. Il aurait poussé Albert Ayler. Il existe des indices accablants contre lui. »

J'apprends que l'énigmatique collectionneur de rêves du texte de Capote est quelqu'un qui a réelle-

1. « *C'est une qualité de Maître Misère : personne ne sait ce qu'il est – même pas les enfants…* »

ment existé. Sauf que le romancier a changé force détails. Le père d'Albert Ayler avait coutume de raconter ses rêves. Bill, de les noter. « Ces fiches de rêves, poursuit Bee, ont été volées par votre père. Et revendues comme siennes à M. Revercomb. Vers la fin des années soixante, Albert Ayler, ayant appris l'histoire par Bill, a voulu récupérer les rêves de son père. Il en était malade. Monsieur Dodo lui a raconté qu'il les avait oubliés. » Il n'existe aucun enregistrement ni transcription de ces rêves. « Votre père est cassé depuis le meurtre d'Albert Ayler. Il s'est mis à collectionner ses propres rêves. Nous en avons retrouvé quelques-uns. Jugez-en vous-même. »

C'était, en effet, sur des cartes blanches de format moyen, quadrillées des deux côtés, l'écriture de mon père.

VIII

Exemple d'une fiche de rêve : *À Cleveland, Ohio. Je marche sur une planète d'herbes sauvages et de béton déchiqueté. Un univers de terrains vagues ouvrant sur des boulevards défoncés. Des flots de simili-vie dans un centre-ville moderne à crever d'ennui. Périphérie à boîtes de gogo-girls attristantes, entre fast-food et néant à néons. Les classiques éléments du paysage américain, combinés pour une fois en une figure nulle. Au bord d'un lac Erié pousse-au-meurtre. Au suicide. À la folie. Je marche dans les rues d'un autre temps.*

Trois autres fiches de rêves. À New York, bords de fleuve, course-poursuite sur un quai, la nuit new-yorkaise, les sons de la ville. À New York encore, un rêve de guerre raciale, comparable à ce que prédisent certains, une horreur avec du feu, du sang, des viols… La dernière fiche est vide, à part un titre, de la même main : *À Saint-Paul-de-Vence…*

Trop de choses indécidables.

Bee m'apprend comment mon père s'était mis à acheter des rêves haïtiens, depuis son retour au pays, juste après la mort d'Albert Ayler. Il aurait accroché à la porte d'une chambre dérobée de la maison en plaine un écriteau qui ne laisse guère de doute sur l'usage fait de cet espace :

COLLECTION DE RÊVES

Outre le crime de collaboration avec le régime en place, Monsieur Mon Père est coupable d'avoir plumé le tout-venant de la gent désespérée du bas de la ville en achetant leurs rêves, à raison d'une gourde[1] le rêve commun, cinq gourdes le rêve «très intéressant», «qui en dit long», etc. Jusqu'à dix gourdes, le rêve exceptionnel. Et bien sûr zéro kob[2] aux raconteurs de fadaises. Dans la nouvelle de Truman Capote, Maître Misère loue les services

1. *Gourde* : Unité monétaire haïtienne - valant officiellement un cinquième de dollar.
2. *Kob* : Centime de gourde, en créole. Argent, en général.

d'une secrétaire préposée à l'établissement des fiches de rêves. Radin comme pas un, Dodo se serait toujours refusé à engager tout assistant.

Tous ces rêves servaient à alimenter les banques de données des services secrets américains.

Voilà donc l'origine de la fortune paternelle, m'assure Bee. Qui me fait l'honneur d'autres révélations : l'implication de mon père dans les combines de la vente du sang en Haïti, dans le trafic de la drogue, dans une affaire de racket à la formation de plusieurs militaires haïtiens aux États-Unis. Que je sois envoyé spécial à Port-au-Prince d'un quotidien français semblait lui inspirer de bonnes dispositions à mon égard. « Alors voilà, je vous ai tout dit ou presque. Soyez sympa. Dites-moi où est votre père. »

IX

La dernière fois que j'avais dévoilé la cachette de quelqu'un, c'était en février 1986. L'homme, un tonton macoute qui avait sur les mains plus de sang que mon père n'eût pu en trafiquer, avait fini avec un pneu de voiture autour du cou, un bidon de carburant versé sur sa tête, craquement d'une allumette, brûlé vif. Je m'étais promis qu'on ne m'y reprendrait plus, quels que soient les problèmes moraux que cela pose. Mais je ne savais pas où était mon père.

Voilà deux semaines et demie que j'étais là, à me balancer dans cette dodine, en buvant force rhum et gin glacé, dans l'attente d'improbables événements. On avait annoncé le débarquement des troupes américaines en vue de déloger les militaires. On attendait de moi les dernières nouvelles du pays des astres éteints. J'avais installé mon bureau sur cette véranda. Et je savais que, tôt ou tard, la vérité viendrait vers ma dodine.

Bee me racontait un monde. Mon père qui portait souvent en bandoulière un petit magnétophone d'un modèle semi-professionnel. Son retour d'exil un jour de l'année 1970. Ses débuts dans le business des rêves. Son bureau des rêves. Ses rapports compliqués avec les Noirs américains. Le jour où il passa sept fois avec sa voiture sur son saxophone dans une rue de New York. Le témoignage de Bill comme quoi, en tant que musicien, il a toujours été nul, mais nul. Le métier de tailleur choisi comme un pis-aller. Ses galères à New York. Ses allers et retours entre Port-au-Prince et New York. Un passé lourd d'une tonne qui ne m'intéressait plus, à supposer qu'il fût vrai.

De temps en temps, je rajustais mes lunettes pour faire sérieux. Elle partait, au fond, dans la cuisine, tandis que je remontais le cours d'un fleuve d'autres mots : «*Now Master Misery, maybe he hasn't got a soul, so bit by bit he borrows yours, steals it like he would steal your dolls or the chicken wing off your plate. Hundreds of souls have passed through him and gone into a filing case.*»[1]

1. «*Peut-être que Maître Misère n'a pas une âme, alors il vous emprunte la vôtre par petits morceaux, il la vole comme si c'était vos poupées ou l'aile de poulet dans votre assiette. Il a avalé des centaines d'âmes et les a classées dans un fichier.*»

Elle revenait pour me dire en rigolant que c'était vraiment le bazar chez moi.

Je me dodinais sans rien dire. Je me gardais bien d'objecter que la nuit dernière, j'avais rêvé que tout était rangé, dans cette maison rue de l'Enterrement, rangé, ce qui s'appelle rangé, chaque chose à sa place, les livres au bon endroit, toute la presse dépouillée, mes dossiers classés. J'avais de l'encre noire sur les mains. Je me suis levé un moment, j'ai marché en bâillant vers la planche sur tréteaux, rallumé l'ordinateur, recherché la dernière page d'un autre texte, là où le narrateur se compare à une feuille de papier froissée, bref je vous fais grâce des détails. J'ai relu debout les pages précédentes, j'ai tout de suite saisi quelque chose qui, jusque-là, m'avait échappé.

Il me semblait que je l'avais tout de suite désirée très fort, Bee, je n'en suis plus certain, à bien réfléchir non. J'avais eu une femme, je l'avais perdue. J'avais eu un pays, je l'avais également perdu. Il ne me restait plus que moi-même. Je ne crois pas exagérer en disant que je ne tenais plus au monde que par ma dodine. Je ne suis pas le type suicidaire. Seulement j'en avais ma claque.

X

Naguère, l'avion m'invitait à une chimère : j'aurais aimé naître là, dans son ventre métallique, audessus des arbres et des rivières, des chemins de fer et des fils à haute tension, dans les nuages. Chaque voyage serait ainsi un retour au pays, c'est-à-dire nulle part. L'idée même de l'avion me rendait plus léger. J'aimais les aéroports, avec leurs vies entremêlées, toutes ces langues télescopées, tous ces corps épris, éperdus de vitesse, filant vers rien. J'aimais l'avion, pour l'avion, pour le voyage. Parfois l'avion me rapprochait des êtres que j'aime. Parfois le voyage n'avait d'autre fin que le pur plaisir de voler, ça me comblait infiniment. Je prenais l'avion comme on marche, juste pour respirer un bon coup. Les rites de l'avion étaient d'abolition : de l'espace même, du temps, de toutes peurs, de toutes pesanteurs.

L'avion mélangeait les gens : ceux qui vont signer des contrats et ceux qui vont flamber au casino, les destinations de neige et les horizons de soleil fou, les éclopés de dictatures sanglantes et les mendiants de bonheur. Dans l'avion, on dormait à poings fermés. De grandes ombres maternelles se penchaient sur le peuple des bébés. Le jazz dans le casque, la bande sonore du film, le doux ronronnement des moteurs brouillaient les conversations, tenaient à distance le risque du lien social trop pesant. Dans l'avion, la mort ne pouvait advenir, la rue de l'Enterrement ne servait plus à rien. Les ailes des aéronefs soulevaient la vie, quitte à la ramener au point de départ s'il le fallait, avant de l'emporter à nouveau, vers d'autres horizons.

Je n'aimais plus l'avion.

Bee parlait, et ça n'était même pas une envie de la prendre dans mes bras, planter mon sexe en elle, arracher à nos corps un peu d'émoi, un peu de joie, ça n'était rien de tout ça. C'était désormais une rage sans objet, la mémoire exténuante d'un cataclysme d'ombres, et à présent une pure émeute de pensées accordées à la couleur du soir tombé, ni mornes, ni joyeuses.

Quand les hélicoptères sont arrivés au-dessus de Port-au-Prince, le 19 septembre 1994, il n'y a pas eu de bombardement. Mon père s'était terré comme il pouvait. Dans le vacarme immense, je suis resté dans ma dodine sur la véranda. Un type qui se terre ainsi n'a pas pu tuer Albert Ayler. Bee est passée me voir, excitée comme une puce à l'idée du papier que *nous* allions écrire. Je n'ai pas osé lui dire qu'entre elle et moi, il n'y a pas de *nous* qui tienne. Nous ne partageons pas un imaginaire.

J'ai porté la dodine jusqu'à la planche sur tréteaux, je me suis assis devant l'écran. J'ai repris tout le texte, j'y ai changé quelques mots, déplacé deux ou trois paragraphes, rétabli un passage supprimé d'une ancienne version qui ne me satisfaisait pas. Je suis allé à la cuisine me faire un café, je suis revenu, j'ai posé la tasse de café fumante sur la pile de chemises à mes pieds, et j'ai continué dans le tintamarre des hélicos et des avions. Voilà pourquoi j'ai décidé de m'en tenir à la version de la police, celle du 25 novembre 1970. «Mort par noyade.»

Et c'était comme si l'air autour de moi se raréfiait. D'une manière ou d'une autre, il fallait prouver aux gars de Paris que, du fond de ma dodine, mine de rien, en me balançant ainsi, simplement, d'avant en arrière, j'attirais le réel vers moi, comme venait vers moi, doucement, jour après jour, du pas lent et mal assuré de mon vieillard de géniteur, la vérité de la mort d'Albert Ayler, en cet interminable mouvement de tout le corps donc, d'arrière en avant, cet enlisement apparent en la plus productive des paresses, ce simulacre de glandouille en hommage à tous les services comptables du monde, d'avant en arrière, fiction, d'arrière en avant, réalité, chantonnant en compagnie des chœurs de l'armée des criquets le blues des lendemains qui basculent, voilà pourquoi j'ai décidé de m'en tenir à la version de la police, celle du 25 novembre 1970, mort par noyade, débrouillez-vous avec ça mes petits chats, et je me suis endormi.

JEROME CHARYN

M. Raisonnable

TRADUIT DE L'AMÉRICAIN
PAR PATRICK RAYNAL

Ce professeur de lettres, né dans le Bronx, a de quoi surprendre plus d'un lecteur habitué aux classiques de la Série Noire.

Humour juif, baroque, délire, ses livres ne se racontent pas. Plus d'une centaine de personnages aux surnoms pittoresques vont, viennent, animent ce théâtre grouillant de vie et de diversité que constituent ses romans.

I

On l'appelait le Kid, le Kid de Cleveland, parce qu'il n'avait pas grandi dans un cimetière comme nous, qu'il n'avait pas mangé des ordures et pompé ses vitamines à même la terre. Il n'avait pas dix ans qu'il jouait du sax dans l'orchestre de l'église de son père, comme un petit ange noir.

Je passais mon temps à le charrier : « T'as pas encore souffert, Cleveland. T'es toujours qu'un enfant de chœur. » Mais j'étais jaloux de ce fils de pute. Il pouvait atteindre des notes que je n'atteindrais jamais et retenir son souffle comme un champion de plongée. Il était vraiment intouchable, vivant sous l'eau avec son saxophone pendant que ses notes venaient éclore à la surface. Moi, j'avais pas le doigté. Je savais frimer et me balancer avec un alto dans les mains. Je savais aussi souffler en gonflant mes joues mais pour quelqu'un qui avait l'oreille d'Albert, c'était rien que du bluff. J'étais incapable de jouer quand il était dans le coin. L'idée qu'Albert puisse entendre ma pâle imitation de lui me rendait malade. Il ne m'aurait même pas critiquer. Il n'aurait même pas dit un mot. Et si je m'étais risqué à demander, «Comment je m'en sors, Kid?»

«Tu te balades», il m'aurait dit. «Tu bourlingues dur... Carlton, tu finiras bien par trouver ta route.»

Et il aurait fallu que je l'écoute me faire la leçon! Moi, je lui trouvais ses engagements; il fallait que j'aille supplier les patrons de club parce qu'il allait bien trop loin avec son sax, comme s'il le faisait crisser vers Dieu, et il n'y avait que Dieu et une poignée de musiciens qui pouvaient vraiment l'écouter. Ma camelote à moi était beaucoup plus rassurante. J'arrivais toujours à me trouver du boulot mais la voix de Négro d'église d'Albert était là pour me rappeler ce que j'étais. M. «Raisonnable», Carlton Quinn.

Il s'était embarqué pour le Danemark, avait disparu et s'était repointé avec son propre quintette pour donner un concert à une putain de soirée blanche à l'Hôtel de ville, comme le petit Mozart en personne. «Albert est en train de devenir un classique», j'avais dit. «Albert, c'est le top.» Mais j'en étais malade. Parce que Coltrane, pâle comme un spectre, s'était sorti du lit pour venir écouter Albert. J'étais assis derrière lui et je le regardais sourire à chacun des riffs d'Albert alors qu'il ne m'avait jamais souri à moi. J'aurais bien pu être une ombre en train de pisser pour ce qu'il en avait à foutre. J'étais que dalle pour Long John. Je valais pas même un murmure...

Après l'Hôtel de ville, le quintette a splité et je n'ai plus cherché d'engagements à Albert. J'étais pas son agent, ni noir, ni blanc. Aussi minable qu'elle soit, j'étais sa putain de concurrence. Je lui ai payé un billet pour le Danemark parce que mon petit frangin noir était aussi raide qu'un rat d'égout.

« Carlton », qu'il m'a dit, « viens avec moi. »

« On peut pas être deux sax sur la même galère. »

« On s'arrangera », il m'a fait.

N'allez pas croire que je n'ai pas été tenté. J'aurais pu m'asseoir aux pieds du maître, lui voler tous ses riffs, devenir plus Cleveland que Cleveland lui-même, mais j'ai réfléchi un peu et la réalité m'est passée dessus : Je ne pourrais jamais jouer dans la même pièce que lui, même pas dans un milliard d'années.

« J'ai trop d'engagements, Albert », j'ai dit. « Ça sera pour le prochain voyage. »

Et je me suis marré dans ma barbe. J'étais débarrassé de lui, ça valait bien le prix du billet. Albert parti, j'étais le seul et unique roi au pays du saxophone. J'ai serré la louche à mon pote, Oscar Wicks, qui était aussi mon manager et mon factotum.

« On y est, Oscar, on y est. On n'a plus à se soucier de ce Négro de sacristie. Il n'a pas grandi comme nous, dans le caniveau. »

« Quel caniveau ? » a fait Oscar. « Ton père était dentiste. Comme le mien. »

Je l'ai chopé par le collet. « C'est pas le genre de pub qui paye, Oscar Wicks… On a toujours crevé de faim, même si mon père était dentiste. »

« Crevé de faim ? T'as été dans les meilleurs cours privés. T'as appris à jouer à l'école. »

«Je te l'ai déjà dit, Oscar. Efface ça de ma biographie...»

«Je vais l'effacer, Carlton. Je le jure... on t'a trouvé dans un panier devant Abyssinian Church. T'es un vrai fils d'Harlem.»

Et j'ai continué à jouer. Je copiais Albert tant que je pouvais, carrément du vol. Je me balançais, je cognais comme un fou sur mon sax, je me faisais une légende. «Carlton va faire un malheur», disaient mes fans.

Je me pointais dans n'importe quel club et le patron se cassait en deux. «Voilà le pharaon», qu'il disait. Et puis je me suis trouvé une femme, pas une traînée qui serait allée se taper les autres musiciens dans mon dos. Une juive. Elle s'appelait Isabel et elle était institutrice au jardin d'enfants; brillante comme du vif-argent, gentille comme tout avec les mômes. Je l'avais rencontrée au Kittykat Club, elle avait entendu mes riffs et elle était tombée amoureuse des notes que j'avais piquées au Kid de Cleveland. Je leur avais servi du funk à m'en faire saigner la bouche.

Elle s'était pointée au Kittykat avec une autre institutrice. Elle était blonde, les cheveux courts et je pouvais presque sentir sa gorge palpiter. Mon set m'avait vidé. J'avais plus une broque de souffle et c'était pourtant que de la frime. Je pouvais pas comprendre comment Albert parvenait à survivre, lui qui mordait son instrument, cassait toutes ses anches et baladait son sax là où aucun sax n'avait jamais été. Ma langue était toute rouge. Je me suis marré; j'étais le frère de sang d'Albert.

On a bu quelque verres et Isabel m'a emmené

dans son appart de l'Upper West Side dans sa petite coccinelle rouge. Elle venait de toucher un héritage. Elle aurait pu rester chez elle à faire de l'aquarelle, au lieu de ça, elle faisait l'école en plein milieu d'Harlem. Oscar se payait ma tête.

« Comment va ta nana, Carlton, comment va ta p'tite mère juive ? »

« Ta gueule », que je répondais.

Il y en avait d'autres qui l'appelaient comme ça. La p'tite mère juive de Carlton. Mais je m'en foutais. On allait pique-niquer à Central Park. On fumait de la bonne herbe. Et elle pensait à personne d'autre quand elle me faisait l'amour. J'ai laissé tomber toutes les pétasses de mon agenda et j'ai installé mon sax dans l'appartement d'Isabel. Elle ne se lassait jamais des impros que je lui faisais.

C'était le foyer, mec. J'étais heureux. Albert n'avait qu'à voyager. Explorer. J'étais pas un putain de Christophe Colomb, moi. J'étais qu'un tricheur du nom de Carlton Quinn.

II

Ma gloire montait doucement. Les clubs se remplissaient autour de mon alto. Coltrane pouvait bien m'ignorer, je m'en foutais. J'avais les petits plats d'Isabel. Je ne pouvais plus bousculer aucune des petites femmes du Kittykat, vu qu'Isabel était toujours dans la salle. Mais je poussais ma note de plus en plus haut pour elle, je soufflais à m'en faire péter les poumons, même s'il y avait pas beaucoup de musiciens dans la salle. Je ne pouvais entrer dans un restaurant après un concert sans qu'on vienne me demander un autographe. Je griffonnais, « Carlton Quinn, soliste, le Kittykat. »

Mais j'ai pas pu garder mon petit paradis. Albert est revenu du Danemark sans son quintette. Il avait largué son pianiste, son batteur et sa basse quelque part dans la nature. Je l'ai évité. Je ne voulais pas qu'Isabel entende le moindre de ses riffs. J'aurais été obligé de remballer mon sax et d'aller me cacher à l'autre bout du monde. Je suis allé m'acheter un manteau en poil de chameau et une écharpe blanche... j'ai aussi pris un sac en croco pour ma p'tite mère juive. Mais le destin est un petit enculé volage. Cleveland a frappé à ma porte. Il avait les yeux jaunes et ses mains tremblaient. Il crevait de faim.

Il a fallu que je le nourrisse. Isabel n'arrêtait pas de chuchoter, « Carlton, qu'est-ce que c'est que cette épave ? »

Le maître, j'aurais dû lui dire, *le seigneur de la colline*, mais j'ai fermé ma gueule et je l'ai laissé se taper le canard rôti d'Isabel. Et pendant qu'elle était à la cuisine, Albert m'a agrippé la main.

« Tyrone est après moi. »

Tyrone était un usurier d'Harlem qui avait toujours eu un faible pour les musiciens. Il était toujours prêt à leur prêter de l'argent contre un maximum d'intérêts. Une fois que j'étais en retard de cent dollars, Tyrone m'a écrabouillé le petit orteil.

J'ai regardé dans les yeux jaunes d'Albert. « Cleveland, qu'est-ce que je peux y faire ? »

« Prête-moi six cents billets. »

« Eh, mec, je suis pas Rockefeller. »

« Tyrone t'aime bien. Tu pourrais lui parler, te porter garant. »

« Tyrone m'a marché deux cents fois sur l'orteil. »

« Il t'aime bien quand même. »

« Est-ce que tu lui as dit que j'étais derrière toi, Albert, que je couvrirais tes dettes ? »

« Bien obligé. Ça commençait à être vraiment sérieux. »

« Mais ça fait à peine une semaine que t'es là. »

« Tu comprends pas. C'est lui qui a mon sax. J'ai été obligé de lui vendre… il y a deux ans de ça. »

« Et depuis tout ce temps, tu joues sur du matos d'emprunt ?… J'irai parler à Tyrone. Je tiens à garder mes orteils. »

J'avais pas parlé de mon engagement à Albert. Mais il avait un vrai radar de jazzman et il s'est pointé au Kittykat. Un crétin a dû le reconnaître et lui a demandé de faire un petit duo avec moi. Albert est monté sur la scène du Kittykat avec son sax d'emprunt. Il était juste en face d'Isabel et il lui a cligné de l'œil. Je pouvais pas disparaître comme un chien. Il a bien fallu que je joue. Albert n'a pas cherché le duel. Il m'a baladé sur son tempo mais je ne pouvais pas rivaliser avec les riffs du Kid de Cleveland. Il m'a laissé dans ma putain d'ère glaciaire. Ma bouche s'est resserrée et mon instrument s'est gelé.

J'ai baissé les yeux vers la rampe. J'ai imaginé Isabel en train de comprendre qu'elle n'avait eu que M. Raisonnable dans son lit…

Elle était bien trop chouette pour m'abaisser. « Carlton », qu'elle m'a dit le lendemain, « qui aurait pu penser qu'une épave aurait pu revivre comme ça ? Vous étiez formidable ensemble.»

Formidable ensemble.

J'ai pissé du poison toute la semaine. Albert n'aurait jamais dû se pointer au Kittykat. Le Kittykat, c'était mon terrain.

Je suis allé voir Tyrone. Je rêvais de sang, le sang d'Albert. «Tyrone», j'ai fait, «est-ce que t'as mon fric ?»

Il m'a regardé avec un sale sourire. Il avait de tout petits yeux de fourmi mais c'était pas le genre à laisser un musicien lui prendre la tête. «Et combien que je vous devrais, monsieur Carlton Quinn ?»

«Seize cents dollars. Albert a dit que tu signais ses traites et qu'y avait qu'à demander.»

Tyrone m'a cogné sur la bouche. Jésus, pourvu qu'il m'ait pas pété la lèvre, j'ai murmuré.

«Tu peux pas être aussi con que ça, monsieur Quinn ?»

«T'étais pas à l'école avec lui à Cleveland ?»

«Cleveland ? J'ai jamais été plus loin que la 42ème... Il serait pas en train d'essayer de nous baiser, des fois ?»

«Comment ? C'est un enfant de chœur, un vrai gamin.»

«C'est quelquefois dangereux, les enfants de chœur.»

«Tyrone, c'est sûrement une erreur. Il a dû te confondre avec un autre homme d'affaires.»

«Carlton, pour Albert je suis le seul homme d'affaires du quartier.» Et l'usurier m'a tendu seize cents dollars. «Je réglerai moi-même mes comptes avec lui.»

J'ai eu aucun regret. Albert n'est pas venu au Kittykat ce soir-là, ni aucun autre soir. J'ai teinté mes riffs d'une petite touche triste et Isabel m'a regardé avec ses yeux amoureux.

III

On l'a repêché dans l'East River. Personne n'a parlé de meurtre. Les flics ont dit qu'Albert était tombé tout seul et qu'il s'était noyé. Coltrane ne pouvait pas jouer à ses funérailles, vu qu'il était mort depuis longtemps. C'est les pauvres types des pompes funèbres qui m'ont demandé de jouer. Ce fut une sacrée cérémonie. Tyrone a payé tous les extras. Un usurier se doit de veiller sur sa réputation. Je n'avais pas l'intention de jouer mais Tyrone a insisté : «Je vais te casser les bras, les yeux et les oreilles.»

L'église n'était pas pleine. Le pasteur qui parlait d'Albert n'avait jamais entendu sa musique. Assis à côté d'Isabel, je tétais ma anche. Et puis je suis venu me planter à côté de l'autel avec mon sax. Il y avait des musiciens dans la pièce et je crevais de trouille. J'ai commencé à m'échauffer et j'ai pété une anche. Tyrone a froncé les sourcils. «Un p'tit air», j'ai dit, «juste un p'tit air pour mon ami, le Kid de Cleveland.» Et j'ai joué. J'étais toujours aussi content d'être celui qui était derrière le gars qui avait poussé Albert dans l'East River. Il m'aurait hanté toute la vie, moi et mon sax.

Je me suis balancé dans la musique et quelque chose de sombre m'a agrippé, comme un animal à fourrure qu'aurait bien pu être l'âme d'Albert.

L'instrument me dansait dans les doigts. J'ai grimpé plus haut. J'étais M. Raisonnable en train de déjanter. J'ai pété une autre anche. Les musiciens me regardaient. Et je me suis échappé comme Albert s'échappait quand il faisait piauler ses morceaux. J'avais plus de souffle et mes genoux cognaient mais je ne me serais pas arrêté de jouer quand bien même le toit nous serait tombé dessus et nous aurait tous ensevelis sous ses débris.

MAX GENÈVE

My name is Albert Ayler

Il est l'auteur d'une dizaine de romans, notamment *Le Compositeur* (Flammarion) et *Le Château de Bèla Bartók* (Zulma). Venu au polar par le biais de la télévision (*Le Lyonnais*, France 2), il publie *Autopsie d'un biographe* (Zulma) en 1995. On retrouvera Simon Rose, son détective, dès 97 en Série Noire.

En souvenir de Mélisande

La vie est moche, vraiment.

Il avait cru qu'un seul coup suffirait. Jérémie, le vieux chat aveugle des voisins, s'était laissé faire. Il ronronnait sur la table de l'appentis, confiant, ses prunelles éteintes tournées vers lui, prêt à recevoir l'habituelle caresse. En matière de caresse, on fait mieux. L'arme bien en main, un lourd et dense pied de chaise en chêne, Tim avait pourtant frappé de toutes ses forces, en plein sur la nuque, et Jérémie comme monté sur des ressorts avait volé en l'air avec un miaulement perçant avant de retomber dans un coin, où il restait secoué de spasmes et de tremblements. Mort le matou ? Pas du tout.

Tim n'en revenait pas, il pensait le coup du lapin infaillible, mais chats et lapins, c'est deux. Il se sentit soudain faible, les jambes lui flageolaient, il n'osait pas s'approcher de la bête. Au bout d'un moment, il sortit dans la cour. À son air piteux et malheureux, Jenny comprit qu'il avait échoué et, sans un regard ni un mot pour le garçon, elle tourna les talons et rentra dans la maison.

Un peu plus tard, son père apparut sur le perron en chemise à carreaux rouges et noirs, le pantalon à bretelles mal boutonné, furieux d'avoir été dérangé dans sa sieste. Monsieur Wells, qui tenait un colt 45 dans la main droite, entra dans l'appentis en traînant la patte. Il boitait depuis la dernière guerre.

Tim, pétrifié, et Jenny qui le regardait en ricanant attendaient la détonation qui ne vint pas. À la place, on entendit un bruit sourd. Monsieur Wells n'avait pas jugé bon de gâcher une balle pour achever le chat, une grosse pierre avait suffi, qui lui écrasa la tête. Et voilà, plus de Jérémie. Tim fixait le sol pour cacher son envie de pleurer. Ils avaient exactement le même âge, Jérémie et lui. Dix-sept ans et deux mois.

— Jennifer ! Débarrasse-moi de ça.

Son père jeta la dépouille sanguinolente sur une pile de vieux journaux.

— Et pas question de l'enterrer ici. Débrouillez-vous. Le mieux serait l'East River, un sac et un bout de ferraille pour alourdir, et hop, ni vu ni connu.

Jenny fit non de la tête. Jérémie serait enterré dignement. Elle aussi avait de la peine, Tim en était persuadé, même si elle la dissimulait mieux que lui.

Au volant de sa Chevrolet fatiguée, il roulait depuis une heure dans ce coin perdu de Long Island. Le type lui avait dit de chercher du côté d'East River, ça s'appelle Beekman Place, un garage peint en vert, pouvez pas vous tromper,

Mister Ayler. Drôle d'endroit pour un concert. Entre les bâtisses en ciment, les entrepôts, les tours, il y avait plein de maisonnettes en brique rouge avec des jardins ceints de barrières de bois, des arbres bien taillés, des allées de sable et des géraniums aux fenêtres. Comme si dans le tissu bétonné de la métropole, une petite ville provinciale, oubliée du progrès et peuplée de nains, résistait à l'incoercible avancée des géants.

Il avait eu un coup de pompe au début de l'après-midi, dans les bureaux d'Impulse. Ambiance détestable, ils étaient en retard pour le disque. Pas facile de marier free et pop. À la dernière séance d'enregistrement, Henry Vestine était venu sans sa guitare, les mains dans les poches. Pas prêt, d'accord sur rien. Fred, le directeur artistique de la firme, avait eu des mots avec son imprésario.

Albert n'aimait pas ces tensions sur fond de susceptibilités froissées, ces misérables rivalités corporatistes qui pouvaient mettre en péril la cohésion d'un groupe, voire son existence. Extrémiste en art, il était plutôt non violent en politique et pour ce qui touchait aux relations humaines. Il lui fallait aménité et fusion pour jouer sa musique et s'y perdre. Quand on atteint la beauté pure, l'amitié va de soi, on est alors entre frères et la musique est à tous.

Il s'aperçut qu'il avait des frissons. Une impression de froid lui engourdit tout le corps. Pourtant, la température était plutôt douce pour un mois de novembre et il avait cessé de pleuvoir. Il attrapa dans la poche intérieure de sa veste sa flasque de whisky et s'enfila une longue rasade à même le goulot.

Une rengaine ancienne lui trottait dans le crâne. Il eut envie d'essayer, là tout de suite. L'avoir en bouche, l'étirer au saxo jusqu'à en pleurer. Oui, l'entendre chanter, lui arranger le portrait en douceur, la tirer du côté de la dissonance. Il savait s'y prendre, avec les souvenirs de fanfare, les ritournelles populaires, les cantiques et les comptines. Traquer l'inouï avec ce que les gens ont dans la tête.

Il se gara dans une rue calme et déserte qui longeait un terrain vague. On pouvait y accéder sans peine, le grillage rouillé était défoncé par endroits. Le coffre de la Chevrolet résista, il eut peur d'avoir perdu la clef. Mais non, elle était dans sa poche. Il déhoussa son instrument, et se sentit déjà mieux, de l'avoir en main, si près de son souffle. Il souleva la clôture et fit quelques pas au milieu d'herbes folles assez hautes pour lui permettre de pisser sans être aperçu. Plus loin, à côté d'un hangar en ruines, il y avait un bosquet, hêtres et noisetiers mêlés, avec un grand chêne qui dominait. Pourquoi ici plutôt qu'ailleurs ? Bonne question idiote. Il se mit à rire, emboucha son saxo et son rire se communiqua à la musique, tirant la mélodie vers quelque chose de triste et d'inconnu.

Tim avait son idée. Juste un pâté de maisons à traverser, les gamins du quartier en avaient fait le cimetière des animaux. Jusqu'au début des années soixante s'élevait là une fabrique de machines-outils. Après un incendie, elle fut démontée et la plupart des bâtiments rasés.

Jenny et lui marchaient côte à côte en silence. Le grand costaud et la petite menue se connaissaient depuis l'école élémentaire. Le dimanche, elle accompagnait son père au café, lui sa mère au temple. Les familles, quoique voisines, s'ignoraient.

Elle portait le chat lové dans un carton sur sa litière de journaux, lui la pelle. Tim se demandait si elle lui en voulait de n'avoir pas su euthanasier ce pauvre vieux Jérémie. Elle finit par dire :

— Je savais que tu n'y arriverais pas, tu es tellement nouille. Et au bout du compte, je préfère ça. On a assez de brutes dans le voisinage.

Elle pensait sans doute à ses deux frères, toujours à chercher la castagne et dont l'aîné avait passé deux mois en prison pour avoir cogné sur les flics lors d'une rixe à la sortie d'un bal. En tout cas, ce qu'elle venait de dire lui allait droit au cœur.

Jenny était une drôle de fille. Pas sa petite amie, sa mère ne supporterait pas qu'il fréquente déjà, juste une copine. Elle pouvait se montrer gaie et tendre, et l'instant d'après, revêche et hargneuse. Toujours imprévisible. Un jour, elle lui avait apporté une socquette en coton rose.

— Tiens, c'est pour toi.

Il remercie, un peu étonné de ce présent, songe à quelque fétiche ou talisman.

— J'espère au moins que tu sauras t'en servir, dit-elle.

— M'en servir, comment ça ?

Jenny éclate de rire, à travers le velours de son pantalon lui plaque la main sur le sexe, aussitôt raidi :

— Il faut vraiment que je te fasse un dessin ? Au moins, tu ne saliras plus tes draps !

Elle introduit l'index et le majeur dans la socquette et se met à les secouer vigoureusement.

— Voilà le mode d'emploi. Tu vois, c'est facile.

À son air mécontent, elle le devine troublé et ajoute, se haussant sur la pointe des pieds pour lui chuchoter à l'oreille :

— Tu me la rapporteras quand elle sera tout amidonnée de ton jus.

Un mauvais souvenir qu'il aurait préféré oublier. Il n'avait jamais essayé le truc de la chaussette. Du reste, s'il lui arrivait de se soulager, c'était sans y penser. Il estimait que l'amour et toutes ces choses n'étaient pas de son âge. C'était du moins l'avis de sa mère.

Arrivés au terrain vague, ils passèrent sous le grillage comme d'habitude et se dirigèrent vers le hangar. Jenny le retint par le bras :

— Tu entends la musique ? Quelqu'un s'exerce du côté des arbres.

Tim tendit l'oreille.

— Ma foi oui, on dirait une trompette.

— Mais non, Timbo, une trompette, ça fait beaucoup plus de bruit. C'est une clarinette.

Albert jouait sous les arbres, il avait commencé piano pour ne pas alerter le voisinage, et puis tant pis, il n'était à l'aise que dans un son dur et soutenu qui exalte, exhibe le vibrato, là où tant d'autres l'atténuent et le policent. Ce n'était pas pour des prunes, s'il utilisait des anches en plastique ! Eh oui, le désaxé du saxo, l'obsédé saxuel, comme disaient les critiques qui lui reprochaient de n'avoir pas le saxo succinct. Son langage était violence et orgie, on ne bride pas une frénésie.

Les veines du cou gonflées à l'extrême, il enchaînait motif sur motif dans une joyeuse improvisation saccadée, récapitulait toute sa musique barbare et tonitruante de faune du free. Oubliés froid et fatigue, il manquait moins que jamais de souffle et, dispersant à tout va rutilances et dissonances, se sentait renaître. Il rivalisait avec le vent, mon nom est Albert Ayler et toi, silence, tu peux toujours courir.

Quelque chose autour de lui figea une phrase de saxo en pleine envolée, il s'arrêta net, se retourna. Deux visages stupéfaits, comme paralysés par l'écoute, étaient tournés vers lui. La fille fut la première à se ressaisir, à lui dire bonjour. Le garçon, un grand gabarit un peu balourd, les yeux rivés sur son instrument, semblait partagé entre l'inquiétude et la perplexité.

— Je m'appelle Jennifer, et lui, c'est Tim, enfin Timothée.

Ayler s'avança, la main tendue :

— Mon nom est Albert Ayler. Je suis musicien, et j'ai eu envie de donner un concert pour les arbres et les pierres.

Sa notoriété, à l'évidence, n'avait pas atteint Beekman Place. Il n'en éprouvait aucune amertume et expliqua à la jeune fille qui le croyait clarinettiste qu'il jouait du saxo, avec un faible pour le soprano, mais il tâtait aussi de l'alto, voire du ténor comme feu son père. Il finit par remarquer la pelle et le carton.

— C'est le chat, dit Jenny en rougissant. Il est mort, on a dû le tuer parce qu'il était aveugle et se cognait partout. On est venu l'enterrer ici.

Tim insista :

— Ici, sous les arbres, c'est le cimetière des animaux, vous comprenez.

— Je ne savais pas, dit Ayler, comme pour s'excuser d'avoir troublé le sommeil des morts.

— Mais ça ne fait rien, dit Jenny énergiquement. Peut-être qu'on apprécie mieux la musique une fois qu'on est mort.

Tim se mit à rire.

— Oh, ça m'étonnerait.

Jenny le regarda avec colère :

— Et pourquoi donc ?

— Parce que quand on est mort, dit Tim en criant, on n'a plus d'oreilles pour entendre.

La jeune fille haussa les épaules et se mit à fouiner dans les buissons aux alentours. Albert la suivit.

— Voilà, dit-elle. C'est la tombe de Tobie.

Une croix grossière faite de cinq briques couronnait un petit monticule de terre. Tobie était le chien des Morrisson, décédé l'an passé.

— Quand je pense que mon père voulait qu'on balance Jérémie à l'eau !

Elle désigna le carton et ajouta avec un soupir :

— Jérémie, c'est lui. Dans l'East River, qu'il disait, ni vu ni connu.

Une exclamation de Tim les fit se retourner. Il se tenait devant un buisson et leur montra une boîte en fer-blanc en équilibre précaire sur une fourche de noisetier :

— Mince alors ! Elle est vide.

Le canari de madame Ross devait y dormir de son dernier sommeil, mais l'oiseau s'était envolé. Plus loin, reposait un hibou. Son monument funéraire consistait en un cercle de grosses pierres noires.

— Un hibou ! dit Ayler, consterné. J'espère que vous ne l'avez pas tué, ça porte malheur.

— Au contraire, dit Jenny. Il était blessé et Nancy, une amie à moi, l'a recueilli pour le soigner. Pas de chance, il est mort au bout de quelques jours.

Ils retournèrent sous le chêne.

— Au fond, dit le musicien, nous avons le choix entre les rats et les poissons. Sans compter qu'on peut se retrouver sous terre et être encore vivant, cela s'est vu. À la réflexion, j'aimerais mieux flotter entre deux eaux, dans un lac, un fleuve ou un bras de mer, qu'être enfermé dans une boîte sous deux mètres de sable. Surtout une boîte en fer.

Les deux jeunes gens ouvraient des yeux ronds. Albert éclata de rire :

— L'enfer, pardi !

Après avoir tâté le terrain autour de lui à coups de pelle, Tim avait trouvé un endroit plus sablonneux et se mit à creuser. Il se demandait pour quoi Jenny l'avait envoyé de ce côté-ci, à la lisière du bosquet. Soi-disant que Monsieur Ayler allait jouer pour elle. Comme si le musicien, un vrai, un professionnel, n'avait pas d'autres chats à fouetter ! En attendant, lui, il avait un chat à enterrer. Et ce n'était pas simple, sous le sable, il y avait plein de cailloux qui arrachaient des étincelles à l'acier de la pelle.

Il perçut le chant si particulier du saxophone et crut reconnaître un cantique qu'il leur arrivait de chanter, à sa mère et à lui, le dimanche au temple, mais très vite l'air disparut et il n'y eut plus que des sons rauques, très étirés, on aurait dit qu'il avait changé d'instrument. Des fois, il jouait carrément faux, Monsieur Ayler, sans doute qu'il le faisait exprès pour amuser Jenny. Ils devaient blaguer tous les deux parce que par moments il n'entendait plus le saxo, mais seulement le rire de Jenny, et cela ne lui plaisait qu'à moitié.

Quand le trou lui sembla assez profond pour éviter à son vieux copain Jérémie d'être incommodé par les rats et tous ces animaux, vers, insectes, microbes qui grouillent sous terre et vous transforment en garde-manger, il posa le carton bien au fond et l'ensevelit sous une couche de cailloux avant de recouvrir le tout avec le sable.

Il s'aperçut alors qu'on n'entendait plus rien, ni rire ni saxo, et cela ne lui plaisait plus du tout. Qu'est-ce qu'ils pouvaient bien fabriquer tous les deux ? Il voulait d'abord en finir avec Jérémie et traîna un bloc de ciment, qu'il avait repéré en arrivant, jusque sur le monticule qu'il écrasa de tout son poids. Le chat ne risquait pas de s'envoler, lui. Il prononça mentalement quelques paroles et termina par une formule qu'il avait lue sur le marbre des cimetières : requiescat in pace.

Jenny était une petite curieuse. Elle voulait tout savoir, s'il était marié, s'il avait des enfants, ce qu'il faisait dans le quartier, comment il était venu. Il lui dit que la Chevrolet était garée à proximité, qu'il avait tourné en rond à la recherche d'un garage peint en vert. Au-dessus habitait un certain Feuerstein, organisateur de concerts, avec lequel il avait rendez-vous. Mais ce n'était pas urgent.

Elle lui rappelait, en plus jeune, Mary Maria, – Parks de son vrai nom –, la chanteuse qui avait rejoint son groupe en 1968. Mary composait, jouait du piano et de la harpe, parfois même tenait la partie de saxo, bref elle savait tout faire, y compris des choses qui ne se racontent pas. Les deux femmes n'avaient pourtant pas grand-chose de commun, sinon ce sourire par en dessous, confiant et câlin, qui annonce les servantes d'amour, les meilleures amantes.

Pendant que Tim achevait d'expédier Jérémie au paradis des chats, Jenny désirait écouter le musicien dans ses œuvres. Il joua des pièces faciles, puis à son habitude se laissa entraîner dans des glissandos et des dissonances qui n'en finissaient plus et, visiblement, ne la séduisaient pas. Elle n'était pas du genre intimidable et n'hésita pas à l'interrompre :

— Est-ce que je pourrais essayer ?

Il lui mit l'instrument dans les mains, et lui montra comment l'emboucher. Mais Jenny eut beau souffler de toutes ses forces, elle ne parvint à produire que de ridicules borborygmes et tous deux éclatèrent de rire. En reprenant le saxophone, il se pencha sur elle et lui frôla le front du bout des lèvres. Ce n'était pas une drague, juste une vague tendresse. Elle lui sourit et s'accrocha à son cou, l'embrassa sur la bouche. Il la souleva sans lâcher le saxo et la serra contre lui. Comme l'aurait fait une petite fille, elle se frotta le museau contre les poils durs de sa barbiche et demanda :

— Quel âge tu as ?

— Trente-quatre ans, le double du tien. Quelque

chose me dit que tu me voyais beaucoup plus vieux, non ?

Elle voulut mentir, mais il lui ferma les lèvres d'un baiser impétueux. Quand elle put respirer, elle dit :

— Joue encore pour moi.

Elle s'était agenouillée devant lui et pressait sa tête contre ses jambes. Il la repoussa mollement :

— Ne me cherche pas, Jenny, tu finiras par me trouver. Je suis un vieux bouc, tu sais.

— S'il te plaît, joue pour moi, dit-elle en défaisant la boucle de sa ceinture.

Il commença les premières mesures de *Love Cry*, et sentit aussitôt, au moment où Jenny s'emparait de son sexe et le flattait à petits coups de langue, une vive douleur qui lui transperçait la poitrine et lui paralysait le bras gauche.

Tim avait assisté à toute la scène sans broncher. Il n'en croyait pas ses yeux. La petite Jenny Wells accroupie aux pieds de Monsieur Ayler, comme une pute à quinze dollars des rues mal famées du Bronx ! Il n'y avait jamais été, aux putes, mais Tom Ross lui avait raconté comment ça se passe.

Une onde de rage et d'envie meurtrière lui traversa le cerveau, il se voyait leur courant dessus et, tournoyant sur lui-même avec un geste de lanceur de marteau, flanquer un grand coup de pelle sur la nuque du Noir. Il s'était dominé, comme à l'école quand le prof faisait rire la classe à ses dépens.

Même quand le musicien s'était écroulé, foudroyé, et que Jenny s'agitait autour de lui en appelant Monsieur Ayler, Monsieur Ayler, il était resté derrière son buisson, immobile et silencieux.

C'est seulement quand, se relevant pâle et paniquée, elle s'était mise à crier dans sa direction Tim, Tim, qu'il se manifesta :

— Jenny, qu'est-ce qui est arrivé ?

Elle avait des larmes plein les yeux, c'est la première fois qu'il la voyait pleurer. Il en éprouva une curieuse satisfaction.

— C'est Monsieur Ayler, dit-elle. Il est tombé, il ne bouge plus.

Il la regarda, un léger sourire au coin des lèvres.

— J'étais là, j'ai tout vu. S'il est mort, c'est ta faute. Je vais vérifier, maman m'a appris.

Sa mère était membre d'un club de secouristes dans le Queens et participait régulièrement à des exercices de sauvetage. Il s'accroupit à côté du musicien, examina la fixité vitreuse de l'œil, posa son oreille sur la région du cœur et lui prit le pouls. Rien au poignet. Il essaya au cou – il n'en avait jamais vu d'aussi musculeux –, et renonça. Pour finir, il enleva sa montre et, à défaut de miroir, en approcha la partie en verre de la bouche du gisant à laquelle la douleur donnait une expression grimaçante. Il l'y laissa un instant, et ne vit aucune trace de buée quand il l'en retira.

— M'a tout l'air d'une crise cardiaque, dit-il en homme qui en a vu d'autres. Et maintenant, quel est le programme ? On va chercher Monsieur Wells ou on appelle la police ?

— Non, pas mon père, dit Jenny terrifiée. Le mieux serait de le laisser là, et d'appeler ensuite, sans dire qui on est.

Tim hocha la tête.

— Tu parles, les flics ne mettront pas deux

heures pour découvrir qu'on est venus ici et nous coller la mort de ton type sur le dos.

Ils se regardèrent sans rien dire, la même idée leur vint au même moment.

Le plus difficile fut de traîner le corps jusqu'à la Chevrolet et de le hisser dans la voiture sans être remarqué. Heureusement que la nuit tombe vite en cette saison.

Tim était trop jeune pour avoir le permis, mais il se débrouillait au volant. En un rien de temps, ils débouchèrent sur l'avenue qui longe East River, où la circulation était dense. Une rue étroite conduisait aux quais, près de la zone portuaire, dans un endroit désert le soir, et mal éclairé.

Jenny avait trouvé une couverture sur la banquette arrière. Elle insista pour envelopper Monsieur Ayler dedans. Il aurait moins froid peut-être ? Tim fit semblant de ne pas voir quand elle effleura de ses lèvres le front du musicien.

Le quai était légèrement incurvé dans sa partie basse. Pour éviter que le corps ne heurte le granit dans sa chute, il leur fallut procéder comme les marins : Tim le tenait sous les épaules, elle par les jambes. Ils le balancèrent de gauche à droite à plusieurs reprises pour lui donner de l'élan avant de le lâcher. Il était si lourd que Jenny faillit être entraînée à sa suite. Le vent dépouilla le mort de sa couverture qui glissa séparément et, comme on ne voyait pas à trois mètres, seul un bruit retentissant les assura qu'il avait fini sa course dans l'eau.

Ils ne s'attardèrent pas, remontèrent en voiture aussitôt. Monsieur Ayler disait qu'il aimerait mieux flotter entre deux eaux. Lac, rivière ou bras de mer, pourvu qu'on ne l'enterre pas, c'est ce qu'il avait dit, n'est-ce pas ?

Tim gara la Chevrolet dans un parking de la grande avenue et laissa les clefs en évidence sur le siège du conducteur. Avec un peu de chance, elle serait volée. Ils avaient rangé le saxophone, recouvert de sa housse, dans le coffre. Il y avait aussi une poche avec des disques. En souvenir de leur rencontre avec Albert Ayler, ils en choisirent chacun un et rentrèrent à Beekman Place sans échanger un seul mot.

Ce soir-là, Tim ne regarda pas la télé avec sa mère après dîner. Il remonta tout de suite dans sa chambre et installa le microsillon sur son pick-up. La pochette avait comme titre : *My name is Albert Ayler*. Ce qu'il entendait là ne ressemblait pas aux musiques qu'il avait l'habitude d'écouter, mais bien à ce que leur avait joué le saxophoniste dans l'après-midi.

Était-ce la vertu singulière du saxo d'Ayler ou l'image de Jenny accroupie devant le musicien, Tim l'ignorait, mais ce qui est sûr, c'est qu'il éprouvait une furieuse envie de se faire l'amour. Il attrapa la socquette cachée sous son matelas et, pour la première fois, s'en servit comme le lui avait enseigné Jenny.

Quelques instants après, alors qu'il avait remis le disque au début et que la musique pénétrait de plus en plus profondément en lui, sa mère frappa. Il remonta le drap et lui dit qu'elle pouvait entrer.

— C'est quoi, ce tohu-bohu ? Tu t'intéresses au jazz maintenant ?

Il consentit à baisser le son, elle se pencha sur lui et, comme tous les soirs avant de se coucher, déposa un baiser sur son front. Dès qu'elle fut sortie, il éteignit la lampe de chevet pour laisser le grand Noir lui parler à l'oreille. Il commençait à comprendre. Et sans doute le saxo insinuant d'Ayler visitait-il des régions très enfouies de son for intérieur, car à la jubilation succéda la tristesse, et la socquette rose de Jenny qui avait déjà bu son sperme reçut aussi ses larmes.

JEAN-CLAUDE IZZO

Alors Négro, qu'est-ce qui cloche ?

Marseillais pure souche, c'est-à-dire moitié Italien moitié Espagnol avec du sang arabe de part et d'autre, Jean-Claude Izzo a été libraire, vendeur aux Puces, et journaliste. Il est animateur du célèbre Festival des Étonnants Voyageurs à Saint-Malo. Il est aussi poète, scénariste et auteur de deux polars à La Série Noire, *Total Khéops* et *Chourmo*.

Ayler n'avait jamais aimé East River Park. Cette nuit, c'était pourtant là que ses pas l'avaient conduit. Comme pour un rendez-vous. Mais personne ne l'attendait. Il était seul avec lui. Et avec ses doutes.

Il s'arrêta pour regarder le ciel. C'était une habitude chez lui, quand il cherchait l'inspiration, ou le réconfort. Regarder le ciel. Mais ce qu'il voyait n'était qu'un écran noir. Sans une seule étoile pour lui indiquer le chemin. Le guider. Foutu mois de septembre !

Il avait les yeux encore pleins des ciels des nuits d'été du sud de la France.

— C'est les étoiles que tu regardes, Al ?

Il avait fallu qu'elle cause, cette fille. Domi. Les Blanches causent toujours quand il faudrait se taire. Surtout celles qui se targuent d'aimer la musique, la poésie. Qu'elles commentent. Qu'elles expliquent. Comme elle, qui lui collait au cul depuis le concert.

— Ouais.

— Elles y sont pas.

Il ne répondit rien.

— Tu entends ce que je te dis. Elles y sont pas... Sont toutes mortes. Faut tant de temps à la lumière pour arriver jusqu'ici que le temps qu'elle arrive, elles sont cuites, les étoiles. Brûlées. Tu regardes quelque chose qu'est pas là, Al.

Il s'était retourné vers elle. Furieux.

— Encore un mot, et je t'en claque une.

Elle l'avait fermée, enfin. Mais trop tard. Le charme de la nuit était rompu. Le ciel s'était refermé sur lui-même et la nuit se révélait sans mystère. Il avait baisé cette fille, plus tard, et n'y avait pris aucun plaisir. Il n'y avait pas d'amour sans poésie. Pas de musique non plus.

Il se remit à marcher. Un rythme, incessant, lui labourait le crâne. Obsédant. Des mois, que cela durait. L'Afrique, où il n'était jamais allé, lui battait les tempes. Sourde, violente. Il en sentait l'épaisseur moite sur son corps. Les odeurs même. Mais dès qu'il attrapait son biniou rien ne sortait. Pas une note. Pas une de ces putains de notes qu'il entendait, précises, fluides. C'était à chaque fois la même chose. Ses mains étaient sans cesse attirées par certaines notes, qu'il connaissait trop bien, qui ne lui convenaient pas. Trop faciles. Trop évidentes. Il reprenait, s'arrêtait, reprenait. Une, deux, trois... Dix fois. La journée y passait. Et merde ! gueulait-il en jetant son sax sur le lit, énervé, épuisé.

La lassitude l'envahissait, et il restait prostré durant des heures à ressasser ce son impossible. Africa. Trane y était bien arrivé, lui. À se tirer des tripes *Afro blues*. *Afro blues*. Merde ! pourquoi pas lui ? Et s'il n'y arrivait pas ? Et s'il n'y arrivait jamais ? Jamais ? « Je suis mort », pensa-t-il.

— Je suis mort. Je suis mort ! Mort !... Mort ! répéta-t-il, de plus en plus fort dans le silence du parc.

Mort, ne l'avait-il pas déjà été à Copenhague, un soir de septembre 64. Ils allaient enregistrer *Vibrations* et, au moment d'avaler une bière, il vit autour de lui, accoudés à un comptoir vermoulu, Illinois Jacquet, Lester Young, Charlie Parker, Wardell Gray – ces musiciens qu'on écoutait chez lui, le dimanche, en revenant de l'église, et qui lui avaient *ouvert la voie.*

— Je suis mort, il dit à Sunny Murray.

Le batteur avait haussé les épaules, rigolard.

— Tu vois, mec, disons qu't'as plutôt atteint le stade où t'as plus à te soucier de ça, parce qu'c'est déjà fait.

Gary Peacock attendait, en caressant les cordes de sa basse. Don Cherry s'était approché, sa trompette à la main.

— Alors, on y va ? il demanda.

— Y croit qu'il est mort, rigola encore Murray.

— Mais je me sens pas mort.

— Personne, ici, se sent mort, répliqua Don Cherry.

— Ok, ok...

Ils attaquèrent par *Holy Spirit.* Et il sut cette nuit-là que, musicalement, il était perdu. Il ne savait plus où aller. Il s'était piégé lui-même dans le tempo brouillé et le volontaire chaos mélodique des *Ghosts.*

L'album, à sa sortie, avait déclenché un tollé

général. Ce n'était même plus de la *new thing*, ce n'était plus rien. Un de ses fans, un critique français, Yves Buin, écrivit même : « Ses détracteurs l'ont bien vu, malgré leur myopie : Ayler, c'est la mort du jazz. »

Il aurait dû comprendre. Mais non. Il avait persévéré. Avec *Bells*. Un autre album. Une autre mascarade. Depuis, il n'avait fait qu'errer. Se tromper. Et ne pas l'admettre. Même quand il lui arrivait de ne plus *entendre* ce qu'il était en train de jouer. À croire que du désordre, toujours, naîtraient l'ordre, et la paix.

L'impasse.

Et maintenant il était là. Devant l'East River. À longer ses berges. Les yeux perdus dans l'eau noire. Noire et glauque. Puante. Comme la vie, avait-il pensé en allumant une clope à la clope qui lui brûlait les doigts. Il ne comprenait rien à ce qui lui arrivait. Plus exactement, il ne se comprenait plus. Ou trop bien, ce qui était la même chose. Nellie avait pigé ça au premier coup d'œil. « Alors, Négro, qu'est-ce qui cloche ? »

Nellie avait débarqué chez lui, hier matin. Vêtu de son seul caleçon, il se roulait le troisième joint en moins d'une heure, en réécoutant une nouvelle fois *Afro blues, Spiritual, Impressions*. Sublime, c'était. *Naïma* surtout. Cette tendresse. Cette sensualité. Cet amour. Lui, il n'avait jamais réussi à jouer comme ça ! Pas même quand il interprétait des compositions de Trane. Il n'était qu'un technicien. Rien d'autre.

Albert Ayler ne serait jamais John Coltrane. C'était ça, la vérité.

Il avait ouvert la porte, paumé, hagard. Ailleurs. Plein du son africain de son ami. Son *frère*. Quand il avait rencontré Trane, à Stockholm, oui, ce fut comme de retrouver un frère. Il s'était reconnu en lui. Tout ce qu'il jouait contenait le cri. Le cri qui est le cœur palpitant du jazz. Un cri d'affliction, d'espoir, de défi, de douleur. Plus que ça même. Un salut, qu'on lançait aux amis pour leur dire qu'on était sur la route.

— Alors, Négro, qu'est-ce qui cloche ? demanda Nellie, en le regardant de la tête aux pieds, un sourire aux lèvres.

Nellie. Nom de Dieu ! Sans attendre une réponse, elle fila vers la fenêtre, tira les rideaux et ouvrit en grand. Le soleil emplit la pièce. Nellie se retourna vers lui. Couleur sépia. Lumineuse. Belle. Merveilleusement belle.

— Nellie, marmonna-t-il.

Elle ouvrit ses bras pour le serrer contre elle. Il se laissa emporter, les yeux fermés. Là où il faisait bon vivre. À Cleveland, Ohio. Dans leur enfance. Dans leur adolescence. Il sentit le corps de Nellie contre le sien. Son corps. Généreux. Et ferme, musclé. Chaud. Le corps superbe de Nellie. La réalité reprenait forme.

— Qu'est-ce que tu fais ici ? il demanda, en se dégageant avant qu'elle ne sente son érection.

Le désir. Il l'aurait bien basculée sur le lit. Là, tout de suite. L'aimer, comme cette nuit-là, dans la grange de Vi Redd. Quinze ans. Quinze ans qu'il l'aimait, Nellie. La femme de Lloyd. Lloyd Pearson. Son ami.

— J'ai faim, elle répondit.

Et elle partit vers la cuisine.

— Y a rien, il dit.

Des assiettes, des couverts, des verres sales dans l'évier. Des bouteilles vides. Des morceaux de pizzas moisis. Depuis son retour de France, il ne se nourrissait que de saloperies. Des nems ou des pizzas. Et des crackers. Avec beaucoup de gin.

— Mon chou, c'est quoi c'bordel ?

Il remarqua le sac de voyage qu'elle avait posé dans le hall d'entrée. Il soupira, et alluma une clope.

— Hé ! J't'cause ! elle demanda en revenant vers lui. Comment qu'tu peux vivre comm'ça ?

— Me dis pas qu't'es venue de Cleveland, juste pour t'occuper d'la vaisselle.

À son contact, il retrouvait l'accent de l'Ohio. Cet accent que son père avait banni de la maison. L'accent des paysans, des pauvres. Comme la famille de Nellie. Dans la *black middle class*, on parlait correctement l'anglais. Un signe de réussite, d'émancipation.

— J'ai plaqué Lloyd.

— Et alors ?

Il se sentait épuisé.

— Ben, j'suis venue t'voir, mon chou. J'savais que t'étais d'retour.

Il montra la pièce dans laquelle ils se trouvaient. Le lit, défait, qui bouffait tout l'espace. Une vieille chaise recouverte de fringues. La table où s'accumulaient des partitions. Le vieux pick-up, par terre. Un fauteuil aux accoudoirs usés. L'univers d'Albert Ayler.

Il lui jeta un regard désespéré.

— Tu comptes pas t'installer ici ?

— Une fois rangé, j'crois qu'ça ira.

— Nellie, c'est pas possible.

Elle s'approcha de lui, lui fit face. Elle lui caressa la joue. Sa main était douce. Il l'enlaça à nouveau. Juste pour mieux regarder au fond de ses yeux. Comprendre ce qui arrivait. Quand elle l'embrassa, il frissonna. Il avait passé des années à rêver de pouvoir encore embrasser Nellie. De retrouver sur sa langue son goût de farine fraîchement moulue.

— Qu'est-ce qu'est pas possible, mon chou ?

Il se dégagea d'elle, chancelant, et bafouilla :

— Toi et moi. Toi et moi, ici.

Nellie avait éclaté de rire.

Elle s'installa. Comme elle l'avait dit. Elle l'avait envoyé faire quelques courses et quand il était revenu le lit était fait, la pièce rangée et la cuisine propre. Nellie avait pris une douche et elle portait maintenant une robe de coton bleu, légère.

Plus tard, après avoir mangé, elle expliqua :

— C'était plus vivable. Lloyd, il est comm'd'venu fou, tu vois. Alors, j'l'ai mis dehors.

— Pourquoi t'es là, Nellie ?

— Tout'les nuits, y vient faire du scandale d'vant la maison. Bourré comm'd'juste à faire du moulinet avec un pétard long comme la main. Et y m'gueule, comm'ça au milieu d'la rue, qu'c'est lui qu'a payé la maison et qu'y préfère y foutre l'feu plutôt qu'd'm'y savoir dedans. J'en pouvais plus, mon chou.

— Si t'es là, y va pas tarder à rappliquer.

— Sûr.

— Et y a rien qui t'inquiète ?

Bourré, Lloyd était capable de dézinguer n'importe qui. Il savait ça. Lloyd, il le connaissait par cœur. Bourré et jaloux, il pouvait même flinguer un ami. Même lui, Albert Ayler. D'avoir joué ensemble dans les *Lloyd Pearson Counts Of Rhythm* ne changeait rien à l'affaire. Il y avait la musique, l'amitié et les femmes. Trois choses sacrées. Et Nellie, c'était lui qu'elle avait épousé.

— C'qui m'inquiète, mon chou, c'est toi.

Son regard se posa à nouveau sur lui. Cherchant dans ses yeux des réponses que lui-même était incapable de donner.

Il haussa les épaules.

— Et c'était comment, la France ? reprit-elle en allumant une cigarette.

« Deux concerts historiques », avait-on affirmé dans les journaux spécialisés. C'était à la Fondation Maeght, à Saint-Paul-de-Vence, près d'Antibes. En juillet. L'été, le sud de la France fourmille de festivals, de concerts. Mais là, c'était autre chose. Ce lieu était magique. Inspiré. Il se souvenait des sculptures de Giacometti, de Miro. Des peintures de Tapies, de Staël, Tal Coat. De l'air qui, la nuit, sentait le pin, la résine. Et des milliers d'étoiles qui illuminaient le ciel. Au loin, il y avait la mer. Et, sur l'autre rivage, le Nil, qui ouvrait sur l'Afrique. Aux sources du Nil, les sources du jazz, s'était-il dit. C'est ça qu'il avait compris, là, à Saint-Paul-de-Vence. Qu'il avait compris où étaient ses racines. Pas compris, non, senti. Dans son cœur. Dans son ventre. Un appel. Aussi fort, aussi charnel que son désir de Nellie tout à l'heure. Aussi vrai.

Ces deux soirs-là, il avait joué avec désespoir. Par

désespoir. En négatif. Dans la marge. Le cul entre deux chaises, en vérité. Partagé entre la volonté d'en finir avec l'expérimentation et le plaisir de renouer avec la mélodie, le lyrisme populaire – le seul, vrai – qu'incarnaient Bechet, Armstrong.

Spirits Rejoice, Universal Message, Spiritual Reunion... Ouais, il avait joué ces deux concerts pour exorciser l'Européen qui bouffait sa tête, le malblanchi Américain qui l'habitait. Pour redevenir un Nègre, enfin. Un Nègre noir. D'Afrique. Et retrouver le dieu des origines.

C'est ça qu'il aurait pu dire à Nellie. Mais il n'en fit rien. Il était incapable de l'expliquer. Pas plus qu'il n'était capable d'en sortir un son *juste,* de son biniou. Il lui rapporta seulement ce que l'on avait écrit sur lui, en Europe, après ces deux concerts. Il parla de lui comme d'un inconnu. D'un étranger. Étranger à lui-même, c'est ce qu'il était en vérité. Il lui raconta les concerts par bribes d'articles, où l'on loua son «parfait contrôle des harmoniques», et, surtout, cet «incroyable vibrato qu'on n'entendait plus dans le jazz». Ayler, avait noté Lucien Malson, «pénètre en une voie nouvelle, celle d'une éloquence émouvante à force de simplicité et, presque, de simplesse». Il ne lui dit que cela. Avec détachement.

Elle lui sourit.

— Et où c'qu'y sont passés les démons?

Les démons. Les diables. Les sorciers. Tout le surnaturel d'en bas qui empêchait de s'élever. D'approcher le surnaturel d'en haut. Le-Très-Haut.

Il ne voulait pas s'engager dans cette discussion

avec Nellie. Pendant des années, elle l'avait taquiné pour son refus de Dieu. Enfant, pourtant, il fréquentait assidûment l'Église. C'est même là qu'il avait joué pour la première fois, à dix ans. De l'alto. En duo avec son père. Chaque dimanche, il louait le Seigneur pour cette joie.

Dieu était mort cette nuit-là, quand son sexe s'était retiré du corps de Nellie. Et qu'il avait compris que ce n'était pas lui qu'elle aimait, mais Lloyd.

Depuis, il était revenu à Dieu. Avec une foi de charbonnier. Ce n'était même plus de la foi. Mais un mysticisme enfiévré, maladif presque. Trane, là encore, lui avait ouvert les yeux. C'est après avoir joué *For John*, qu'il avait enregistré *Evereybody's Movin'*, avec Bernard «Pretty» Purdie et les Soul Singers. Une manière d'affirmer que Dieu était de retour dans le corps d'Albert Ayler.

— Tu veux qu'on aille faire un tour ? il demanda, pour éviter de lui répondre. De s'expliquer. Peur aussi de lui entendre dire qu'il confondait foi et superstition, croyance et religiosité.

Elle secoua la tête.

— Le voyage, tu vois…

Elle posa sa main sur la sienne.

— Nellie, il murmura.

Il se leva sans la regarder et se planta devant la fenêtre. Elle vint se coller contre lui. Elle lui caressa la nuque, puis ses doigts descendirent le long de sa colonne vertébrale. Il frissonna. Il se tourna vers elle. Elle souriait. Un sourire dénué de toute honte.

— Excuse-moi, Al. Mais j'ai pas arrêté d'penser

à toi tout du long, et faut croire qu'ça m'a un peu chauffé le sang.

Combien de fois lui était-il arrivé d'être au lit avec une femme et de rêver à Nellie. À son corps. À ses baisers. À eux, cette nuit-là. Il évitait le plus souvent de baiser avec des Noires. Sauf quand le souvenir devenait trop fort. Alors il épuisait son corps dans la gamme complète des noirs. De l'ébène au sépia. Nellie.

— Tu t'souviens de cett'nuit-là ?

— Et comment, trésor ! C'était bien.

— Ouais... J'étais tellement heureux. J'crois qu'j'avais envie d'me tuer... Tellement j'étais bien. Tu sais c'qu'tu m'as dit, après ?

— Ça fait si longtemps, Al ?

— Tu m'as dit que Lloyd était un type merveilleux. Le plus merveilleux des mecs qu't'avais connus. Qu'j'avais une sacrée chance d'avoir un type comme ça pour ami.

— Ah.

— Je t'aimais, Nellie. Je t'aime encore. Et toi, tu pensais qu'à lui. Y avait d'autres filles qui disaient m'aimer. Ça m'rendait malade parce que c'était pas toi qui le disais.

— J'crois qu'tu dis des conneries, mon chou. Parce que ça me ressemble pas, c'qu'tu racontes. Je t'aimais, Al. Pour de vrai. Comme un ami. Et j'pense qu't'es un mec merveilleux aussi. Lloyd, toi. Ouais, des mecs bien. Et des super musicos aussi. Toi, surtout.

Il voulut parler mais elle l'en empêcha.

— Écoute-moi. Faut vider le sac. Faire clair entre toi et moi. Y a des trucs qu'on dirait qu't'as oubliés.

— J'croyais qu'ça faisait trop d'temps.

— Ouaip. On aurait pu laisser tout ça là où c'était. Juste on aurait pu s'mettre au lit tout d'suite. Sans s'occuper du reste.

— Nellie, il implora presque. Parce qu'il savait maintenant ce qu'elle allait dire. Ce qu'il n'avait pas voulu admettre toute cette nuit-là.

— J'étais furax après cet enfoiré. Qu'il était parti chez les putes. Juste un jour après qu'j'étais d'accord pour m'marier avec lui.

— Tu t'es servie de moi, pour essayer de lui faire du mal, c'est ça, hein, Nellie ? Hein, c'est ça ?

Elle haussa les épaules.

— Tu savais à quoi t'en tenir, Al. Tu savais que j'te donnais que'que chose qu'était à lui. C'est pour ça qu'ça t'a tellement plu.

Elle avait raison. Cent fois raison.

— Je savais, il bégaya.

Et que c'était de l'histoire ancienne, tout ça. Il aurait dû s'en remettre depuis longtemps. Mais il était avec le souvenir de cette nuit-là comme avec sa musique. Il en avait fait sa vie. L'ordre était dans le corps de Nellie. Évoquer son corps, c'était évoquer l'injustice de l'amour. On avait pu croire que son goût du désordre dans la musique était une façon, sa façon, de contester la société. La société raciale, esclavagiste, des Blancs. Mais non. Il se débattait depuis quinze ans avec cette nuit-là. Le plaisir du corps de Nellie.

Il s'arrêta de marcher, et se planta devant l'East River. Sous les piliers de Williamsburg Bridge. Il était passé à côté de tout ce qui était essentiel dans la vie. Dieu, l'amour. Et si l'Afrique se refusait à se laisser aller dans son biniou, c'est parce qu'il n'avait jamais été au vrai rendez-vous de ses frères. La négritude. Il le savait trop bien. Il avait été toujours trop loin de tout ça. Pas indifférent, non. Mais éloigné. Intellectuellement, spirituellement, oui, bien sûr, il était proche de Luther King et des droits civiques. Plus proche de lui que de Carmichaël et du Black Power. Il n'avait jamais lu ces textes politiques qui circulaient. Ni ceux de Luther King ni ceux de Malcolm X. Ni même, comme Archie Shepp, ceux de Karl Marx.

Lui, il préférait les poètes. Les poètes européens. Rilke. Rilke le troublait. Comme les peintres contemporains. Matisse. Mondrian. Kandisky. Picasso surtout. Il sentait chez Picasso la même volonté qui l'inspirait. Déconstruire pour retrouver l'essentiel. Trane avait procédé ainsi. Mais c'était un génie. Comme Picasso. Lui n'avait fait qu'emprunter un chemin déjà connu. Il ne faisait que reproduire. Non pas dans le son – le sien, il en était convaincu, était inimitable – mais dans l'abandon de toute pulsation régulière.

Il se souvint que Press s'était fait virer de l'orchestre de Fletcher Henderson parce qu'il ne sonnait pas suffisamment comme Hawkins. Puis que, des années après – après qu'il s'était mis à clopiner derrière des centaines de types qui jouaient comme lui – il s'était fait vider de sa vie parce qu'il ne sonnait plus suffisamment comme lui-même.

Il se sentait ainsi. Dans cet état d'esprit. Sa vie était en train de le virer. Définitivement.

— À quoi tu penses, mon chou ?

— À tout ça. Au passé.

— Tu sais, faut croire qu'y a des hommes qu'ont des idées bien arrêtées sur les femmes. Comme quoi, elles devraient pas avoir d'opinion à elles.

Elle le regarda droit dans les yeux.

— Laisse tomber, Nellie.

— Pas encore, Al. Pas encore. Tu vois, c'est comme les gamins, faut toujours qu'on leur dise qu'ils sont les plus forts. Alors, on leur dit c'qu'ils veulent entendre. Mais toi, Al, t'es pas un gamin. Bordel ! T'es un homme. Avec une sacrée bonne queue même ! Et si j'te mentais à toi, ce serait une insulte.

Il se laissa tomber sur le bord du lit. Vraiment lessivé, il commençait à être.

— Je sais, Nellie. Je sais. Je le savais à l'époque. Mais, putain, t'es là aujourd'hui, et quoi, hein ? j'en suis pour mes frais. Voilà.

Une envie folle de la baiser le gagnait. Mais plus rien n'était simple, maintenant. Il fallait repartir à zéro. Revenir à ce moment où il avait ouvert la porte. Nellie, couleur sépia.

Il attrapa son sax. Les premières notes qu'il joua étaient si douces qu'elles étaient à peine audibles. Nellie se glissa derrière lui. Le son émergea. Il joua les yeux fermés. Il sentit la tête de Nellie dans son dos, ses cheveux dans son cou. Son odeur. Le chant prenait forme autour d'elle. Il rouvrit les yeux, parce qu'il trébuchait sur un passage. Mais il sentit que c'était ça, peut-être ça, qu'il cherchait. L'instant éperdu de l'amour fou.

Nellie.

Il cessa de jouer. Maintenant, il savait. Il avait la

mélodie. C'était ça. Derrière le swing, il y avait le blues. Derrière le blues, le chant du labeur des esclaves noirs. Derrière ce chant, la mélodie des origines. Il posa son biniou par terre, en bougeant le moins possible. Puis il se tourna vers elle. Nellie releva son visage vers lui. Il l'embrassa.

— Et Lloyd, dans tout ça ? il dit après.

C'était idiot.

Elle prit sa main et la posa sur sa poitrine, puis elle le regarda, songeuse.

— T'as envie de moi, trésor ?

— Oui.

Elle défit les boutons de sa chemise et glissa sa main sur son torse.

— J'vais t'dire un truc, alors. Tu m'parles pas d'lui maintenant, et j'dirai rien d'lui quand on s'réveille. D'accord.

Il ne prit pas la peine de répondre.

— À quoi tu penses, mon chou ?

Ils étaient au lit. La nuit tombait lentement. Il était sur le dos, les mains croisées derrière la tête. Nellie faisait courir ses doigts le long de son érection, sous le drap.

— À la musique. À l'amour. Il n'y a pas de musique sans amour.

— Ouahou !

— C'est sérieux, Nellie.

— Et ça, dit-elle, en exerçant une pression des doigts sur son sexe, c'est sérieux comment ? Juste qu'une fois ?

Il s'était assis, le dos calé contre un des piliers du pont. Il alluma une clope. Il aurait bien bu un coup. Mais il n'avait rien emporté. Il était sorti sans faire de bruit. À côté du lit, il avait laissé un petit mot. «Je t'aime», avait-il écrit.

Nellie s'était endormie. Lui, bien qu'épuisé, était resté immobile, à ressasser toutes ces choses qu'il avait dans la tête. Et à cette certitude aussi : Lloyd finira bien par débarquer ici. Et alors?

— J'ai les papiers du divorce, elle avait dit, fâchée. Parce qu'il avait fallu qu'il en reparle. Juste après qu'elle avait dit : «J'en veux encore, trésor.»

— Et alors?

— Et alors, j'suis une femme libre. Merde!

— Mais tu l'aimes.

— Viens, elle avait murmuré.

Et ses doigts l'avaient conduit là où il était incapable de réfléchir à quoi que ce soit. La lumière de l'extérieur éclairait la pièce. Il avait regardé Nellie dormir et peu à peu il avait compris qu'il la désirait pour tout autre chose que la baise. Il l'aimait. Vraiment. Comme il n'avait jamais aimé personne. Il n'aimait qu'elle. Depuis toujours. Il s'était senti envahi par le désespoir.

«Je suis vanné, pensa-t-il, mais je reste assis, là, comme un con, sous ce pont de merde. Comme si le temps n'existait pas. Mais plus rien n'existe. Je suis comme ma musique, comme l'amour. À mon terme. La fin. Je n'en peux plus. Il manque une raison à ma musique. Tu le sais, Nellie, qu'il manque une raison. Une clé à la mélodie…»

— En quelle clé, putain de bordel! avait gueulé Lloyd.

— En clé de mer… en clé de merde, bordel à queue!

— Bordel de merde de putain de bordel!

Il y avait vingt ans.

« Lloyd » avait appelé Nellie dans son sommeil.

Il se leva. Il était sûr que c'était mieux ainsi. Il en avait vraiment sa claque de penser, comme il ne cessait de le répéter dans les interviews, que « l'invocation d'un meilleur monde n'est que l'affirmation passionnée de ce que devrait être ce monde même où nous respirons. » Est-ce qu'il avait réellement dit ça ? Ou est-ce le critique qui avait formulé ainsi sa pensée ? Peu importait aujourd'hui. Dans ce monde, il ne pouvait respirer. Il n'y aura pas de monde meilleur. Les Nègres seront toujours des Nègres. Et l'Afrique, les chiottes de l'Occident.

Il fit un pas. Jusqu'au bord de l'eau.

Il allait rejoindre tous les autres. Trane était mort à quarante ans. Parker à trente-quatre. Lee Morgan à trente-trois. Sonny Criss à trente-neuf. Eric Dolphy à trente-six... Il vient d'avoir trente ans.

« Trente ans, Al. Et la musique ira de l'avant... »

Un reflet rouge et bleu illumina l'eau.

Il se retourna. Il n'avait pas entendu la bagnole de flics arriver. Ils avancèrent vers lui. Deux flics. Blancs. La lueur d'une torche électrique le figea là, au bord de l'eau. Lui et sa mort.

— Alors, Négro, on se promène ?

— Ouais.

— La bagnole, là-bas, elle est à toi ?

— Ouais.

« Le souffle, Al. Cherche le souffle. Te laisse pas impressionner par ces enculés. »

— T'as des papiers ?

Sa main se dirigea vers sa poche.

— Dou-ce-ment ! articula le flic, en savourant la menace qu'il mettait dans le mot.

Il tendit son portefeuille avec sa carte syndicale à celui qui semblait être le chef.

— Ayler. Albert Ayler. C'est toi ?

— Ouais.

— Oui, lieutenant, le reprit l'autre flic.

— Oui, lieutenant.

— Musicien. C'est ça ?

— Ouais… Oui, lieutenant.

— T'es pas causant, hein, Ayler. Ou qu't'aimes pas les flics.

— J'ai des soucis.

Ils éclatèrent de rire.

— Des soucis ? ricana le lieutenant. Quels soucis ?

— Pouvez pas comprendre.

— Pourquoi ? On est trop cons pour un enculé de Nègre comme toi.

— J'ai pas dit ça.

— T'as dit quoi, Négro ?

— Qu'j'aime pas causer, voilà.

— Tu préfères jouer ta musique de sauvage ?

Il ne voulait plus répondre. La torche revint éblouir ses yeux.

— Tu glandes quoi, là ?

— Je…

— T'attendais quelqu'un ?

— Non.

— Moi, j'crois qu'oui. T'en penses quoi, Charlie ?

— Qu'il attend sa dose.

— J'attends personne.

— Ouaip. Mais la vérité, c'est nous, Négro. Tu sais ça ?

— Je sais.

— Et on raconterait des craques ?

— Non.

— T'attends qui alors ?

— Personne.

— C'est qu'il est passé alors, lança l'autre flic.

— Qui ?

— Çui qu't'attendais.

— Et merde !

— J'crois qu'tu vas plonger, Ayler, reprit le lieutenant.

— J'ai rien sur moi.

Les deux flics se regardèrent et éclatèrent de rire.

— Plonger dans l'eau, Négro.

La peur l'envahit. Maintenant il voulait vivre. Vivre. Et porter la musique loin, plus loin encore. Jusqu'à ce que s'affirme sa cohérence. L'imaginaire d'un monde autre. Un monde irréel qui *inspirerait* le réel, comme disait Trane.

— Recule, Négro !

— J'sais pas nager.

— Recule, enculé !

L'autre flic s'empara de sa matraque.

— Recule ou j't'cogne !

Il ne bougea pas.

— Cogne ! cria le lieutenant.

Il cogna. Sur le visage. Il ne bougea pas. Il sentit le sang lui pisser par le nez.

— Cogne encore !

L'autre tapa encore. Plus fort. Deux fois sur le

visage encore. La troisième fois sur le front. Le choc l'étourdit. Il vacilla.

« Nellie », il pensa.

Un éclair lui laboura les yeux.

Couleur sépia.

Il n'entendit pas rigoler les flics quand il tomba dans l'East River. Il n'entendit que les premières notes de sa musique. *New things of Africa.*

THIERRY JONQUET

La colère d'Adolphe

Après des études de philosophie et d'ergothérapie à Paris, il travaille dans divers hôpitaux, puis devient éducateur. Il s'intéresse ensuite de très près à la justice avant de se consacrer exclusivement à l'écriture. Il est l'auteur de nombreux romans noirs dont *La Bête et la Belle, Le manoir des immortelles, Mémoire en cage, Mygale, Les Orpailleurs*, et *La vie de ma Mère !*, parus en Série Noire.

En général, le transfert durait trois ou quatre semaines, suivant les conditions météo. Les passagers, hébétés, sonnés, ne se rendaient même pas compte du temps qui s'écoulait. Étonnés de se trouver dans le Vaisseau, harcelés de questions par de jolies hôtesses vêtues d'aubes blanches vaporeuses chargées de préparer les dossiers d'admission, ils ne cessaient de s'agiter, tendus, encore sous le choc, incrédules. Le Vaisseau filait dans le vide intersidéral, à une vitesse folle. S'enfonçait avec hardiesse dans la Voie Lactée, pulvérisait au passage un nuage de météorites par-ci, tremblotait à peine en frôlant une comète par-là, résistait à l'attraction fatale de tous les Trous Noirs qu'il croisait sur son chemin. Majestueux, souverain. Propulsé grâce à une énergie qui se riait de toute contingence matérielle, une manière de kérosène divin, et pour cause : il avait été concocté par le Créateur en personne.

Oui, dès qu'un mortel trépassait à la surface du globe, dans les minutes qui suivaient son décès, il se retrouvait embarqué dans le Vaisseau, débarrassé de son enveloppe charnelle, réduit à une curieuse transparence, un négatif de son passé, une trace, un résidu : ce que d'aucuns appellent l'âme. Quelque chose d'impalpable qui continuait malgré tout de souffrir, d'espérer, de se demander pourquoi les dés jetés sur le tapis ne donnent pas tout de suite un 421, pourquoi les femmes sont volages, pourquoi le tramway est toujours en retard, pourquoi la peste bubonique ou le choléra viennent creuser leur sillon cruel au sein de populations innocentes, pourquoi la tartine qui tombe de la table du petit dej'atterrit systématiquement sur sa face beurrée, etc.

Il en était ainsi depuis la nuit des temps. L'esclave scythe affamé, épuisé à la tâche dans les mines de sel de Néron, le soldat de la Grande Armée tué devant Borodino, le yuppie stressé succombant à un infarctus face à l'écran de son portable, le cavalier mongol transpercé d'une flèche à l'assaut de Nijni-Novgorod, sans oublier le Chinois de Nankin décapité ou enterré vif par les soudards nippons, tous ces amas de cellules, ces conglomérats biologiques partagés entre le hasard et la nécessité, connaissaient le même sort final, inexorable : couic, terminé, un jour ou l'autre. Une encoche insignifiante dans le grand calendrier de l'éternité. Rien qu'un pet glissant sur la toile cirée de la Création. Bien le bonsoir, merci d'avoir participé à notre grand jeu-concours auquel on ne gagne rien…

Le dossier d'admission que les hôtesses vêtues d'aubes blanches vaporeuses étaient chargées de préparer comportait de nombreux feuillets de couleur, rouge et bleu. Rouge pour les péchés, bleu pour les bonnes actions. Plus un feuillet blanc que les voyageurs à destination de l'Au-Delà devaient signer en fin d'entretien et qui stipulait les circonstances exactes de la mort : naturelle, accidentelle, ou consécutive à une maladie.

Quand Adolphe fit le voyage, le 7 février 1894, le soir même de son décès, l'hôtesse en charge de son dossier fut très honorée de faire sa connaissance. Elle était très mélomane et, Là Haut, demandait toujours à être affectée à la Section des Musiciens.[1] Elle se faisait appeler Euterpe, un pseudo qu'elle avait choisi en hommage aux Muses. La petite main d'Euterpe, parfumée à l'encens, se blottit dans celle, calleuse et robuste, d'Adolphe. Ses joues diaphanes rosirent. La vieille âme d'Adolphe, percluse de mille douleurs, en fut toute retournée. Euterpe posa ses questions et, à chaque réponse, cocha les cases, très pro. À la rubrique des péchés, Adolphe n'avait pas grand-chose à se reprocher. Certes il avait trompé sa femme, usé de ruses pitoyables pour intriguer à la cour de Napoléon III, et autres broutilles, mais quand Euterpe entreprit de remplir le feuillet bleu, celui des bonnes actions, elle fut si émue qu'elle ne put retenir quelques larmes. Adolphe, tout au long de sa vie, avait dépensé tellement d'énergie pour

1. Il n'est pas dans notre intention de relater ici dans le détail le fonctionnement très complexe de l'HAP, la Haute Administration Paradisiaque. Le lecteur doit malgré tout savoir que les hôtesses travaillent en Trois/Huit, c'est-à-dire, trois siècles au classement des archives, trois siècles de permanence dans le Vaisseau, trois siècles enfin, au repos dans une Section de leur choix.

venir en aide à ses contemporains qu'il était évident qu'au terme du voyage, à sa sortie du Vaisseau, il serait dispensé du Purgatoire. Il raconta à sa charmante interlocutrice l'invention de son «émanateur hygiénique», destiné aux boucheries, hôpitaux et autres lieux publics, qui diffusait dans l'atmosphère des vapeurs de goudrons aux propriétés antiseptiques reconnues... un tel dévouement à la cause de ses semblables lui vaudrait, à l'arrivée, unc mcntion plus qu'honorable.

— Mais je n'ai pas inventé que l'émanateur... soupira-t-il. J'ai aussi...

— Je sais, je sais! coupa Euterpe.

Elle apposa un coup de tampon sur le formulaire, fit signer à Adolphe le feuillet blanc, attestant de sa mort à la suite d'une thrombose à l'aorte. Il n'y avait pas d'erreur.

— Tout ira bien, rassurez-vous, lui dit-elle en lui caressant la main. Je vous rendrai visite, voulez-vous?

Adolphe ne comprit pas. La petite Euterpe l'informa du cadre de travail des trois-huit auquel les hôtesses étaient soumises. Elle arrivait presque en fin de cycle au Vaisseau et pourrait enfin goûter le repos, dans quelques décennies. À la Section des Musiciens, comme d'habitude. Sa préférée. Lors de son précédent séjour, elle y avait bien connu Mozart, un petit fripon, ainsi que Argor, ce néanderthalien fort comme un bœuf, natif de la savane indo-européenne, et inventeur oublié du xylophone, dans les années moins quarante mille avant la naissance de Notre Seigneur. Passant des bras de Mozart à ceux d'Argor, Euterpe s'était étourdie de plaisir, au point de récolter un avertissement de la part de l'Inspection de l'HAP... les hôtesses étaient en effet tenues à une certaine réserve. Le repos des âmes, certes, lui avait-on laissé entendre, mais dans la discrétion ! La belle affaire ! Comment réprimer ses cris de joie alors qu'Argor vous besognait ? se défendit-elle. Et d'ailleurs, il n'y avait plus d'enveloppe charnelle, simplement la communion de deux esprits, en toute pureté ! Le dossier fut classé sans suite. Non-lieu, trancha Saint-Pierre, qui avait personnellement apprécié Euterpe. Et notamment le petit air de pipeau qu'elle savait si bien jouer. Pas la peine d'aller déranger le Patron pour des salades pareilles. Alors que le Vaisseau s'approchait de son aire d'atterrissage, Euterpe narra l'incident avec des œillades évocatrices qui mirent du baume au cœur d'Adolphe.

Bref, à l'arrivée, quand le Vaisseau se posa sur le Terminal, Adolphe n'était pas trop déçu d'être mort. Il vit la longue cohorte des malchanceux qui se dirigeaient vers le Purgatoire, accablés, déçus, il entendit les cris des damnés qu'un autre Vaisseau, frappé des Aigles Infernales, lugubre, allait bientôt prendre en charge. Il lui fallut patienter quelques heures encore dans la cohue avant qu'un huissier en smoking blanc ne vienne à sa rencontre pour le conduire à la Section des Musiciens. Ils cheminèrent sur un curieux tapis ouaté, bordé de fleurs qui rappelaient les asphodèles terrestres. Au loin, là-haut dans le ciel, des éclairs gigantesques zébraient le firmament.

— Un orage du côté de Bételgeuse, ça devrait se calmer en fin de soirée, murmura l'huissier. La saison a été très humide, pas comme le siècle dernier, une vraie canicule. Nom de D… hum, pardonnez-moi, mais qu'est-ce qu'on en a sué ! Couvrez-vous donc, le vent est sournois !

Il portait le dossier d'Adolphe sous le bras, marchait d'un pas gaillard, cueillait de temps à autre une fleur au passage, en respirait le bouquet, puis la rejetait le long du chemin, de l'autre côté du talus, où s'ouvrait un gouffre insondable dans lequel s'entrechoquaient des météorites. L'huissier feuilleta le dossier, sans cesser de marcher.

— Vous êtes attendu, très attendu… murmura-t-il, vous êtes un inventeur, un musicien hors pair… vos collègues vous attendent avec la plus grande impatience.

Adolphe en eut le vertige. Lui, un musicien hors pair ? Toute sa vie durant, il s'était battu pour faire accepter ses brevets, avait travaillé d'arrache-pied pour défendre ses instruments, on l'avait pillé, espionné, il s'était épuisé en procès interminables… en vain. À l'heure de sa mort, rien n'était encore gagné.

L'huissier lui désigna une silhouette qui attendait au bout du chemin.

— Ludwig ! s'écria-t-il, c'est lui, votre plus grand admirateur.

Adolphe sentit sa gorge se serrer en reconnaissant le personnage. Le sourcil broussailleux, le front dégarni, proéminent, la masse des cheveux blancs rejetée vers l'arrière, le regard fou, pathétique, qu'il avait vu sur maints portraits…

— Ach, fou foilà envin ! s'écria Ludwig Van Beethoven. Che zuis heureux te fous zerrer la main !

Adolphe se retourna, incrédule, comme s'il s'attendait à ce que Ludwig Van Beethoven ne s'adresse à un autre que lui.

— Tans mes pras, tans mes pras, kamarade ! lança Beethoven.

Adolphe se laissa donner l'accolade, gêné, sentit les lèvres du génie embrasser ses joues râpeuses. À l'heure où la mort l'avait saisi, il s'apprêtait tout juste à se raser…

— Mais, je ne suis rien… balbutia-t-il.

— Voudaises ! s'esclaffa Beethoven, izi, dous les béchés zont bardonnés ! Bas de vauzze motesdie ! Fous êtes pien Adolphe Sax, l'inventeur de zet insdrument chénial abbelé « zaxophone » ?

— Absolument, confirma Adolphe Sax. Le saxophone ! Mais j'ai aussi inventé le saxotromba, le saxhorn…

— Oubliés, si vous me permettez, glissa l'huissier, il ne reste que le saxophone. Pour les siècles des siècles…

— Pardon ? balbutia Sax. Pour les siècles des…

— *Saecula saeculorum*, confirma l'huissier. C'est une expression d'ici, très prisée, n'oubliez pas que vous n'avez plus rien d'autre à faire que de vous la couler douce ! Pour la nuit des temps !

— Mais ce n'est pas une vie ! protesta Sax.

— Non, c'est juste la mort… l'auriez-vous oublié ? souligna gravement l'huissier.

— Ach, zi ch'avais gonnu fotre infention quand che drafaillais à ma Neufième, reprit alors Beethoven, enjoué, groyez-moi, z'eût édé audre chose ! Dadadada ! Dadadada ! Mais avec tantôt lé feluoté, la zuavité, tantôt la fiolenze de ce cuivre qui m'était ingonnu ! Fotre infenzion ! Cheniale ! À fous ! Adolphe Sax ! Ach, zi j'afais zu, que n'aurais-che alors gomposé ? Fenez, les amis zont là, dous là...

Un curieux aréopage se présenta alors. En costume d'époque. Mozart, Lully, Rameau, Couperin, et tant d'autres. Tous serrèrent la main d'Adolphe Sax. Seul Wagner resta dans son coin, à bougonner. Un buffet était dressé sur un petit nuage voisin. Pour s'y rendre, les convives empruntèrent une passerelle fleurie. Des hôtesses en aubes froufroutantes, pareilles à celle dont était vêtue la délicieuse Euterpe, accoururent alors. En quelques minutes, surgis d'on ne sait où, ils furent des centaines, des milliers à se presser autour du nouveau venu. Les hôtesses servaient un petit nectar gouleyant qui tournait la tête, et chauffait les entrailles.

Ballotté de l'un à l'autre, éprouvant les plus grandes difficultés à réaliser qu'il était mort, bien mort et admis à séjourner au Paradis dans la Section des Musiciens, Adolphe Sax se laissa embrasser, palper, congratuler par les uns, par les autres, célébrités décédées deux, trois, dix siècles plus tôt, ou compositeurs malchanceux, instrumentistes besogneux mais méritants, concertistes tombés dans l'oubli, voire simples musiciens de foire, humbles bateleurs d'estrade qui avaient diverti le public de leurs modestes aubades... Un vieillard au visage buriné, flétri, vêtu d'une toge, s'approcha alors d'Adolphe Sax et lui tendit la main. L'huissier fit les présentations.

— Monsieur Homère, dit-il, spécialement venu de la Section des Poètes, pour vous rencontrer...

En quelques mots, Homère expliqua à Adolphe

Sax que le chant des sirènes, celui auquel Ulysse n'aurait pu résister s'il ne s'était fait ligoter au mât de son bateau, eh bien, c'était précisément la sonorité du saxophone !

— Le... le chant des sirènes ? bégaya Adolphe Sax, rouge de confusion.

— Absolument, cher ami, confirma Homère, c'est précisément ce que j'imaginais au moment même où je composais les vers de l'Odyssée !

— Évidemment, vous êtes mort beaucoup trop tôt pour vous en rendre compte, insista Mozart, mais vous pourrez constater que votre invention a un très bel avenir... soyez-en sûr !

Adolphe Sax installa donc ses pénates dans un bungalow confortable de la Section des Musiciens. Il passait le plus clair de son temps à flemmarder, comme ses congénères, et, tous les soirs, se rendait à un des nombreux concerts organisés sous la houlette de l'HAP. Il finit par y croiser le fameux Argor, ce néanderthalien vêtu d'une peau d'ours qui lui présenta le premier prototype de sa propre invention : le xylophone ! À vrai dire, Argor ne tenait guère à parler musique. Il attendait avec la plus grande impatience la visite d'Euterpe qui, une fois sa permanence au Vaisseau achevée, allait partager son temps à visiter les bungalows de ses musiciens préférés...

Tous les matins, Adolphe Sax se rendait à la librairie centrale pour lire la gazette donnant des nouvelles de la Terre. Peu à peu, il vérifia la prédiction de Beethoven, de Mozart, de tant d'autres qui ne tarissaient pas d'éloges à son égard. Le saxophone parvint peu à peu à s'imposer dans les orchestres, grâce entre autres à Bizet ou Saint-Saëns, qui rejoignirent un peu plus tard la Section des Musiciens. Ce ne fut là qu'un succès éphémère. Adolphe Sax se renfrogna. Beethoven, qui lui rendait fréquemment visite, l'exhortait à la patience.

— Fous ferrez, fous ferrez... za ne fa bas darter à béter, et drès vort ! répétait-il en riant.

Au début des années 1920, Adolphe Sax comprit enfin. Euterpe avait terminé sa permanence au Vaisseau, et la Section des Musiciens toute entière put s'enivrer du petit air de pipeau qu'elle savait si bien jouer. Sax fut particulièrement gâté. Mais ce n'était pas là le plus important : le jazz était né ! Le saxophone avait enfin conquis droit de cité.

Un peu plus tard, la première fois que Sax entendit jouer Charlie Parker, il en eut les larmes aux yeux. Beethoven s'était procuré un enregistrement exclusif du Bird, encore vivant à l'époque et, en catimini, le confia à Sax. Beethoven fut convoqué par l'Inspection de l'HAP pour cette entorse au règlement : toute audition d'une œuvre en provenance de la Terre était formellement proscrite avant la mort de son auteur, mais qui donc allait chercher des poux dans la tête de Ludwig Van, le compositeur de L'*Hymne à la Joie* ? Il fut élargi et l'incident ne fut même pas consigné sur son *curriculum mortae*...

— Fous afez endendu, ze Pird ? Ze Jarlie Barker ? demanda Beethoven, d'une voix nouée par l'émotion. Vandasdique, n'est-ze bas ? He pien il fa biendôt mourir ! Drop cheune, peaucoup drop cheune ! Méviez-fous, mon cher Zax, méviez-fous !

Che ne zais bas ze qui ze pazze, mais on fous en feut ! Gomme on m'en a foulu à moi !

Adolphe Sax hocha gravement la tête, compatissant. Beethoven ne s'était jamais remis de ses déboires terrestres. Lui, musicien génial, s'était vu infliger la pire des infirmités, la surdité ! Désespéré, il avait sombré dans l'alcoolisme et était mort d'une cirrhose du foie ! Ludwig, malgré la béatitude que le Créateur lui octroyait à présent – séjourner au Paradis ! – en conservait une aigreur certaine. Mozart, au cours des soirées arrosées au nectar divin qui suivaient les concerts donnés à la Section des Musiciens, confiait volontiers en privé que Ludwig était un peu parano. Les convives acquiesçaient gravement : Wolfgang en avait bavé, lui aussi, en bas, et pourtant il ne la ramenait pas trop... pourquoi râler ? La soupe était bonne, les hôtesses attentionnées, les salles de concert confortables, allez, il valait mieux passer l'éponge. Le Seigneur, de toute éternité, s'était un peu planté, en s'acharnant sur les musiciens, c'était de notoriété publique, mais on aurait pu en dire autant dans toutes les Sections... chez les écrivains ou les poètes, par exemple ! On ne comptait plus les artistes morts dans la misère, le désespoir. Alcooliques, morphinomanes, shootés de diverses obédiences, ils se valaient tous, les malheureux.

— Et le fils du Boss, lui-même, il a pas dérouillé, peut-être, sur sa croix ? rétorquaient les plus fervents des légitimistes.

L'argument était de poids. Quoiqu'il en soit, au fil des décennies, Adolphe Sax se rangea peu à peu à l'avis de Beethoven. L'Autorité Divine y allait un peu fort. Quand on accueillit Charlie Parker à la Section, le 12 mars 55, accompagnée de sa fille, Pree, emportée par une pneumonie un an plus tôt, et qu'Adolphe Sax était allé en personne récupérer à la Section des Enfants, il s'ensuivit un gigantesque *bœuf*, absolument mémorable. Mozart interpréta *I'll remember April* au clavecin. Ludwig Van, qui avait beaucoup répété, se lança à la trompette dans un *Salt peanuts* endiablé. Lully aux drums, Couperin à la contrebasse, Argor, *guest star*, au xylo ! Du jamais entendu ! Les inspecteurs de l'HAP fermèrent les yeux sur le fait qu'en fin de soirée, les hôtesses, Euterpe en tête, avaient quitté leur aube et dansaient nues sur la scène ! Les huissiers eurent beaucoup de travail, le lendemain, pour effacer les traces de ce chambard insensé !

Chez les pauvres mortels, la vie allait son cours, pitoyable. Adolphe Sax tint à se rendre en personne au Terminal où se posa le Vaisseau chargé d'âmes, le soir du 22 juillet 1967. Un grand gaillard noir, hébété de se trouver là, tenait dans ses bras un étui volumineux, entre tous reconnaissable, celui d'un sax ténor.

— *My favourite things*, c'est une merveille... s'écria Adolphe en serrant la main de Coltrane.

— Pourquoi suis-je mort si tôt ? demanda celui-ci. Mon foie aurait pu tenir encore quelques années... non ?

Une copine d'Euterpe l'avait assisté durant tout le voyage, prévenante. Sans parvenir à lui faire comprendre qu'il était inutile de tenter de se révolter contre le sort qui lui avait été réservé par l'HAP.

— Bah, c'est difficile à expliquer, comme toujours, lui confia Sax, l'histoire d'une injustice…

— Le Bird est là ? demanda Coltrane.

— Il est là… et beaucoup d'autres, murmura Sax.

Une fois les formalités d'accueil réglées, Coltrane chemina en compagnie de Sax sur le sentier cotonneux bordé d'asphodèles qui menait à la Section. Soudain, il fronça les sourcils, inquiet. Une musique tonitruante, agressive, emplissait l'air de ses échos cacophoniques.

— Je veux bien être mort, s'écria-t-il en se bouchant les oreilles, mais ce n'est pas une raison pour m'infliger cette merde !

— Ce n'est rien, rien du tout, rassurez-vous, assura Sax, rien qu'une fois par an, on autorise Wagner à donner un concert, mais après, il nous fout la paix…

L'arrivée de Coltrane à la Section des Musiciens fut particulièrement remarquée, eu égard à son talent. Ce ne fut que le prélude d'une évolution inexorable. Les jazzmen, tout simplement en raison des lois démographiques qui régissaient la croissance de l'humanité, arrivèrent de plus en plus nombreux au Terminal. Les collègues d'Euterpe, consciencieuses, s'empressèrent de signaler la vague prochaine de décès des tenants du *rock and roll*, du *rhythm and blues*, en conséquence de quoi il fallait procéder à des travaux d'urgence dans la Section des Musiciens, mais le Bureau des Statistiques de l'HAP ne réagit qu'avec une extrême mollesse ! Encroûté depuis des millénaires dans une gestion routinière, ledit Bureau n'était plus à même de remplir sa mission. Il y avait un problème de management. Et des plus sérieux.

À la Section des Musiciens régna bientôt un joyeux bordel. Les jazzmen se réunirent en une coterie solidaire, en butte aux tracasseries permanentes des Inspecteurs de l'HAP. Coltrane et le Bird se virent, bien malgré eux, propulsés au rang de leaders de la jacquerie. Les rodomontades d'un Beethoven, qui avait longtemps fait figure de franc-tireur auprès de ses pairs au cours des deux derniers siècles, passaient à présent pour des enfantillages. À chaque arrivée de nouvelles âmes au Terminal, Coltrane et le Bird, assistés de Sax, étudièrent avec minutie le dossier des défunts, prêts à dénoncer l'injustice.

Tel gosse, trompettiste de Brooklyn, rectifié d'un coup de surin à la sortie d'une boîte ? Dette de jeu ? Ok ! Oh, mais voilà qui méritait une étude scrupuleuse ! Un pardon éventuel. Pourquoi ne lui avait-on pas accordé un petit sursis ? Pourquoi l'avoir remis entre les mains griffues de Belzébuth ? Et ce vieux saxophoniste de la West Coast, qui versait scrupuleusement son obole à la Mafia, économisant pourtant dollar après dollar pour sauver sa fille de la dope, pourquoi n'avait-il pas bénéficié de la mansuétude divine ? Pourquoi grillait-il à présent dans les feux de l'Enfer ? Ce n'était plus un cahier de doléances, un brouillon pour des accords de Matignon, c'était une véritable déclaration de guerre, une rébellion en bonne et due forme contre l'autorité Divine !

Accumulant les mémorandums, les pétitions, le quatuor des récalcitrants, entendons : Sax, Parker et Coltrane, épaulés par Ludwig Van, se tailla bientôt une réputation *infernale* dans les hautes sphères de l'HAP. La coupe déborda carrément le matin du 25 novembre 70 quand on apprit la mort, à trente-six ans, d'Albert Ayler. Parker, la gazette sous le bras, bouleversé, se rendit au bungalow de Ludwig, où celui-ci prenait des cours de saxo auprès de Coltrane. Sax, également présent, lut l'entrefilet à voix haute.

— Incroyable, balbutia Coltrane, il a été repêché dans l'East River, mais on ne connaît pas exactement les circonstances de sa mort ?!

— Fous foyez que ch'afais raison ! s'exclama Beethoven, maintenant, ils ne ze tonnent même blus la beine de chustivier le tèzès ! Garrément ! Les zalauds !

— Cette fois, c'en est trop ! décréta Sax.

Il enfila sa redingote, saisit un bâton et prit la tête de la cohorte qui se dirigea vers le siège de l'HAP. La nouvelle de la mort scandaleuse d'Albert Ayler s'était répandue à travers toutes les Sections artistiques, et les musiciens furent rejoints par les poètes, les peintres, les chanteurs... ce furent plusieurs centaines de milliers d'âmes qui se dirigèrent en manif chez Saint-Pierre.

Les autorités de l'HAP acceptèrent de recevoir une délégation, et sommées de s'expliquer, donnèrent une version extrêmement confuse de l'événement. Il fut question d'une cuite qui aurait mal tourné, d'une glissade le long du quai. Un destin totalement inadmissible pour un musicien de renom.

— Pas de bobards ! s'écria Sax, nous voulons la vérité.

Saint-Pierre, penaud, finit par lâcher le terrible aveu.

— Hé bien, quand nous avons étudié le dossier, quand nous avons entendu les sonorités que produisait ce monsieur Ayler sur son instrument, nous n'avons pas réalisé qu'il s'agissait de... heu... de musique, n'est-ce pas ! C'est pourquoi cette âme n'a bénéficié d'aucune protection particulière...

— Vous n'avez jamais entendu parler du free-jazz ? demanda Coltrane, médusé.

Saint-Pierre hocha négativement la tête. Il dut promettre de veiller désormais sur les saxophonistes, de ne plus les traiter à la légère, et encore moins de s'acharner contre eux. Sax fut particulièrement virulent.

— Si jamais il arrive quelque chose de douteux à Archie Shepp ou à Sonny Rollins, prévint-il, ce sera l'émeute ! Ceux-là, ils doivent mourir dans leur lit, et octogénaires !

Depuis ce jour mémorable, la Section des Musiciens a retrouvé tout son calme. Quand Albert Ayler joue *Witches and Devils*, Beethoven met la sono à fond, et les oreilles de Saint-Pierre sifflent un peu...

BERNARD MEYET

Joyeux Noël

Né en 54 dans l'Ain. Attend l'âge de 13 ans pour aller dans l'Autre. Exerce divers métiers qu'il préfère passer sous silence, à l'exception du dernier : capitaine au long cours. C'est lors d'une escale qu'il écrit cette nouvelle (son premier texte publié) sur un musicien dont il n'a strictement jamais rien eu à foutre : Albert Ayler.

À Caroline T.
À Souriceau

Merci à Sylviane P.

Je hais le Jazz.

À part peut-être *Petite Fleur* de Sidney Bechet.

Mon père, lui, avait une passion pour cette musique mais quand ma mère l'a quitté pour un représentant de commerce aux charmes sévillans, c'est devenu une obsession. Chaque fois qu'il écoutait Charlie Parker, il poignardait un guitariste flamenco. Maman est partie en juillet 1958, j'avais quinze ans, j'étais un peu gros, trop solitaire et très innocent. Je n'avais rien vu venir. Après un baiser furtif, elle est montée dans la 201 de son hidalgo de pacotille et elle est partie. Comme ça. Je pourrais ajouter que le soleil d'été se reflétait sur le pare-choc chromé qui s'éloignait mais je n'en suis pas sûr, je ne suis même plus certain du baiser. J'ai tellement tout fait pour oublier ces années de merde que j'y suis presque arrivé, Orléans, la

Loire si molle, Jeanne d'Arc, bonjour la joie ! Mon père a quitté son emploi de contremaître aux Ets SEMTEX, Mécanique de précision et avec ses économies a racheté un bar périclitant en centre-ville.

Orléans, sa Pucelle, sa base américaine. J'imaginais des hordes de soldats ricains partouzant notre Jeanne nationale, qui en redemandait : « One more ! One more ! ». Je ne devais pas être si innocent que ça... En tout cas, grâce à eux, le « Perroquet Vert » ne désemplissait pas.

C'était un lieu sans prétention : un grand bar recouvert de formica vert et jaune, trois banquettes de skaï rouge sombre et quelques tables de bois. Les murs recouverts d'une tapisserie « Pompadour » supportaient stoïquement les photos d'improbables jazzmen jaunies par la fumée. Derrière le bar, à côté du percolateur mais pas trop près pour éviter les souillures, trônait le vrai maître des lieux. Son âme, sa justification ultime : un Teppaz dernier cri et une collection de disques aussi précieux que des icônes dans un monastère grec.

Je hais le Jazz.

Je sais, vous allez me parler du rejet du père et toutes ces conneries : c'est pas vrai, j'aime mon père, je l'aimais. Mais, franchement, tous ces Nègres qui riaient fort en jouant sur des instruments imaginaires la musique ininterrompue que crachait l'électrophone, ça me plaisait moyen. Enfin, j'étais quand même fier que le « Perroquet Vert » soit un établissement « international » et puis j'étais peut-être envieux de leur vitalité insouciante, de leur force, de leur joie de vivre. J'ai jamais compris comment mon père avec ses trois mots d'anglais pouvait passer des heures à discuter avec ces types du Kansas, de Louisiane ou de New York. La musique «langage universel», mon cul. Cette fausse complicité m'a toujours fait vomir. Moi, j'aime la bossa-nova et le mambo, c'est pas pour autant que je vais copiner avec tous les espingoins de passage. Ils se foutaient de sa gueule, c'est sûr. D'ailleurs la plupart payaient avec des enregistrements récemment reçus des États-Unis. Un bar plein, un tiroir-caisse vide. Mon père s'en branlait : l'argent aurait de toute façon servi à acheter des disques. Il avait simplement raccourci le circuit économique à son avantage avec des trucs introuvables par ici.

Je hais le jazz et les jazzeux. Ouais, ils se foutaient de sa gueule.

Au minimum ils devaient le trouver pittoresque.

Un seul était sérieux. Un grand Noir de Cleveland à la barbichette naissante incapable de parler d'autre chose que de musique. Quand je dis «musique», je suis gentil. En fait, il suait sur un tromblon dans la fanfare du régiment, c'est sûr qu'il faudrait pas compter sur lui quand les Russes arriveraient. Bon, j'exagère toujours un peu, il donnait de temps en temps des concerts dans un club à Paris. Mon père avait fait le déplacement un soir et était rentré avec le sourire de celui qui vient de larguer une bombe atomique sur l'Andalousie. Depuis il ne jurait que par lui. Faut pas croire que j'étais jaloux de leur complicité, de leur respect mutuel. J'aime mon père, on doit toujours aimer son père. Mais on n'est pas obligé d'aimer les amis de son père. On n'est pas obligé d'aimer un Nègre que Martine trouvait «sexy». Martine, c'était mon amour secret. Elle avait deviné avant moi que je l'aimais. Les filles, c'est compliqué.

Au début ce qui nous avait rapprochés, c'est qu'on était deux solitaires. Je veux dire qu'elle était orpheline; oh, pas de quoi pleurer dans les chaumières, elle vivait avec une grand-mère un peu folle et très friquée qui l'élevait à la va-comme-je-te-pousse. «Livrée à elle-même», comme disaient les gens chez le coiffeur du quartier. Elle aussi m'aimait, enfin je crois, mais moins que moi, ça c'est sûr. Enfin, il y en a toujours un qui aime plus que l'autre, non? On passait des heures à parler de notre vie ensemble, plus tard. On avait dix-sept ans. Elle savait qu'elle pourrait toujours compter sur moi, que je serais là quoi qu'il arrive. Je ne dis pas qu'elle a profité de la situation mais quand elle s'est entichée de ce «musicien», ça m'a fait mal. Albert Ayler. C'est comme ça qu'il s'appelait. À l'époque je n'arrivais pas à retenir son nom, j'ai jamais été très doué pour les langues. Lui non plus, d'ailleurs. Chaque 14 juillet il disait qu'il allait écouter la *Mayonnaise*. Je veux bien avoir le sens de l'humour, mais l'hymne national, c'est sacré, merde!! Martine, ça la faisait marrer. Elle prétextait l'amélioration de son anglais pour multiplier les visites au bar quand l'autre pingouin était là. La vie, c'est bizarre. Maintenant que les années ont passé, je lui en veux presque de n'avoir pas vraiment remarqué cette jolie brune aux cheveux longs qui masquait sa fascination en toussant de manière aussi imprévue que gênante.

Et puis la bonne nouvelle est arrivée, la meilleure de l'année 1960 : il est rentré en Amérique. Et tout est rentré dans l'ordre. Enfin presque. Je faisais semblant de ne pas me rendre compte que notre avenir commun intéressait moins Martine. Elle était ailleurs. Elle passait des heures à parler musique avec mon père, à parler musiciens, à parler de «lui» sûrement. Mais je pouvais accepter ça, il était loin, il ne reviendrait plus. C'était comme de parler d'un mort. C'est pas maintenant qu'il allait craquer pour cette grande bringue de Française mal finie se consumant d'amour pour lui dans d'interminables quintes de toux.

Elle a brillamment réussi son bac. 18/20 en anglais, ça m'a mis un peu les boules. C'était en juillet 62. Je hais les mois de juillet presque autant que le Jazz. La lettre était très courte. Pas vraiment une lettre d'adieu, pas une lettre d'excuses. Elle partait simplement rejoindre son musicien aux États-Unis.

C'est comme si j'avais été définitivement exclu du monde. Je fus pris d'une crise irrépressible de hoquet, même la Pucelle n'aurait rien pu faire. Ne riez pas. Ça a duré une semaine, j'ai cru mourir. Depuis, ça me reprend quand je suis contrarié.

J'ai reçu une lettre de New York, pleine de confusion et de culpabilité, puis une carte postale insipide de Cleveland. Puis rien. Les années ont passé. Mon père est mort. J'ai repris le bar. Vendu la collection de disques. Rémi, le disquaire local, m'a fait payer mon mépris pour cette musique en me proposant un prix très bas. Il n'a pas pu s'empêcher de m'expliquer qu'il m'en offrait beaucoup en mémoire de mon père. Un prix d'ami ! Il me parlait lentement comme s'il s'adressait à un débile mental. Je m'en foutais. Si j'avais eu un minimum de classe, je les aurais cédés pour rien. Mais la classe, ça m'a toujours manqué. Les années ont passé. Je me suis vaguement marié, j'ai vaguement divorcé. Je n'ai jamais oublié Martine.

Elle a poussé la porte du bar le soir de Noël 1970. Un sens de la dramaturgie étonnant, non ? Mais je suis méchant, je vous l'ai dit, je manque de classe. Ce soir-là, j'avais décidé d'ouvrir le « Perroquet Vert », de mêler ma solitude à celle des épaves scotchées au bar. Trois au moins avaient sauvé la planète quand ils étaient agents secrets pendant la guerre, mais surtout tu gardes ça pour toi, tu le dis surtout pas aux deux héros de la Résistance dont un avait baisé Ava Gardner mais avait juré de ne pas le répéter. On écoutait en boucle le disque de mambo de Robert Mitchum que tous avaient bien connu. Les murs chialaient de tristesse. Quand j'ai pris ma tête de grenouille secouée d'un hoquet digne de la naissance du petit Jésus, même les plus alcoolisés de mes « amis » se sont retournés vers la porte.

Elle était là.

Huit ans après.

Un peu arrondie, engoncée dans un manteau informe d'où émergeait une tête d'oiseau inquiet. Les baiseurs de pin-up ont fermé leur gueule devant sa fragilité presque effrayante. Même les James Bond du quartier étaient émus. C'était bien la première fois que je trouvais un minimum d'élégance à ces frimeurs minables. Elle s'est approchée jusqu'au bar. On s'est embrassés comme un frère et une demi-sœur qui viennent de comprendre qu'ils n'ont aucun parent en commun et que cette révélation lie pour toujours. Enfin, c'est ce que je dis maintenant, avec le recul. Sur le moment, je lui ai simplement demandé pourquoi elle s'était coupé les cheveux, si elle toussait toujours, enfin comment elle allait… Elle m'a regardé sans répondre. Elle était toujours aussi jolie mais son regard était étrange, éparpillé. Le disque était fini. J'ai viré tout le monde gentiment : le client est roi. Elle n'a pas bronché quand j'ai tiré le verrou. J'étais terrifié par le silence à venir. Ce silence sans musique. Elle a sorti une coupure de presse de son sac et me l'a tendue sans un mot. J'ai immédiatement reconnu la typographie d'un journal de jazz que mon père recevait à la maison. Il annonçait la découverte du corps d'Albert Ayler.

— Il est mort il y a un mois, jour pour jour.

Elle demanda un double scotch. Un double scotch ! J'avais intérêt à me faire rapidement à l'idée qu'elle n'était plus l'adolescente que j'avais connue.

— On a repêché son corps dans l'East River, en bas de la jetée de Congress Street, à Brooklyn. J'étais là.

Merde !

— Je veux dire que j'étais là quand il est tombé.

Merde de merde !

Je fus pris d'une telle crise de hoquet que mes mains tremblaient. Elle eut l'élégance de répondre par une gigantesque quinte de toux. Ne croyez pas que je sois totalement dénué d'humour, je vous l'ai déjà dit ; mais en ce soir de Noël ce duo résonnait comme la bande-son d'une vie d'échecs et d'amertume. Le départ de ma mère, la mort de mon père, mon incapacité à bouger mon cul de cette ville. Une vie subie jusqu'entre ces quatre murs qui avaient entendu tant de musique pour finir par se contenter d'une composition pour glotte et bronches.

Je n'avais pas envie d'entendre parler de la mort d'Albert Ayler.

Bien sûr je n'y couperais pas. Mais pas maintenant. Je voulais juste évoquer les souvenirs doux de notre adolescence.

— Ça t'arrive souvent ce hoquet ?

Raté !

— En fait, depuis que j'ai reçu ta lettre de départ. Mais ça va beaucoup mieux maintenant.

Et bien sûr je fus pris d'une nouvelle crise.

Les filles, c'cst compliqué mais ça comprend vite.

— Un soir, je suis passée au bar. Tu n'étais pas là. Albert était là, très excité. Pas comme d'habitude. C'était la première fois qu'il me regardait vraiment. En fait il rentrait le lendemain en Amérique, j'en savais rien. Donne-moi un scotch, un double. C'était plein comme un œuf. À un moment il a sorti son sax et a commencé à souffler. C'était incroyable. Il jouait comme s'il allait mourir la minute suivante et, en même temps, comme si l'éternité ne suffirait pas à contenir toute sa musique. J'étais bouleversée. Ton père rayonnait en vieux général contemplant une victoire annoncée. Et Albert jouait. Il a mis le bar sur orbite. Et moi avec. Personne n'a applaudi quand il a reposé son instrument, personne ne voulait non plus le silence. Alors chacun a masqué son émotion derrière un petit mot, une claque dans le dos :

— Super, mec ! Man, t'es le meilleur ! Un sacré bon moment, pour sûr ! Une bière pour mon ami Al…

J'étais tétanisée ; ton père s'en est rendu compte et m'a gentiment envoyée me coucher.

Je suis sortie sans pouvoir rien dire. J'ai attendu dehors dans le noir pendant plus d'une heure. Quand ils sont sortis, je me suis avancée dans la lumière de la porte encore ouverte. Albert m'a vue et s'est approché de moi doucement. Il m'a prise par le coude d'un air emprunté et nous sommes partis ensemble dans la nuit d'Orléans. Nous avons marché ensemble jusqu'au lever du jour. Il m'a parlé de son enfance à Cleveland, de son frère cadet musicien, de son père qui lui avait enseigné le sax, de sa mère si croyante. Il me décrivait un monde merveilleux, plein d'amour et de musique où la vénération de Dieu était la garantie du bonheur. Il évoquait des tas de musiciens inconnus comme des dieux de l'Olympe. À l'aube on s'est assis sur un banc, il a sorti son sax et joué moelleusement comme pour ne pas réveiller la ville encore endormie. J'étais sur un nuage. Ma vie venait de changer.

Elle était épuisée. Une comédienne qui récite enfin une tirade si longtemps répétée.

Moi, j'avais l'impression que la trappe derrière le bar était ouverte et que je m'enfonçais sous terre à chaque mot douloureux. J'imaginais y trouver le cadavre de ce salaud planqué dans un coin de la cave, le déterrer, le ressusciter pour mieux l'étrangler en sifflotant *Petite Fleur*. Elle m'a redemandé un double scotch en toussotant :

— J'ai essayé de l'oublier pendant les deux ans qui ont suivi. Puis ma grand-mère m'a filé tout ce fric pour la réussite de mon bac. Ça a été un déclic. Cet argent était la liberté et ma liberté appartenait à Albert. Le message était clair, je devais aller le rejoindre ! Arrivée à New York, il n'y avait personne à l'aéroport, je m'en doutais un peu : il devait sûrement répéter un concert. Le soir même j'ai poussé la porte de la première boîte de jazz que j'ai trouvée. J'ai descendu les marches au moment même où il entrait sur scène. Dès qu'il m'a vue, il a souri. Lui, Dieu et moi l'avions décidé. Albert disait toujours qu'il fallait faire confiance au Seigneur. Son sax a chanté, crié, pleuré, prié. Pour moi. Pour moi. Chaque note pour moi. À la fin il m'a prise dans ses bras et nous sommes sortis dans les rues de New York comme si on tournait le coin d'une ruelle d'Orléans. C'est comme ça que ça devait se passer, non ?

Elle m'a regardé d'un rire hystérique. Je lui ai servi un verre machinalement, comme au cinéma :

— C'est ma réserve secrète, fait maison, tu m'en diras des nouvelles.

En voyant ses yeux exorbités, je me suis enfilé le tord-boyaux à sa place. Onze heures sonnaient à la cathédrale. Dans des appartements confortables, des semi-bourgeois rotaient et pétaient, se dépêchant de finir le champagne avant la messe de minuit.

Martine fixait son verre vide en émettant des «scratch, scratch...». J'ai cru un dixième de seconde que c'était la dernière mode de New York pour demander à boire avant de relever le bras de l'électrophone qui continuait de tourner. Des fêtards aux rires éméchés se sont mis à tambouriner à la porte, attirés par la lumière. Je suis allé éteindre, ne conservant que la grosse lampe au bout du bar, celle avec l'abat-jour sang de bœuf.

Elle n'avait toujours pas quitté son manteau. Un petit chat dans un bocal corallien.

— J'ai dû faire une vingtaine de clubs à Manhattan avant de réaliser qu'il n'était pas en ville. J'étais folle de rage contre moi-même. Le pauvre se morfondait à m'attendre chez lui à Cleveland et j'étais comme une conne à traîner à Orléans... Je veux dire à New York. Donne-moi un Jack Daniels, c'est Noël merde ! Bon, un JB ça ira. Alors j'y suis allée, à Cleveland. Et tu sais quoi ? C'est sa femme qui m'a ouvert la porte ! On entendait un gosse chialer dans la cuisine. Sa FEMME !!

Martine fut prise d'une telle quinte de toux que j'ai vraiment cru qu'elle allait me claquer dans les pattes. Qu'auriez-vous fait ? J'ai contourné le bar pour aller lui donner des grandes tapes dans le dos à lui décrocher les poumons. Elle s'est un peu calmée. Côté toux, je veux dire. Parce qu'elle bavait et reniflait et pleurait, les épaules secouées. Son visage évoquait un mélange d'huile de vidange sous la pluie et de béchamel figée.

Je l'ai serrée dans mes bras. Même sœur Thérésa n'en aurait pas voulu, mais moi, je l'ai serrée dans mes bras. Elle s'est abandonnée un instant, puis s'est raidie. Son univers avait de nouveau basculé.

— Je me souviens encore des nervures de l'écorce de l'arbre contre lequel j'ai vomi. Il n'était pas question de rentrer à Orléans, ni même en France. Alors je suis allée à Londres : avec 16/20 en anglais au bac, c'est la seule idée qui m'est venue…

— 18/20.

J'avais regagné ma place dans la timonerie. Les bouteilles bien rangées derrière moi, les deux éviers encombrés de verres guettant les pattemouilles à la propreté douteuse, le gros cendrier «Noilly Prat» sur le comptoir, le ronronnement de la glacière. Mon territoire. J'allais assurer, sûr, c'était mon jour. Même le hoquet était passé. J'avais la situation en main, je ne laisserais pas repartir Martine. J'ai pensé à mon père, à l'autre pédé d'Andalou. Ça ne m'arriverait pas à moi. Pas le soir de Noël. Elle pouvait raconter tout ce qu'elle voulait, je m'en foutais… Enfin, c'est ce que je dis maintenant parce qu'en fait, ça m'a foutu un sacré choc.

Elle est restée quatre ans chez les Rosbif à vendre des choux à la crème dans une pâtisserie française en surveillant sa ligne. Un quartier qui s'appelait Bayswater ou quelque chose comme ça. C'est pas drôle la vie ? Chacun derrière son comptoir. Moi, je servais des pastis et ma femme surveillait mon pneu.

Martine a recommencé à déraper. À repenser à l'Autre.

À réfléchir, comme elle dit. Comme quoi ça arrive à plein de gens. Une erreur de jeunesse. On se marie trop tôt, surtout en Amérique, et alors ?

Ça veut pas dire qu'on s'aime. Tout le monde sait ça. T'as raison Martine, ça fait jamais qu'une dizaine d'années que je t'attends. Mais je contrôle la situation. Un Perrier ma chérie ? Non, un JB, Ok ! Double ? Pas de problème…

Avec deux ou trois ans de retard, je sais plus exactement et je m'en fous, elle a appris dans une de ces sinistres revues musicales que l'Autre avait quitté Cleveland pour aller à New York. Le lendemain même de sa visite. Elle n'a pas pensé une seule seconde à un concert, à un enregistrement ou à je ne sais quoi lié à ce foutu métier. Il avait tout plaqué pour la retrouver. Rien que ça ! Albert Ayler quitte femme et enfant pour la Princesse Martine d'Orléans de New York. Un Perrier ? J'ai plus de glaçon pour le JB. Sec ? D'accord.

Elle envisageait sérieusement de le rejoindre en Amérique quand l'autre pingouin s'amène à Londres. Un concert pour la BBC. Un peuple qui bouffe de la viande avec de la gelée de groseille et utilise l'argent des contribuables pour enregistrer Albert Ayler est un peuple foutu.

J'ai pas pigé grand-chose de ce qui s'était passé à Londres. Elle parlait de fusion, de cette nuit à Orléans, d'une rencontre mystique. Tout ça commençait à me fatiguer. Il était mort, non ? Paix à son âme.

Plus de JB. Un Vat 69, ça ira ?

Son exaltation était au-delà de l'alcool. Elle mélangeait tout : New York, le bar, Londres, Cleveland, la musique, l'amour, la trahison, Dieu… Elle a fini par jeter son manteau sur une table. Une petite robe noire. Croyez-moi ou pas mais j'ai eu un tel coup de cafard que j'ai failli chialer. Le hoquet qui revenait. Contrôle-toi mec. Assure. T'as les choses en main. Enfin presque…

Douze coups ont sonné à la Cathédrale d'Orléans. Martine a tressailli puis a éclaté de rire : « Il est né le divin enfant… » Comme un con j'ai repris avec elle, soulagé par cette soudaine légèreté : « Sonnez hautbois. Résonnez trompettes. » Ma pauvre tentative de complicité l'a mise en rage.

Salaud ! Tous des salauds !

Puis elle s'est mise à parler de cette nuit à New York un mois avant. Quand je dis parler, c'est parce que je manque un peu de vocabulaire. En fait elle… « éructait », voilà c'est ça, elle éructait. Elle répétait dix fois la même chose, chaque fois plus hystérique. Riant, pleurant, tremblant. Quand elle s'est mise à crier, j'ai hésité entre la serrer dans mes bras ou la gifler. Heureusement je n'ai pas eu à choisir : sa tête s'est affaissée sur le bar et elle s'est endormie aussitôt.

Je n'ai jamais fait la guerre mais je m'imaginais en survivant dans le silence de la bataille achevée. Bon, pour le silence, c'était pas vraiment ça : Martine ronflait comme une locomotive. Mais après tout, le « Perroquet Vert » était un bar musical, non ?

Je l'ai doucement allongée sur une banquette, recouverte de son manteau. J'ai éteint la lampe, nettoyé le comptoir dans le noir puis je me suis allongé dessus. J'étais épuisé, écrasé par ce que je venais d'apprendre.

Martine s'était rendue à New York parce qu'il fallait qu'elle voie Albert. C'était TRÈS important. Sûre qu'il n'en finissait pas de l'attendre. Elle avait quelque chose de TRÈS important à lui dire. Ne me demandez pas comment ils se sont retrouvés au bord de cette rivière dont j'ai oublié le nom. En fait je crois avoir compris qu'elle s'est servie de la mémoire de mon père pour justifier cette balade nocturne. J'ose à peine vous le dire tellement ça me fait de la peine pour elle. Ils ont marché comme dix ans auparavant dans les rues d'Orléans. Enfin c'est comme ça que Martine voyait les choses. C'est comme ça qu'elle lui a parlé de leur Amour indestructible, des années et des épreuves qui avaient renforcé le lien cosmique qui les unissait par delà le temps et les hommes. Plus jamais ils ne seraient séparés. J'imagine la tête ébahie de l'Artiste. Une gamine qu'il avait vue deux fois en dix ans.

Même si la deuxième fois il l'avait sautée, c'est vrai. Il se l'était assez reproché, un moment d'égarement en tournée à Londres. Les gens de la BBC avaient détesté le concert et elle était arrivée pour lui rappeler son armée en France, une époque heureuse. Comment s'appelait ce bar déjà ? Il avait soigné sa déprime en couchant avec elle, avait beaucoup prié pour se faire pardonner et Dieu l'avait absous. C'est comme ça que je vois les choses.

Et voilà qu'elle surgissait du passé pour lui raconter une histoire sans queue ni tête. Je suis sûr qu'il a été gentil en essayant de lui expliquer qu'elle se faisait des idées. Ces Françaises sont si romantiques. Il était très touché, vraiment, mais elle devait comprendre… Il n'a pas eu le temps de finir sa phrase qu'elle se jetait sur lui en hurlant. Elle l'a frappé et griffé et insulté et cogné et poussé. Il ne s'est pas défendu, ébahi par cette violence inattendue. Son pied a glissé et il a été déséquilibré.

Étendu sur mon comptoir, j'essayais d'imaginer la scène. Lui, tombant dans l'eau glacée sans même essayer de se rattraper, la stupéfaction dans les yeux. Elle, tétanisée, incapable de faire le moindre geste.

Ce qu'elle n'avait pas eu le temps de lui dire, c'est que neuf mois après leur nuit londonienne, elle accouchait d'un garçon. J'ai eu plus de chance. Elle m'a craché ça juste avant de s'écrouler sur le bar. Martine était rentrée au pays. Alléluia !! Avec un petit Jésus couleur chocolat. Hosanna !! Les rois mages à Orléans !! Il fallait juste que je fasse gaffe à pas péter les plombs à mon tour.

Maintenant vous savez tout. Qu'auriez-vous fait à ma place ? Bien sûr que je l'ai épousée. Tout est en ordre. On a inventé une histoire pour le gamin. Une partie de mes amis me trouve courageux, les autres me prennent pour un crétin. Ils l'appellent tous Melchior. Ils sont drôles, non ? J'ai renoncé à protester. Moi-même je me surprends à l'appeler comme ça. Personne ne sait que c'est le fils d'Albert Ayler, surtout pas le disquaire, il serait capable de l'exposer en vitrine. Martine va mieux. Elle s'énerve parfois quand le gamin souffle dans tout ce qu'il trouve, mais faut la comprendre. Le docteur dit que son état va s'améliorer progressivement. J'ai le temps.

Certains soirs elle s'enferme dans le salon et écoute *Music is the healing force of the universe* en pleurant doucement.

Je hais le Jazz.

JEAN-BERNARD POUY

Tinetorette et Toquaille

Né à Paris. Papa à la SNCF, maman à la maison. Enfance heureuse et banlieusarde. Lycée Henry IV dans la classe de Modiano, le bac philo et plein d'études. Un DEA en histoire de l'art. Animateur socio-culturel dans un lycée, prof de dessin, concepteur graphique, chômeur et directeur de collection. A publié de nombreux romans dont, *La Belle de Fontenay, Le cinéma de Papa, La clef des mensonges, L'homme à l'oreille croquée, Nous avons brûlé une Sainte, La pêche aux anges*, et *RN 86* en Série Noire.

Ah con, ne me parle pas d'Albert Ayler, celui-là, valait mieux l'avoir à la plonge qu'en terrasse, putain, si je m'en souviens de l'Albert, si je m'en souviens, tè, je suis pas près de l'oublier, celui-là, c'est comme si son saxophone, je me l'étais fait tatouer dans la viande verte du cerveau, vu que ma tête, après deux jours passés avec lui, saï cuma l'è, c'était comme de la socca pas cuite, l'Albert, je l'ai rencontré, oh, en juillet 70, à Saint-Paul-de-Vence, chaud de Vence !, juste après un concert, épuisé il était, et les nerfs en queue de singe, au moins aussi allumé que tous les couillons qui étaient venus le voir souffler dans son biniou et avec le deuxième concert, le lendemain, pas besoin d'être Einstein, tiens un autre Albert, ça doit être réservé aux explosés de la calebasse, ce prénom, alors pas besoin d'être Marie Curie pour deviner que ça avait été, pour les spécialistes du biniou en folie, des concerts historiques, oui, historiques, moi j'ai plutôt des souvenirs du genre hystérique, con, mais tout le monde était vraiment ravi, comme on dit chez nous, avec ces sourires un peu cons sur les lèvres et le visage tout retourné comme s'ils avaient vu Sainte Rita à la batterie, bon, c'est vrai, j'y comprends pas grand-chose, au jazz, et le Bébert Ayler, il avait pas l'air d'y comprendre grand-chose non plus, au jazz, tout ce que j'avais entendu, putain, c'était la tempête, le mistral à l'envers, et le bruit que font les vagues à Roba Capeu, au mois de novembre, et le fracas des bagnoles sur la promenade des cinglés, tout ça, comme si des diables jouaient *Meunier tu dors* ou *Frère Jacques* avec des instruments de torture en cuivre, mais bon, je ne juge pas, j'étais un copain de classe de Dick, Dick Rivers, alors vous voyez bien que je suis blindé, et que tout ceux qui me disent que Dick c'est pas du rock and roll, avant je les alignais, et maintenant je les ignore, en tout cas, ce soir-là, je ne sais pas à quoi ils roulaient, tous ceux de la bande d'Albert Ayler, mais ça ne devait pas être de la farigoulette, ou alors des herbes de Provence qui ne poussent pas en Provence, de l'arrière de la scène, j'avais entendu tout ce pandémonium, en essayant de veiller sur le matos, car c'est mon boulot ça, veiller sur le matos, pour que les cacous ne viennent pas faire des nœuds avec les câbles quand ce n'est pas pour embarquer tout ce qui traîne et le revendre au marché de Vintimille le samedi suivant ou dans les caves de l'Ariane, tous les jours, et après le gig, toute la salle hurlait, il ne faisait pas très chaud, mais le Bébert, j'ai jamais vu un mec suer comme ça, ce n'était plus de la sueur qui coulait de son front, sur toute sa peau, ç'aurait pu être du sang, tiens, ça m'aurait pas étonné, tiens c'était comme si tout le malheur du monde coulait de lui, s'échappait en rigoles, putain, c'était comme s'il suait des larmes, je vous le jure, c'était bien la première fois que je voyais un tel phénomène, y'a que Vince Taylor que j'ai vu dans cet état, et encore, Vince, ce qu'il suait c'était plutôt de la tequila et du liquide rachidien, en tout cas, après le concert, ça a carburé sec au pinard, les Américains, ils oublient d'être nuls en venant en France, ils repèrent tout de suite la bonne bouteille, ça a donc carburé sec et sans pré-allumage, au kick, direct, et je ne sais toujours pas pourquoi c'est tombé sur moi, peut-être que je lui ai paru le seul mec qui lui rappelait son pays, au Bébert, ou alors c'est mon blouson avec marqué Nikaia Hells Angels, je ne sais pas, mais dès qu'il a eu un coup dans le pif, il n'a plus voulu me quitter, j'abrège, mais à trois heures du mat, il m'a dit, Pedro, on va à Venise, you're drunk, Bébert, que je lui ai rétorqué, Venise, c'est ringard, I don't want to die sans voir Venise, il a insisté en anglais, mais t'as le temps, que je lui ai lancé, on ne sait jamais, il a répondu, on ne sait jamais, I feel au-dessus de moi l'Ombre du Grand Saxophone Éternel, it's time to rejoindre the Final Fausse Note, il est bourré, j'ai pensé, mais alors bourré ! t'es cuit, faut dormir, j'ai négocié, I'll sleep in the bagnole, il a insisté, Pedro, merde, on va à Venise, shit, I want to see un Tintoret, oune tinetorette, il disait, je ne comprenais rien, mais j'ai compris longtemps après, un peintre, ce genre de peintre qu'on ne peut voir qu'à Venise, but Albert, be quiet, you know, it's impossible, merde, Pedro, je veux voir oune tinetorette ou alors j'annule le concert de tomorrow night, je me casse à Paris et je joue gratis dans the grand central of the Gare de Lyon, Lion's Station, il a hurlé, je me souviens, les caprices de star, ok, mais là, fallait que je me renseigne, alors j'ai dit d'accord, je vais voir ce qu'on peut faire, il m'a regardé dans les yeux, en marmonnant, Pedro, I trust in you ou quelque chose du même tonneau, en tout cas il m'a foutu les jetons parce que dans ses yeux, il n'y avait pas seulement les flammes dansantes du Bourgogne, mais y'avait quelque chose que j'avais jamais vu, sauf une fois, dans ceux de Vince Taylor, quand on avait réussi à lui arracher les lames de rasoir qu'il tenait serrées dans ses mains avant d'entrer en scène, alors j'ai été voir l'orga, je leur ai exposé le putain de problème, ils m'ont regardé comme si je leur avais dit que j'allais me marier avec Jacques Médecin, ils ont réfléchi au moins une seconde et demie et ils m'ont dit, et ben Pedro tu lui dis que tu vas à Venise, tu l'endors dans ta bagnole, tu roules le plus longtemps possible du côté de San Remo, quand il se réveille tu le soignes à l'expresso du coin et tu nous le ramènes demain vers midi, on lui colle une douche froide et c'est bon, deux verres de Chambertin et il sera en forme pour le soir, ça roule et on compte sur toi, les Parisiens débarquent, la critique et tout, le concert de l'année, faut pas déconner, tu fais comme il veut et tu nous le ramènes frais comme un gardon, et en voiture Simone, le Bébert, on te l'a fourré dans la Mercedes d'un gros mec qui s'occupait de je ne sais plus quoi exactement sauf qu'il était mort inquiet de nous laisser sa caisse, mais je lui ai prouvé que je n'étais pas aussi fait qu'il pouvait croire et il m'a filé les clés, Albert sur le siège avant et directo l'Italie, mais le Bébert, maccache pour dormir, on était arrivés à Padoue qu'il n'avait toujours pas fermé l'œil, il avait passé son temps à trifouiller sur la radio et dès qu'il trouvait une chanson italienne à la con, il chantait avec, il était heureux comme un pape, il m'a parlé pendant trois heures au moins de Tinetorette, que ce mec était à la peinture ce qu'Ornette Coleman était au jazz, au retour, il a remis ça mais là c'était Cecil Taylor, moi, ça pouvait être n'importe qui, Cornette ou Cécile, j'y connaissais rien, putain, je lui disais, Bébert, trouve-moi des équivalents dans le rock, alors il me disait Pedro, you are nul, you must évoluer, le rock and roll c'est un truc de cow-boys, y'a qu'à regarder the picture of YOUR Dick Rivers, to comprendre, c'est vrai que je lui avais montré la photo de Dick que je garde toujours dans mon portefeuille en lui disant que pour moi, Dieu c'était lui, et ben, c'était le seul mec qui ne s'était pas marré en la regardant, cette photo, et même qu'il avait dit que ça aurait été bien si Tinetorette avait fait son portrait, for a Dick, it's a real dick, il ajoutait tout le temps pour m'emmerder, donc on avait passé la frontière vers quatre heures du mat, pris l'autoroute, bourré comme Ascari jusqu'à Gênes, hop, traversé les montagnes, hop direction Parme, Mantoue, on s'arrêtait toutes les cinquante bornes pour boire des cafés, ce genre de mixture, t'en bois un dé à coudre et t'as le palpitant qui joue la rumba, et c'est avec des yeux comme des antibrouillards qu'on a dépassé Padoue, qu'on est arrivés du côté de Mestre et à onze heures du mat, on garait la bagnole dans les parkings de Venise, juste à droite de la gare de l'autre côté d'un canal où y'avait déjà un bordel pas possible, Bébert il pleurait, c'est vrai que ça faisait un choc, même pour moi, j'avais pas envie de pleurer mais j'avais pas du tout envie de dormir, tout ce que je voyais devant moi, c'était incroyable, comme si j'avais été transporté d'un seul coup au temps de Thierry la Fronde ou une connerie comme ça, un temps où y'avait pas de rock and roll, c'est dire, et surtout pas de bagnoles! Pas de bagnoles! Incroyable, et des maisons en rouge comme dans les beaux quartiers de Nice, ça doit être un truc d'Italiens ça, et le Bébert, il a commencé à parler aux gens, à baragouiner un Italien des genoux qui devait ressembler à ce qu'il avait appris quand il était jeune avec les Italos de son quartier pourri, et tout ce que je comprenais dans son baragouin, c'était Tinetoretto et Tokaille, pour le nom du peintre, ça allait, mais Tokaille, alors là mystère, j'ai vite compris car avant de découvrir les barbouilles de la Tinetorette, on s'est fumé au vin blanc du coin, du Tokaï, ma foi, ça se laissait drôlement boire, après on a trouvé une espèce d'église ou de musée, je ne sais plus, où il y avait du Tinetorette en pagaille, sur les murs au plafond dans l'escalier, et Bébert, il n'arrêtait pas de chialer comme un veau en me montrant Tinetorette et moi je me rendais compte de rien, je n'y connais que dalle en peinture, mais c'est vrai, c'était impressionnant, et Bébert, il me disait tout le temps, you don't yet understand, but you have to, et il m'a retrimballé dans les rues de Venise, de plus en plus dément le parcours, j'avais l'impression de tourner en rond, de devenir dingue, en plus le Tokaï m'avait fusillé les neurones, j'avais pas été fait autant depuis la Pentecôte, où on avait squatté une villa du cap d'Antibes, avec toute la bande d'un autre de mes dieux vivants, Pierre Repp, en plus on passait notre temps à franchir des ponts et des ponts et des ponts, et Bébert qui s'arrêtait au milieu de chaque pont, en me disant, bridges are terrible, it's terribeul de franchir a bridge, everything is affaire de bridge, Pedro, make your mind of that, les gars, c'était à Venise que je me mettais à vraiment comprendre l'anglais, et on s'est recogné un autre musée et là, il ne pleurait plus, Bébert, il cascadait en silence, car le tableau de Tinetorette, il n'était plus au plafond, il pouvait le toucher et il m'a montré, look, il disait, it's comme my music, I play saxophone as Tinetorette, look at ces coups de pinceaux, holy ghost, this guy is a bridge entre les temps, bref, tout ce que je voyais c'est que, de près, Tintoret il ne se faisait pas chier, c'était peint vraiment avec les pieds, j'en voudrais pas pour le mur de ma cagna, de loin, ça faisait son effet, mais de près, c'était comme une pie saladière vue au microscope, bordel, alors je l'ai laissé meugler et moi je regardais ma montre parce que s'il fallait être à Nice pour vingt heures, fallait pas traîner et j'ai réussi à le déscotcher de Tinetorette, on s'est fait encore plusieurs lavements au Tokaï, il s'est arrêté sur plusieurs ponts en regardant l'eau glauque en dessous comme si c'était du marc de café, comme si la flotte le fascinait, comme si l'eau dégueulasse des canaux de Venise était des yeux de cobra, j'ai réussi à retrouver le chemin du parking, je l'ai remis dans la Mercedes, il s'est endormi illico, et moi j'ai dû, sur tout le trajet de retour, me mordre les joues pour ne pas sombrer, six heures à injurier le monde, Bébert de quoi j'ayler, et ce genre de pensées, et qu'est-ce qu'il voulait me dire avec ces conneries de ponts et d'eau glauque, c'était pas un philosophe ce mec, c'était un saxophoniste, merde, il me bouffait la tête depuis presque vingt-quatre heures, avec toutes ses histoires de flotte, c'est vrai ça, ce mec, il pleure tout le temps, une vraie fontaine, il sue comme un bœuf, il mate l'eau des canaux, tout ce liquide, on dirait que ça l'attire, et le pinard en plus, le Tokaï, c'est tellement clair qu'on dirait de la flotte, y'avait même eu un moment incroyable, à Venise, il avait été pisser au bord d'un canal et en pissant, il marmonnait, Bébert, et il regardait l'eau en dessous, fixement, comme s'il était hypnotisé par la flotte verdâtre, une vraie soupe aux poireaux, et tellement qu'il la fixait, qu'il se mettait à se balancer, et ce con il allait basculer et que je l'ai rattrapé au dernier moment, sinon il tombait dedans et avec tout ce qu'il avait picolé, il se serait noyé aussi sec, si je peux dire, alors il a roupillé tout le voyage du retour, à vingt heures, on était à Nice, les mecs de l'orga, ils étaient au bord du suicide, c'est tout juste s'ils m'ont pas pété la gueule, mais bon, Bébert, une heure après, il était sur scène à souffler dans son tube, et là, je dois dire que j'ai peut-être commencé à comprendre quelque chose au jazz, parce que, dans sa musique, je voyais les canaux de Venise, et les verres de Tokaï, et la façon qu'il avait de parler italo-anglo-français, et tout le reste, et quand j'ai appris, bordel, ce qui lui était arrivé, et ben je me suis mis à pleurer, j'ai plaqué le boulot et j'ai fait une virée solo à Venise, il méritait bien ce genre de pèlerinage, Bébert, voilà.

HERVÉ PRUDON

Nobody knows

À la fois romancier, écrivain, nègre, journaliste, pigiste, et rédacteur en communication d'entreprise, l'homme est extrémiste de nature, tragique et taoïste, abstinent et alcoolique, mendiant et orgueilleux. Après avoir visité de nombreux pays, il s'est installé à Paris. Il est l'auteur de plusieurs romans dont *Mardi Gris, Nadine Mouque, La revanche de la colline*, et *Vinyle Rondelle ne fait pas le Printemps*, parus en Série Noire.

PART ONE

C'est une chambre d'hôtel, ça s'entend, les robinets grincent, les tuyaux grognent, la moquette crisse. C'est novembre même dedans. Le mois de la Toussaint, du jour des morts, tous des saints, tous des morts, le saint patron de ce putain d'hôtel est un vieux rat musqué aux perversions multiples. Dans chaque chambre, chaque tiroir de table de chevet, la Sainte Bible, Holy Bible. Je n'ai pas de mots pour dire le désordre du monde. Lecture de Job. Mon âme est dégoûtée de la vie ! Je donnerai cours à ma plainte, je parlerai dans l'amertume de mon âme. Mes jours sont plus rapides qu'un courrier, ils fuient sans avoir vu le bonheur. Laisser ma tristesse, reprendre courage. Je serai jugé coupable, pourquoi me fatiguer en vain ? Quand je me laverais dans la neige, quand je purifierais mes mains avec du savon, tu me plongerais dans la fange et mes vêtements m'auraient en horreur. Innocent ! Je le suis ; mais je ne tiens pas à la vie. Je méprise mon existence. Qu'importe, après tout, car j'ose le dire, il détruit l'innocent comme le coupable. Il n'y a pas un homme comme moi pour que je lui réponde, pour que nous allions ensemble en justice. Qu'il retire sa verge de dessus moi, que ses terreurs ne me troublent plus, alors je parlerai et je ne le craindrai pas, car je ne me sens pas coupable en moi-même. Un chien gueule dehors, jappe, couine, chien méchant, chien seul, litanique, chien savant, blessé, emmerdant, chien noir. Quelqu'un l'attrape et le jette dans le fleuve, bruit mou. Plus de stridence. Si. Singing in the brain. Dans la tête, un cadavre de chien qui pleure. Des cordes pètent. J'ai l'oesophage en forme de serpent. Je suis un avaleur de sax. Je suis une merde en forme de sax. Quelle heure est-il ? tard. Tard dans la vie, dans le monde. Albert, Albert, tu n'es pas encore couché ? As-tu dit tes prières ? Regarde, le joli petit ensemble blanc que j'ai fait faire par miss Daisy, demain tu seras le plus beau des plus beaux petits garçons pour jouer dans la fanfare, il n'y a plus que les épaulettes à coudre, je peux faire ça moi-même. Il y a des belles étoiles dans le ciel, demain il fera beau. Cette chambre est rien, vide. Lecture de Jérémie. Tu m'as persuadé, Éternel, et je me suis laissé persuader, tu m'as saisi, tu m'as vaincu, et je suis chaque jour un objet de raillerie, tout le monde se moque de moi, car toutes les fois que je parle, il faut que je crie, que je crie à la violence et à l'oppression, et la parole de l'Éternel est pour moi un sujet d'opprobre et de risée chaque jour. Dehors la nuit, la rue, les sirènes du port. Il y a dans mon cœur comme un feu dévorant qui est renfermé dans mes os. Près de la Sainte Bible, le putain de téléphone comme un crapaud muet. Allô, je voudrais parler à Bibi. Vous n'êtes pas Bibi. Je suis Albert. Vous vous souvenez d'Albert, non, vous ne voyez pas ? Maudit soit l'homme qui porta à mon père cette nouvelle : il t'est né un fils, et qui le combla de joie. Que cet homme soit comme les villes que l'Éternel a détruites sans miséricorde ! Qu'il entende des gémissements le matin et des cris de guerre à midi ! Vous ne vous souvenez vraiment pas de moi ? Nous ne nous sommes pas rencontrés à Saint-Paul-de-Vence en France cet été ? Vous n'êtes pas Bibi alors ? Vous ne connaissez pas Bibi ? Vous n'êtes pas suédoise ? On vient de jeter un chien dans le fleuve, un chien fou, il était seul, il jappait. Quelqu'un l'a attrapé à bras-le-corps et l'a porté jusqu'au pont, et l'a jeté dans les eaux noires du fleuve. Fleuve aux effluves fauves vivifiant fort breuvage. Non, je sais ce que je dis. J'avais acheté cet été des poissons d'or à Bibi. Je l'appelais ma petite sirène. Je l'avais rencontrée il y a longtemps à Copenhague, voyez-vous. Elle n'était pas plus mienne que sirène. J'ai vécu à Copenhague savez-vous, c'est une ville où des livres circulent, on y voit des labradors pleins d'entrain s'accoupler à des femmes monstrueuses et j'ai rencontré Bibi, elle avait douze ans. Je jouais ma musique dans ma tête sur le port de Copenhague et je l'ai bousculée alors qu'elle circulait à vélo. Elle s'est égratigné les genoux sur les pavés et j'ai dû lui raconter une histoire mais elle ne comprenait pas ma langue. Vous non plus ? Mais où suis-je ? Qui êtes-vous ? Et puis huit ans, peut-être moins, six ans plus tard, je vois une très belle jeune fille, une pin-up en short blanc à la terrasse d'un café de Juan-les-Pins et c'était Bibi. Elle portait exactement la tenue que m'avait offerte un dimanche ma maman pour jouer dans la fanfare de notre communauté. Je lui ai acheté des goldfishes à un marchand forain et elle a dit qu'ils ressemblaient à ceux de Matisse, c'est un peintre français. J'aime bien la France, j'y étais un jazz-man, ici je suis un Nègre. Vous connaissez les Nègres ? Vous ne savez pas la couleur de mon souffle. Il est encore plus noir que ma peau. Le souffle, savez-vous, c'est l'âme, et l'âme, c'est ce qui vous emporte, je ne sais pas où tout ça me mène, mais cette nuit je suis dans une chambre près de l'East River et j'entends dans ma tête les cris d'un cadavre de chien triste. You don't understand ? Bullshit ? Pourquoi bullshit ? Je vous importune au bureau ? Quelle heure est-il chez vous ? Je ne sais pas quelle heure il est chez vous ou même ici mais je sais que j'ai toujours été en avance. J'ai d'abord été un petit gamin derrière la musique et puis j'ai bien fait mes gammes et puis j'ai couru devant la fanfare et devant la scène et j'ai été de plus en plus seul comme un chien triste qui jappe dans la nuit et toujours autour de moi le désordre du monde ou bien le désert, c'est pas un paysage, savez-vous. Je buvais des Mint Julep dans ce café de Juan-les-Pins et Bibi avait une Aston Martin rouge et elle m'a remonté vers Saint-Paul avec les poissons rouges. Nous avons mangé des poissons grillés au fenouil, les Français sont de foutus cadors pour la cuisine. Et nous nous sommes serré la main et elle a laissé un moment sa main dans la mienne et je me suis souvenu de cette petite fille aux genoux couronnés sur le port de Copenhague. En Suède et au Danemark les gens me regardaient comme un drôle de phénomène tout noir avec des cheveux coiffés comme des gros buissons de poils de cul mais ils trouvaient ça normal, contrasté, noir et blanc, nous tous, avec des graves et des aigus. Mais il est tard. Non ? Tôt ? Allô ? Chambre rien. Le sax est posé sur une chaise comme un chien raide et tordu. Je vais lui cracher dans le trou du cul et il va se mettre à chanter, à couiner japper geindre et se plaindre que la vie est sale et trop nus les os de poulet. Lecture de Josué. Portez l'arche de l'alliance et que sept sacrificateurs portent sept trompettes retentissantes devant l'arche de l'Éternel. Josué avait donné cet ordre au peuple : vous ne crierez point, vous ne ferez point entendre votre voix, et il ne sortira pas un mot de votre bouche jusqu'au jour où je vous dirai : Poussez des cris ! Le peuple poussa des cris et les sacrificateurs sonnèrent des trompettes. Lorsque le peuple entendit le son de la trompette, il poussa de grands cris, et la muraille s'écroula. Je peux sucer le cul du chien et souffler et cracher, les murailles de la nuit ne vont pas s'ouvrir. Putain les cons, ils ont jeter le chien dans le fleuve. J'avais fait tomber la petite fille blanche sur le port de Copenhague et ils n'ont rien dit. Elle pleurait. Et à Saint-Paul-de-Vence elle riait. Elle disait que je savais mieux me servir d'un sax que d'un couvert à poisson. Elle riait en disant que j'avais des yeux tristes. Elle avait parlé du pasteur Martin Luther King et elle se souvenait que sur le port de Copenhague c'était elle en se relevant qui avait cru m'avoir fait du mal tellement j'avais des yeux tristes. Il n'y avait pas en moi cette tristesse quand j'étais un petit garçon dans ma communauté à Cleveland, Ohio. On escortait gaiement les enterrements. Nous vivions dans l'ordre et l'harmonie du monde. Dieu était gentil, les femmes blanches étaient des autruches nasillardes, les hommes blancs des épouvantails chics. Je ne dormais pas dans une chambre d'hôtel près de l'East River. J'ai jamais revu Bibi, mon amour, je vais pas enculer mon boa métallique, j'ai beau avoir la queue comme un black stick glorieux, une jolie clarinette, y a personne. Le rat musqué qui régente cet hôtel merdeux ne voudra jamais aller jusqu'au coin de la rue me chercher une demoiselle. Je vais pas leur pousser mon brame, ils ont jeté le chien dans le fleuve pour moins que ça, ils jettent tout dans le fleuve et le fleuve emporte tout. Il ne laisse derrière lui qu'un concert de sirènes de bateaux, de klaxons de camions, et parfois des rires de mouettes. Le fleuve s'en va comme un enterrement. À Cleveland quand j'étais un petit garçon il y avait eu ce chien qui gênait, il courait devant en jappant, yip yip, et on l'avait jeté dans la rivière Cuyahoga sans semonce et sans même se demander s'il voulait prier Dieu ou l'agonir d'insultes. Et c'était bien la même chose au Danemark et en Suède quand on me parlait, j'étais foutrement incapable de dire si on me disait enculé de face de Nègre ou bonjour l'artiste. Il y avait juste un feeling en sourdine. Sourdine grillée, harengs fumés, bye bye Stockholm, ainsi va la vie. Fleuve enfoui barbelé barbouillé qui dégueule dans la mer des métaux rares. Pour d'autres loukoum mou ou femme si facile au sofa la vie va. Six saucisses à sucer. Pas dormir. J'arrive pas. À rien. Rien fini. Pas le jour, pas la nuit. Pas conclu dans le con, pas conclu dans le cul. Pas de femmes. Lecture d'Esther. Lorsque le roi revint du jardin du palais dans la salle du festin, il vit Haman qui s'était précipité vers le lit sur lequel était Esther, et il dit : serait-ce encore pour faire violence à la reine, chez moi, dans le palais ? Ma petite reine, ma sirène de Copenhague, Bibi m'avait retrouvé à Saint-Paul, en France, sur la Côte d'Azur. Elle voulait être une Brigitte Bardot. Pin-up. J'ai repris le téléphone, drôle d'instrument, cracher dedans. Allô ? Voix au bout. Loin. Allô Gêne. Lumière faible. Can't you hear me ? Je me suis perdu, je suis un petit garçon égaré loin de sa paroisse quelque part dans un hôtel près de l'East River. Seul avec un fauve, un serpent métallique. Il va me manger, c'est lui qui aspire mon cerveau. Mon âme. Tout. Voici la loi du sacrifice de culpabilité : c'est une chose très sainte. C'est dans le lieu où l'on égorge l'holocauste que sera égorgée la victime pour le sacrifice de culpabilité. On en répandra le sang sur l'autel tout autour. J'ai fait saigner les genoux de Bibi, la petite fille de Copenhague. On en offrira toute la graisse, la queue, la graisse qui couvre les entrailles, les deux rognons, et la graisse qui les entoure, qui couvre les flancs, et le grand lobe du foie, qu'on détachera près des rognons. Nous nous sommes promenés dans la pinède. Elle m'a pris la main, j'ai arraché son short. Je l'ai caressé la bouche, le cul, et la graisse qui recouvre les flancs. Le sacrificateur brûlera cela sur l'autel en sacrifice consumé devant l'Éternel. Je lui ai planté mon instrument dans le sexe, elle a crié. C'est un sacrifice de culpabilité. Il y avait cette odeur d'été, les insectes bourdonnaient. Tout homme parmi les sacrificateurs en mangera, je lui ai bouffé la chatte. J'ai mêlé ma pilosité faciale à ses poils de cul, aux épines des buissons. Il le mangera dans un lieu saint. Le ciel était trop bleu, et trop loin l'Amérique. Elle voulait être une petite Brigitte Bardot. Je n'avais pas assez bien joué, je n'avais pas alerté le centième de tout ce ciel bleu, ciel bleu ciel essentiel. Il en est du sacrifice de culpabilité comme du sacrifice d'expiation. La loi est la même pour ces deux sacrifices, elle avait la peau blanche, elle se méfiait du soleil, Bibi, la petite Nordique. Nous sommes redescendus sans rien dire. C'était l'heure de la sieste dans les belles villas provençales. J'étais désespéré et elle me consolait. Déjà sur le port de Copenhague la petite fille m'avait consolé après que je l'eus fait tomber. J'ai caché mon visage dans mes mains et elle a pris mes mains et j'ai caché mon visage dans ses mains. Elle m'a dit qu'il ne fallait pas être malheureux, c'était fait. J'ai dit qu'on nous avait vus et elle a dit qu'il n'y avait personne sous ce ciel bleu et j'ai dit qu'il y avait toujours quelqu'un. Quelqu'un pour moi et contre moi. Quelqu'un d'assez sourd et primitif pour que je joue cette musique aveugle. Toutes les fanfares du monde, Bibi, des aveugles sans instruments, les uns derrière les autres, les mains dressées vers le ciel bleu. Et à Copenhague la petite sirène de pierre ne savait pas vieillir, les jambes jointes sagement comme des mains dans la prière, et repliées sagement sous les fesses, une sirène sans fiancé. Je n'ai jamais été le fiancé de Bibi, le futur, elle a juste ouvert un peu les jambes pour que j'introduise l'instrument. Et toute la boue du ciel était sur moi et le ciel était bleu propre. Et elle est quelque part dans le vaste monde et je suis dans une petite chambre d'hôtel près de l'East River et elle a oublié cet après-midi, après les poissons grillés au fenouil, elle ne sait pas qu'on a baisé elle s'en fout l'amour fou. Depuis j'avance dans la vie avec une canne, métallique et ventrue, dans la bouche, un mot après l'autre, une poésie désarticulée par la douleur, striée de couleurs, une discipline indisciplinée le jazz, avec ses théosophes abscons, ses exégètes analphabètes, un sabir obsolète absolu, un desesperanto érémitique cacophonique tribal dans les poubelles de l'âge de Bronx, plaie vive. Just singing in the brain. Bibi. Trou calcé calciné piné dans la pinède trou béant baptismal trou tout désert et désir d'y finir infini. Finir penser. Pensées effilochées filasses naïves et vaines pensées passantes pensivement absentes éphémères et filantes lentes navigatrices matrices un dessin de craie creuse le cri cancre du sax. Palilalie babil et lallation. Jam-session. Ils ont jeté le chien dans le fleuve et ses prières et ses blablas ses blasphèmes. Rien ne va plus. J'irais dormir sur la terrasse s'il y en avait une et qu'il faisait moins froid, putain, novembre ici. New York City. Froid dur. Sur la terrasse malgré la crasse mais pour trois tunes on n'achète pas le clair de lune. On écrase les cafards, les punaises, on baise son chien de nuit, un soupir fait taire un silence, tous les faits m'indiffèrent, jolie laide la vie qui cède et se lave le cul sans rancune, la beauté m'a quitté, la petite apparition qui glisse à Saint-Paul sympa sans malice sans police le cuir de dame a l'endurance d'une peau de tambour je suis l'otage et le gardien d'un haut culte une transe en transit sur la terre toujours les mêmes tiroirs les mêmes soirs les jours avec et les jours sans les jours navrants et les jours secs et la même action de grâce pour se souvenir qu'on peut jouer à poings fermés. Et puis tant dire mal dire le crâne ricane ah le ciné de l'assassiné l'occis pue tout vert l'occiput ouvert une arête de travers dans le sax féminin. Juste un dérèglement du pouvoir composer je peux jouer sans mon sax ni technique et sans rien parfaitement juste seul sur la scène comme une go-go girl les bras écartés une statue de l'île de Pâques un as de pique un orant bouche ouverte et laisser la musique partir de partout comme une hémorragie de l'âme. Lecture de Job : Mon cœur est tout tremblant je peux jouer sans instrument. Mon cœur bondit hors de sa place. Écoutez, écoutez le frémissement de sa voix, le grondement qui sort de sa bouche ! Il le fait rouler dans toute l'étendue des cieux, et son éclair brille jusqu'aux extrémités de la terre, Bibi, puis éclate un rugissement : il tonne de sa voix majestueuse; il ne retient plus l'éclair dès que sa voix retentit. Dieu tonne avec sa voix d'une manière merveilleuse, il fait de grandes choses que nous ne comprenons pas. Putain je ne rêve pas j'ai joué alors que mon chien de métal est resté couché sur la chaise, j'étais là loin de lui et le son est sorti sans qu'il bouge. J'ai entendu n'est-ce pas. Il y a miracle à confirmer. Tu as bien entendu, toi, petite sirène endormie ? Je ne suis pas le petit Albert derrière la musique je suis la musique à moi seul. Pas besoin de biniou. Fuck of, Antoine Joseph dit Adolf Sax, qui en 1845 inventa un chien de métal pour hurler à la mort. Pas besoin de ça. Je me lève parce que la petite fille est assise sur le lit, elle attend, la petite sirène, les deux jambes sagement jointes et repliées sous elle, son silence de poisson au bord des lèvres, et ses yeux, putain Bibi qu'est-ce que t'as fait à tes yeux? C'est quoi toute cette merde de maquillage de pute? Te déshabille pas, poupée, reste comme ça, déesse, on va causer tous les deux. Putain de rat musqué de saint patron d'hôtel qui m'a monté une pute, je veux pas une salope de suceuse de dockers. Laisse-moi. Laissez-moi tous, vous êtes tous sourds et je hurle.

PART TWO

Sur les quais on travaille à toute heure du jour et de la nuit. Je demande à un maçon de couler du béton dans mon saxo. Il me dit que je suis un putain de dingo de Nègre. Il me demande où j'ai volé l'instrument. Je souris. Il me demande si je suis un putain de sculpteur conceptuel à la con. Je souris. Je lui file un billet vert et il coule du béton dans mon instrument. Il pèse une tonne. Le maçon crache par terre. Il écoute du rock and roll sur un petit poste à transistor portatif. Je hisse mon sax sur mon épaule et je poursuis mon chemin. Il n'y a pas un chat, pas un chien à jeter dans le port, dans la rivière. Il n'y a pas non plus de ciel, pas d'étoiles. Albert, regarde les étoiles au plafond du temple, disait Maman, chacune a un nom. Je regardais les étoiles jusqu'à m'en évanouir, collapsus, avec des sons dans la tête, des cloches et des fanfares et des animaux de basse-cour, aussi. Des sirènes de police. Je louais le monde. L'ordre du monde, que je confondais avec celui de mon quartier et la discipline de ma communauté. La fanfare jouait juste et fort et bon Dieu, on ne lui demandait pas autre chose. Et la vie était calme et droite, bon Dieu, et on ne lui demandait pas autre chose. Et rien ne s'est passé comme prévu. Le son a débordé les notes et le monde, putain le monde, il n'est pas mélodique. Tout est chaos. Et je porte dans mes bras un saxo lourd, mort et froid le long de la rivière. Ils ont jeté tous les chiens, rien n'aboie. Je jappe. Je suis le chien Albert, l'enfant des fanfares. L'amant de la petite sirène. Ma Lorelei. La terre se mélange au ciel et la vie se mélange à la mort. Les cheminées s'achèvent en hurlements de sirènes. Je n'ai pas baisé la putain sur le lit, elle a dû se coucher après mon départ, pour profiter un peu de la chaleur, et puis elle aura rejoint le coin de la rue pour guetter un client, ou bien le rat musqué de l'hôtel l'aura aiguillée vers une autre chambre, autre chibre. Toujours des chambres d'hôtel et d'autres solitudes. Chacun dans sa boîte et la vie se mélange à la mort. Et les remorqueurs du fleuve hurlent à la mort alors qu'ils emportent des minerais, des marchandises et des graines. Et la ville dort comme une géante soûle. Des lumières clignotent dans l'eau. Les yeux de Lorelei. Elle est là et elle chante, assise au bord du quai, Bibi, les jambes jointes comme les mains dans la prière et sagement repliées sous son petit derrière blanc, j'entends sa plainte et elle me murmure Albert ne sois pas triste j'ai toujours été là, tu n'as jamais cessé de m'aimer et je serai toujours là, sur un quai, n'importe quel quai de n'importe quelle mer, n'importe quel fleuve, Ganga River ou Mississippi, la mer Baltique ou Juan-les-Pins. Je ne peux pas lui répondre, je ne peux pas souffler dans un cuivre aux intestins de béton. Mon chagrin pèse lourd, ma croix, et lorsqu'ils sortirent ils rencontrèrent un homme de Cyrène appelé Simon et ils le forcèrent à porter la croix de Jésus. Arrivés au lieu nommé Golgotha, ce qui signifie lieu du crâne, ils lui donnèrent à boire du vin mêlé de fiel, mais quand il l'eut goûté, il ne voulut pas boire. J'ai essayé de hisser mon sax jusqu'à ma bouche et je me suis affaissé, doucement, mes genoux ont ployé et je me suis retrouvé assis sur les pavés suintant d'humidité. Un type titube vers moi et m'arrache mon sax, putain qu'est-ce que c'est ? Il tombe aussi, sur moi, et il gerbe, derrière mon oreille. Je n'entends plus Lorelei. Le gars m'entraîne dans un bar qu'il connaît. On boit des bières, il n'y a personne sinon un serveur à tête de mérou. Faut pas traîner là les gars, allez cuver chez vous. Toi le barbichu je t'ai jamais vu ici, qu'est-ce que tu cherches ? Une femme ? Je peux te procurer une femme. Il hurle Jenny et une femme sort d'une bouteille cachée sous le comptoir, elle est en peignoir noir transparent, on appelle ça un déshabillé, elle sourit et je peux voir qu'elle a une dent en or. Elle contourne le comptoir pour jucher son cul sur un tabouret bancal. Le docker ivre me contourne pour aller toucher les seins de la dame. Je sors et le serveur me dit que je n'ai pas payé, je paye. Dehors j'ai froid malgré mon pardessus. Le fleuve coule dans mon dos. Lorelei me chatouille et je frissonne. L'ivrogne me rattrape en soufflant et me rapporte mon sax, merci, je hausse les épaules en souriant, je tiens le sax comme un enfant mort, dans mes bras, un enfant lourd, j'entends Lorelei et je la vois, elle est assise les jambes sagement repliées sous elle, je m'approche et je bute dans un sac de grains. Je m'assois sur le sac. Il n'y a pas d'étoiles dans le ciel. Pas de musique là-haut. Gimme a break. Toute la musique vient du fleuve, les bruits, les sons, les gargouillis et les vibrations. Leave me alone, piss of : L'ivrogne s'en va. J'entends le fleuve. Bibi n'était pas musicienne, pas l'oreille à ça, elle aimait danser. Elle écoutait avec ses hanches. Je lui avais donc donné ces poissons rouges et j'ignore bien où elle les a emmenés. Mer Baltique ou Ganga River. Elle voulait être une Brigitte Bardot mais rêvait de partir en Orient. Elle se foutait de l'Amérique. US go home. Elle m'imaginait en musicien de fanfare, d'harmonie, petit trompette ou tambour-major, en uniforme à galons dorés fourvoyé sous une pinède européenne et jouant le soir pour des épileptiques introvertis. Elle me taquinait. Tu es si triste Albert. Sois cool. Coule Albert. Coule-toi dans le fleuve comme le béton dans le sax. Épouse le fleuve et baise Lorelei. Noces de cuivre. Le fleuve a un dos lisse et doux comme une peau de thon gras. Sirènes de bateaux. Les remorqueurs s'en vont. Ils arrachent quelque chose, comme des chevaux d'enterrement peuvent tirer des milliers de cadavres s'ils sont bien entraînés. Je ne sais plus si j'ai joué sans instrument, je ne saurai pas. J'ai fait couler du béton dans mon œsophage en métal. J'ai bouché les tuyaux. Je jette le sax dans le fleuve. À peine plouf et un rond noir qui s'agrandit. Ondes moyennes. Je m'en vais. J'entends la musique, la mienne, comme les amputés sentent encore des douleurs dans leur membre absent. Toujours il y eut cette absence absolue que jamais la musique n'a su abolir. Peut-être une musique si libre engendre-t-elle le silence comme du mélange parfait des couleurs naît le blanc. Je ne suis pas le plus noir des hommes. Je ne suis pas malheureux, pas triste, non Bibi, pas triste, j'aurais dû lécher le sang sur tes genoux, sur tes cuisses. C'est un regret léger. Je souris. Souvenir de Jean : Le dernier jour, le grand jour de la fête, Jésus, se tenant debout, s'écria : Si quelqu'un a soif, qu'il vienne à moi, et qu'il boive. Celui qui croit en moi, des fleuves d'eau vive couleront de son sein, comme dit l'Écriture. Il dit cela de l'Esprit que devaient recevoir ceux qui croiraient en lui ; car l'Esprit n'était pas encore, parce que Jésus n'avait pas encore été glorifié. Il n'y a plus personne. Je n'entends pas Bibi ni Lorelei, juste des bruits mécaniques. La rythmique d'un moteur. Une sirène. Des hurlements de sirène. Un chien. On jette le chien dans le fleuve, ou bien le chien s'est jeté seul, volontaire. Bruit mou. Silence.

MICHEL LE BRIS

La treizième mort d'Albert Ayler

Écrivain, éditeur, directeur du Festival des Étonnants Voyageurs, il est à l'origine du mouvement des «écrivains voyageurs». De 1967 à 1969, il a aussi été rédacteur en chef de *Jazz Hot*, et l'un des introducteurs en France du free-jazz. À ce titre, il a bien connu Albert Ayler et Sunny Murray.

Dernier titre paru : *Un hiver en Bretagne* (Nil éditions, 1996).

— Myrtle ? Allô, c'est Myrtle ? Maria, au bout du fil. Myrtle ? Ne raccrochez pas ! Est-ce que Al est là ? Non ? Oh je vais devenir folle… Quinze jours, sans nouvelles de lui ! Tatie a appelé partout. Il est parti, l'autre soir, il était dans un état… Mais non il n'avait pas bu ! C'était à cause de Don… Quand vous lui avez reproché, l'autre jour, de l'avoir entraîné dans la vie de musicien. Que tout était de sa faute… Il était comme fou. Myrtle ? Vous êtes là ? Je vous jure… Jamais il n'a fait de mal à Donald. C'était son petit frère, vous comprenez ? C'est Don, tout seul… Il a commencé à boire. À la fin. Al ne savait plus quoi faire… « Al, surveille Donald. » « Al, où est Donald ? » « Al, tu es responsable de ton frère. » « Al, Donald me dit que tu ne l'aides plus. » Il ne savait plus quoi faire ! Mon Dieu, pourvu qu'il n'ait pas fait une bêtise… La police ? Bien sûr, que j'ai appelé la police. Mais ils s'en foutent. C'est de ma faute ? Je vous jure, Myrtle, que… Seulement, depuis que Don est interné, Al, il tourne en rond. J'ai beau lui dire que c'est pour son bien, que Don va revenir guéri… Ça fait des semaines, qu'il répète que son sang doit couler pour vous sauver, vous et Donald. Si vous l'entendiez... Je ne l'ai jamais vu comme ça. On aurait dit... Oui, qu'il était déjà parti. Myrtle... Vous m'entendez? J'AI PEUR! Mais pourquoi vous ne dites rien? Il va arriver malheur! Myrtle, il ne faut pas me laisser comme ça! Bon sang, c'est votre fils, aussi! Mais écoutez-moi, à la fin... Il y a trois semaines, ma sœur Rose Mary l'a empêché de... de... Il a fini par lui promettre de ne pas se suicider. Mais... Oh! mon Dieu, pourvu que... Il a recommencé l'autre soir. «Il faut que je donne mon sang, pour Don et pour maman.» «Il faut que mon sang coule, pour effacer...» Quand j'ai voulu le... Il a balancé son saxophone dans la télévision et il s'est sauvé. Quinze jours, maintenant, et... Myrtle? Qu'est-ce qu'il y a? Pourquoi riez-vous? Al est là? MYRTLE!

—Et alors Louis Armstrong est rentré dans cette librairie...

—Don! Qu'est-ce que tu fais là? Où est Myrtle? Et Al?

—Il avait des biftons plein les pognes, Louis, et des biftons plein les fouilles, des centaines de dollars, et il m'a dit: «Mon frère, c'est quand tu veux, si tu as envie qu'on fasse quelque chose ensemble, tu fais signe à mon agent, et on se fait une tournée ensemble!»

—Don... Je t'en prie, écoute-moi! Ou passe-moi ta mère!

—Tu ne joues pas juste des notes, qu'il m'a dit, comme Dizzy ou Miles, tu joues des sons. Louis Armstrong, parfaitement!

— Don !

— …

— Don ! Je sais que tu es là, réponds !

— Ah, ah, tu crèves de trouille, hein, de le paumer, mon frérot ?

— Oh, Donald, comment peux-tu… Merde, t'avais promis à Al de rester à l'hôpital. De te soigner ! C'est ton frère, tout de même. Il se fait un sang d'encre, et toi…

— Il t'a larguée, connasse ! Ah-Ah, comme il m'a largué ! Il largue tout le monde, maintenant qu'il veut réussir ! Tu vois, poupée, ça n'a servi à rien de tailler des pipes aux mecs d'Impulse. Les biftons, c'est pas pour toi. Tu sais pas où il est, Al ?

— Don, je t'en supplie…

— Ah-Ah, il est avec une minette à l'hôtel ! Ils baisent depuis quinze jours. Mes frères, j'ai une vision, loué soit le Seigneur ! Il est en train de lui enlever sa petite culotte en satin. Il lui fourre la langue dans sa chatte rose, aarrgh ! Elle jouit, la salope ! Et tu crois qu'il pense à nous ? Tu la voulais pour toi seule, hein ? Si tu crois que je ne sais pas que c'est toi qui m'as fait virer… Eh bien à ton tour, maintenant. Tu m'entends ? Hey, tu m'entends ? T'ES LARGUÉE ! Allô, tu m'entends ? Merde, elle a coupé. SALOPE !

— Don ! tu viens manger ? Dis donc, à qui tu parles comme ça ? Tu n'as pas honte ? Dans une maison chrétienne ! Mais qu'est-ce que j'ai fait au Seigneur ! DON ! Où tu es ? Et il ne répondra pas, tu vas voir… Don ! Tu veux me tuer, c'est pas possible. Comme si je n'avais pas assez de mal comme ça, à marcher, dans cette maudite maison. DON !!!!

Viens manger ! Je t'ai fait ce que tu préfères. Du porc grillé. Et puis des tripes. Aux gousses d'okra. Et des gâteaux feuilletés. Avec du sirop de sorgho... Et de la tarte aux mûres... Tu viens ? Mais où il est encore fourré... DON ! C'est pas vrai... Qu'est-ce que tu fous comme ça, les pieds en l'air ? Dieu du ciel, tu vas arrêter, oui ?

— EST-CE QUE ÇA POURRAIT S'ARRÊTER, CE BORDEL QU'ON PUISSE REGARDER LA TÉLÉ, OUI ?

— Edward ! Viens, au lieu de brailler, Dieu du ciel ! Ça fait six heures que ton fils est comme ça, en poirier, la tête en bas. Et d'abord, à qui tu parlais comme ça, mécréant ? Tu vas répondre à ta mère, oui ? Je suis encore capable de te filer une paire de gifles ! C'est ta maudite musique, qui t'a mis ces mots-là en tête, hein ? Le malheur est sur la maison, moi je vous le dis... EDWARD, TU VAS TE BOUGER LE CUL, OUI OU MERDE !!! Ton fils est tourné dingue et toi tu regardes la télé ? Don ! Oh, voilà qu'il pleure, maintenant... Mon petit Donald viens ici avec ta maman...

Music is the healing force of the universe
Music is the spirit
Music is life
Life is music
Music is the spirit, music is life,
Life is music,
Music is played, listened to, danced to,
Sometimes not understood but felt,
Music causes all bad vibrations to fade away,
It makes one want to love instead of hate,

It puts the mind in a healthy state of thought,
It reconciles, unites, becomes oneness,
It brings about a state of wholeness and purifies,
Oh, let it come in,
Oh, let it come in,
The music of the universe,
The music of love,
Be healed.

Il disait toujours : «ma musique est une prière, un message qui vient de Dieu» et, man, c'était vrai : il priait, sur scène. «Jésus que ma joie demeure...»... Oui, il avait ça, en lui, cette... joie. Il en a bavé comme c'est pas possible. Personne ne peut imaginer... Tu te rends compte? Il était connu dans le monde entier, admiré par des tas de musiciens, mais il ne trouvait pas le moindre engagement. Viré de partout. Pas un rond. Les quolibets. Le mépris. Tu sais qu'il n'a jamais pu vivre de sa musique? Le fric, il s'en foutait : il demandait juste de pouvoir continuer à jouer. Même ça, il ne l'a jamais eu. Ses parents ont dû l'aider jusqu'au bout. Et Coltrane! S'il n'avait pas été là... N'importe qui aurait craqué, à force... mais lui, il rayonnait. Comme si une force passait à travers lui, le soulevait de terre. Il arrivait sur scène, et... Tout se centrait sur lui, tout de suite. Il n'y avait pas moins autoritaire que lui. Mais il soufflait dans son saxo, man, et... Il faudra qu'ils m'expliquent ça, les connards qui crachaient sur sa musique, pourquoi il devenait le leader, partout où il jouait, tout de suite. Tu as écouté les derniers albums de Trane? Ils sont tous inspirés par lui. Tu te souviens, dans

Méditations : « The father, the son, and the Holy Ghost » ? Le père, c'était Coltrane. Le fils, Pharoah Sanders. Et le Saint-Esprit, c'était Albert Ayler. Tu peux pas savoir comme Al était fier, quand Coltrane lui a expliqué ça. L'Esprit-Saint, oui… Il rayonnait.

Son vibrato… Personne n'osait plus ça. Tous ces petits Blancs culs serrés. Paul Desmond, Lee Konitz. Leur truc à eux, c'était de jouer « cool », sans vibrato. Dissimuler ses sentiments. Ne rien donner. Et puis ces petits jeunes du ghetto qui veulent juste jouer vite, épater la galerie, comme s'ils tiraient une rafale de mitraillette. Le vibrato, c'est quand tu as en toi… Quand tu as le cœur qui déborde, ton âme qui se soulève. Que quelque chose passe à travers toi, que tu veux donner. Oui, *donner*. Et, crois-moi, il n'y en a pas beaucoup qui ont quelque chose à donner ! Lui, c'est simple, il donnait tout. Il ne savait pas, il ne pouvait pas autrement. Alors, t'as le son qui enfle, qui te soulève, vibre sous tes doigts… Bon Dieu, c'est quand même incroyable que personne n'ait compris que son vrai maître c'était… oui, c'était Sidney Bechet. Le Sidney Bechet des New Orleans Feetwarmers. Pas un hasard, s'il jouait si souvent *Summertime !* Bechet, et Armstrong. Ce vibrato, solaire… L'Esprit-Saint, man ! Ou alors, il faut penser à Bach. Ou à William Blake – tu sais, ses poèmes « The Songs of Innocence »…

Il disait : « Nous devons trouver l'harmonie, en nous, avec Dieu, pour être en harmonie avec les autres. » Et il croyait dur comme fer que la musique, *sa* musique, pouvait ça. Les gens n'écoutaient pas, sifflaient, se moquaient de lui, mais lui, il continuait. À dire : «je vous aime» en musique. Son rêve ? Un groupe où chacun aurait improvisé librement, mais où tous, en même temps se seraient écouté les uns les autres, pour faire qu'au total cela fasse de la musique – qu'une mélodie naisse des mélodies de chacun rassemblées. «Écoutez-vous les uns les autres !» C'est pour ça, oui, qu'il aimait partir des ritournelles d'enfants, des marches, de *La Marseillaise*... Sa vraie référence, c'était la musique de la Nouvelle-Orléans, en fait... L'héritier des Street bands ! Et puis le gospel. Un preacher. Oui, voilà : LE Preacher. Et putain, ça tu peux l'écrire, la vie ne lui aura pas fait beaucoup de cadeaux...

It's a new generation,
Telling it the way they feel,
It's a new generation,
Screaming it loud and clear,
It's a new generation,
They really know what's happening here,
It's a new generation,
Hear me when I say,
It's a new generation,
Full of spirit all the way,
It's a new generation,
You gotta let them have the day.
Takin'over, takin'over
Sock it to 'em, sock it to 'em
Let'em have it, let'em have it
Give it to 'em, give it to 'em
It's a new generation.
Looking for peace of mind,

It's a new generation,
Moving it on down the line,
It's a new generation,
Proving it all the time.

— Putain tu vas la couper, ouais, cette foutue radio ! Mais qu'est-ce que c'est qu'il déconne, là, ce mec ? Arrête ça, tu m'entends ? Merde Joe ! COUPE-MOI CETTE RADIO !

Nom de Dieu Donald, c'est ton frère ! Albert ! À la radio ! Hey ! T'es dans les vapes, ou quoi ? C'est ton frère, charrie pas. Et la – hey ! C'est pas toi, à la trompette ?

— Trompette ? T'appelles ça une trompette, toi ? Moi je joue du saxo, t'entends ? Et d'abord, j'ai pas de frère. PAS DE FRÈRE ! Arrête cette musique de merde, je te dis ! Bon Dieu, il y avait un marteau par ici… Je vais te le foutre, moi, sur… Pas de frère ! T'entends ? Bon Dieu, c'est pas possible, ça devient une écurie. Comment veux-tu retrouver quelque chose, dans ce foutoir ? Joe, un de ces jours va falloir que tu ranges… Viré. Il m'a viré, le salaud. « Frère, on ne fera jamais qu'un dans l'amour de Dieu et de la musique. » « C'est Dieu qui joue à travers toi. » Viré. Il m'a viré, t'entends ? « C'est pour ton bien. Il faut que tu te soignes. Que tu fasses le point… » J'étais plus assez chic pour toi, hein ? Pour tous ces culs blancs d'Impulse ? Tu crois que j'ai pas compris ? Viré, putain, le salaud. Et le fric, tu vas voir, il va le garder. L'a qu'à crever, hein le frangin ? « Don, tu peux pas continuer à boire comme ça. » Boire, moi ? Je suis pas clean peut-être ? D'ici que ce soit lui qui ait piqué la bouteille… Viré. Putain, il est où ce marteau… Hey ? C'est toi qui… tu vas me le donner, oui ? C'est cette salope, j'te dis. Elle lui a tellement pompé le nœud, la garce, qu'il sait même plus son nom de baptême ! C'est elle, qui m'a fait virer. « Albert, c'est lui ou moi. » « Albert, pense à ta carrière. » Et à ton cul, connasse ? Putain, je vais le lui crever, moi, cette salope, à coups de lingue dans le bide. Tu vas voir ton petit cul de négresse, radasse, quand j'aurai fini, s'il veut toujours le lécher, le frérot… NOM DE DIEU, JOE, OÙ T'AS PLANQUÉ LE MARTEAU !!!

— Faut surtout pas croire qu'il ne maîtrisait pas son instrument. Quand il était jeune, il travaillait comme un fou à l'alto pour imiter Charlie Parker. *Straight No Chaser, Koko*, des trucs comme ça, joués à toute vitesse. Le Bird, un jour l'a entendu, à Cleveland. Et il est venu le féliciter. En 55 : Al avait à peine dix-neuf ans ! Tu l'aurais vu ! Il faisait des bonds en l'air, le gosse. Déjà, à seize-dix-sept ans, il avait tourné deux étés avec Little Walter Junior, dans le style R'n'B'…

C'est à l'armée qu'il a trouvé sa voie. Et qu'il s'est mis au saxo ténor – « avec ça tu peux prêcher et dire la vérité ! » Il exultait. Il est resté longtemps basé en France. C'est même à Paris qu'il a découvert Coltrane. Le choc ! Il n'arrêtait pas de marmonner : il m'a parlé ! Il m'a dit « mon frère, nous sommes unis en esprit ! » Ça le tracassait : « quelque chose manque à ma musique »… Et c'est comme ça qu'il a commencé à trouver son gros son. C'était… incroyable. Énorme. Il utilisait un bec métallique large, tu vois, avec une anche en plastique extradure Fibercane. Le son le plus énorme jamais sorti d'un saxophone !

La colonne d'air était telle qu'il pouvait sortir les harmoniques de chaque note. Et sortir des sons hors de la tessiture habituelle du saxo. Un peu comme un guitariste utilise le feedback, si tu veux. Dans un de ses premiers morceaux enregistrés *I'll remember April*, il sortait des paquets de notes, cinq ou six à la fois. Mieux que Coltrane, à la même époque ! Un peu l'équivalent des « clusters » de Cecil Taylor, au piano. Le son : il contient toute la révolution d'Albert Ayler.

— Et puis il a découvert *La Marseillaise*…

— La *Mayonnaise* ! Pendant des mois il a cru que ça s'appelait la *Mayonnaise.*

— *Infinite Spirit, Spirits Rejoice, Light in Darkness* sont basés dessus. Et pendant des années il n'a pas cessé de la jouer. Il aimait les marches. Les hymnes nationaux. Tout ce qui marquait l'union d'une communauté. En fait, c'était un héritier des fanfares de la Nouvelle-Orléans. Ou plutôt, ce qu'il voulait imaginer, c'était une communauté qui serait le résultat de ce qu'il y a de plus libre en chacun, tu vois ? Eh bien, il pensait que c'était la musique qui pouvait ça. Le son d'Ayler, et puis cette idée-là – et tu as tout, de lui !

— … Alors, le gars, il a sorti son couteau, en hurlant qu'il allait tous les crever, ces putains de voleurs blancs. Au Slug's, oui, dans le Lower East Side…

— Et LeRoi Jones, pour tout arranger, qui gueulait, dans le fond de la salle « Voleurs ! Voleurs de noirs ! » Il y avait Burton Greene, oui, Steve Tintweiss. Frank Smith et Rashied Ali. Tous blancs, sauf Rashied qui mouftait pas. Et putain, c'est vrai, que ce Frank Smith il jouait *presque* comme Ayler ! Si Al n'avait pas sauté sur le gars, il y aurait eu du sang sur les murs – complètement pété, le mec ! Et puis Al a joué. Putain, c'était... mec, y a pas de mots. Les gens, ils pleuraient, dans la salle !

« LA DERNIÈRE PERSONNE À AVOIR APERÇU ALBERT AYLER SEMBLE ÊTRE UN JEUNE AMATEUR DE JAZZ QUI PRENAIT LE FERRY, LE 5 NOVEMBRE POUR LA STATUE DE LA LIBERTÉ. MAIS IL NE L'A PAS RETROUVÉ À LA DESCENTE DU FERRY ALORS QU'IL L'ATTENDAIT POUR LUI DEMANDER UN AUTOGRAPHE... »

— Qu'est-ce qu'il disait, là, le gars ? BON DIEU VOUS ALLEZ FERMER VOS GUEULES ! ON S'ENTEND PLUS !!!

— Quand il a été démobilisé... Personne ne voulait de lui. « Nom de Dieu. Al, qu'est-ce qui se passe ? Joue la mélodie, bordel ! » « Tu sais plus jouer, ou quoi ? » Lui, il répondait doucement qu'il avait trouvé la vraie musique, et la vraie religion. Les mecs se marraient : « Eh, t'as viré cinglé ! » « Allez, corne de vélo, arrête ton cirque ! » Corne de vélo... N'empêche que ça les bluffait, ce son ! Il vivotait à Cleveland dans les boîtes de l'East Side, sur Euclide Avenue, vers la 105ème rue, le Club 100, l'Esquire, Le Larue Lounge, – des trous à rats, parmi les dealers déjetés, les putes déglinguées. Les mecs, ils le prenaient pour un fada. Il avait déjà ses vestes en cuir coloré, sa barbiche avec une touffe blanche. Et comme son pote Sam, même en hiver, se baladait en bermuda, en brûlant des billets de dix dollars, faux, rassure-toi, pour épater les serveuses...

— Tout a commencé en Suède, en fait. En 62. C'était un peu le paradis des jazzmen, à l'époque. Et l'endroit où l'on pouvait écouter un peu de nouvelle musique. Ça n'a pas été facile, pour lui, mais bon... Il jouait dans un petit restau, dans la journée. Des standards, avec un vieux pianiste de Houston qui avait joué avec Gatemouth Brown, c'est pour te dire ! Et puis, le soir, comme il ne trouvait nulle part où donner sa musique, eh bien, il jouait dans le métro, pour les gosses. Mais il a tout de même pu enregistrer deux disques. Ses premiers disques ! Et puis rencontrer des musiciens, Rollins, qui tournait avec Don Cherry et Billy Higgins. Et là, il s'est passé un truc, avec Don et Billy. Je me souviens aussi, un soir, au Montmartre, à Copenhague, avec Dexter Gordon et Don Byas... Il a joué une ballade. Ballade, une simple ballade. *Moon River*, avec un vibrato... Quand il s'est arrêté il y a eu un silence. On avait tous la gorge serrée. Erroll Garner est venu lui serrer la main. Don Byas était bouleversé. Si tu ajoutes à ça qu'en décembre il a fait une tournée au Danemark avec Cecil Taylor et Sunny Murray... Albert n'avait pas un rond mais il était aux anges : *Truth is marchin'in* !

Clyde Shy, oui... Si j'ai bien connu Donald Ayler ? On était comme des frères, à Cleveland oui.

Il avait six ans de moins que son frère. Alors, forcément. Al était son idole ! Un jour, il arrive tout excité. Ça devait être en 62-63, quelque chose comme ça. Al venait de l'appeler, de Suède. « Il veut que j'apprenne la trompette, pour jouer avec lui, à la place de Don Cherry ! » Il faisait des bonds en l'air. « Mais tu as déjà travaillé la trompette ? » Et lui d'ouvrir des yeux ronds : « Non, pourquoi ? » Putain, je me suis dit, en voilà un qui ne doute de rien... Il avait un peu joué sur l'alto de son grand frère, quand il était à la maison et... et puis c'est tout, je crois. Si : il s'est mis à travailler alors à l'école de musique de Bennie Miller, comme Al avant lui, mais... Bon. C'était spécial. Ça, on peut dire que personne n'avait joué de la trompette comme ça, avant lui ! Les trompettistes, ils bloquent la colonne d'air avec la langue, n'est-ce pas ? Lui, il articulait avec la gorge, seulement. Ça donnait... des sons, disons, plutôt que des notes. Ou plutôt des blocs de notes simultanées. Mais attention il est vif, hyperrapide. Parce que la vitesse avec laquelle il a pigé la technique classique... Et c'était un bon altiste, en plus. Un jour je l'ai entendu jouer, seul, avec Elvin Jones, au Slug's, à New York. Je suis resté sur le cul. Et toute la salle, avec moi, je crois bien !

Au bout de quelques mois il ne tenait pas en place ! Alors on est partis tous les deux. À Stockholm. Moi je jouais un peu de basse, et j'écrivais des poèmes. Il voulait libérer son esprit de l'Amérique, qu'il disait. Mais au bout de quatre mois on commençait sérieusement à avoir le bourdon. Personne ne voulait de nous ! C'est là qu'il s'est mis en tête d'aller au Pôle Nord... Quoi ? Oui, j'ai bien dit : AU PÔLE NORD ! C'est le seul endroit où il y a du boulot pour les musiciens noirs, qu'il répétait. Alors on est partis pour le Pôle. Bon sang ! Trois ou quatre cents miles de galères, vous ne pouvez pas savoir. Et un froid ! C'est pas compliqué : tu jetais en l'air ta tasse de thé bouillant et il gelait en l'air, en glaçons, avant de retomber ! On est arrivés à un patelin… Jokkmokk… D'une tristesse ! Don commençait à se faire du souci, parce qu'on rencontrait de moins en moins de monde. « C'est pas clair, cette affaire, qu'il répétait. Encore un complot, sûr ! »… Moi, j'en avais plus qu'assez, et je suis resté là. Don, lui, tenait à son Pôle Nord…

Il est revenu plusieurs jours après, crevé. Il était bien allé au Pôle, qu'il m'a dit, mais il y avait moins de boulot qu'il pensait, là-bas. En fait, c'était pas exactement ce qu'il avait imaginé, je crois, Bon Dieu. Il nous a fallu encore huit jours pour rentrer. Deux ans après, j'ai entendu qu'il jouait dans l'orchestre de son frère. Mais pourquoi vous me demandez ça ? Vous voulez faire une émission sur Al et Don – mais qu'est-ce qui vous prend ? Vous leur chiez dessus depuis des années ! Quoi ? Nom de Dieu… Merde ! Et vous savez pourquoi ?

— C'est quand les mecs sont devenus liquides que j'ai compris. Le FBI…

— Hein ?

— … Enfin, la CIA, un truc comme ça. Et on les avait salement au cul…

— Liquides ?

— Comme je te le dis, mon frère. Tout en marchant, comme ça… Pfffuitttt ! Plus qu'une flaque, par terre. Et la seconde d'après ils avaient changé de fringues. De gueule aussi, d'ailleurs. Ni vu ni connu. Mais moi j'avais l'œil…

— Bon Dieu j'ai le crâne qui ondule. Qu'est-ce que tu as encore foutu dans cette herbe ? Hé, mes frères. Sunny il nous paie…

— Déconnez pas les gars, putain, j'ai pas une tune…

— Sunny ! Qu'est-ce que tu fous là ? Merde : videur ! Le plus grand batteur de New York videur. Et dans une boîte de jazz !

— Putain ça fait bien trois mois que j'ai pas de job. Figure-toi que ça m'arrive, à moi aussi, d'avoir envie de manger. Mais pourquoi je me casserais le cul ? Cogner sur les crânes de fêlés comme vous autres, c'est moins compliqué. Et, bon Dieu, ça paie rudement mieux…

— Liquides, les gars ! Sunny, y dit que…

— Qu'est-ce que tu racontais ? T'as mangé des champignons verts ?

— Sérieux ! C'était en… 64. Ouaip. Notre deuxième tournée en Europe. L'année d'avant, avec Cecil Taylor ça avait été OK. Mais là, avec Albert… J'ai tout de suite pigé qu'il avait un truc pas clair. D'abord ce gars, au café Montmartre, à Copenhague… Un barman. L'année d'avant, avec Cecil et Albert, il avait sauté par-dessus son bar en hurlant : « ARRÊTEZ CETTE FOUTUE MUSIQUE ! JE PEUX PAS SUPPORTER LA MUSIQUE ! » Et tout d'un coup, là, Albert qui me dit : « Merde ! V'la le gars qui se repointe ! » Mais il était soi-disant juste venu nous serrer la louche. « Vous m'avez libéré, les mecs ! » qu'il répétait, en rigolant.

Paraît qu'il venait de passer un an dans un asile. N'empêche : c'était louche!

— Un de ces putains de fils d'enculé de flics blancs, tu crois?

— Et puis il y a eu ce truc, avec Eric Dolphy... Il était en Europe, avec Charlie Mingus, mais il voulait rester après sa tournée pour jouer avec nous. Et... voilà qu'il meurt. Tout d'un coup. Empoisonné.

— Sunny, t'es pas en train de dire...

— Ben on m'ôtera pas de l'idée... Et puis voilà Albert qui cogne un organisateur, en pleine figure. Avec des billets de dix dollars! Et pfffftttt... la moitié de la tournée annulée. Moi, je suis sûr qu'en plus il s'était gouré de mec, parce que l'autre gus, à côté, il arrêtait pas de se marrer... Mais des billets de dix dollars, merde! Vous trouvez pas ça curieux, vous? Tous les gars dans l'orchestre. Al, Gary, Don étaient pleins aux as, et moi j'étais toujours raide. Quand il a fallu rentrer, moi, j'ai dû aller à l'ambassade demander qu'on me rapatrie. Ils me regardaient d'un drôle d'air : OK, qu'ils m'ont dit, ce sera sur un vaisseau de l'US Navy. Et c'est là que j'ai commencé à piger qu'il y avait des tas de gens qui me tournaient autour, et j'ai commencé à devenir vachement nerveux. Comme s'ils voulaient m'empêcher de jouer, vous voyez?

— Euh...

— De la drogue dans ma boisson, des trucs comme ça... Putain j'ai été malade! Et puis v'la Al qui se barre, et me laisse tout seul, à l'hôtel. Et cette nana, que j'avais connue l'année d'avant, qui se pointe et m'invite chez elle... À soixante miles de Copenhague. «Mais je prends un bateau demain!» je lui dis. «C'est pas grave, qu'elle me répond, tu prendras le suivant!» Alors j'ai eu comme une drôle de vibration et j'ai compris que c'est à ma vie qu'ils en voulaient. J'ai sauté dans un train avec ma valoche et j'ai foncé au port. Mais voilà que deux marioles montent juste derrière moi! Habillés façon débonnaire, ni vu ni connu. Sauf qu'ils n'arrêtaient pas de me regarder, en se marrant. À chaque fois que je voulais aller au wagon-restaurant, ils se levaient pour me suivre, en rigolant. Une fois, il y en a un qui a même ouvert la porte et inspecté mon compartiment. J'avais de la bonne herbe avec moi, tu parles que je l'ai balancée vite fait par la vitre! Et puis j'ai sorti ma lame, pur acier suédois, pour l'avoir toujours sous la main. Putain, j'étais pas tranquille... Eh bien figure-toi, arrivé à Bremerhaven, que sur le quai, voilà qu'ils deviennent tout liquides et hop! ils se transforment en marins. Mais ils étaient pas des marins, tu vois?

—Sonny, tu es sûr que...

—Et comment! Parce que le coup d'après, je les ai vus qui traversaient le quai pour sauter dans un autre train, qui repartait en sens inverse. Sauf qu'avant ils étaient petits et gros et que, ce coup-ci, ils étaient grands et maigres. C'est pas une preuve, çà? Y a que des agents secrets, pour des trucs comme ça! Et c'est pas fini. À bord du bateau, au bout de quelques jours, il y a ce gars qui se pointe: «Vous savez ce qui est arrivé à bord du bateau qui est parti juste après nous? Eh bien, ils sont pas loin d'être tous morts, mon pote.» Une épidémie de sclérose de la moelle épinière, ou un truc comme ça. Quelqu'un avait fait monter un type malade à bord. Ils avaient déjà évacué quatre morts par hélico. Putain, vous vous rendez compte, si j'étais allé chez cette nana ? C'est là que tu te dis que LeRoi Jones a raison et qu'ils sont prêts à tout pour te chercher des emmerdes. Sinon pourquoi je serais videur, ici ?

— Putain le retour a été dur... Ça pétait dans tous les coins ! Ornette, Dolphy, Coltrane, Shepp, Cecil Taylor, Don Cherry. On ne savait plus où donner de la tête. Et puis ça pétait aussi dans la rue. La révolution était en marche, les Nègres brisaient leurs chaînes ! Ouais. Sauf qu'il n'y avait pas de boulot pour eux. Et encore moins pour Ayler. Qu'ils se faisaient virer de partout. Et que les journaux de jazz étaient tenus par des Blancs. Si tu penses que quelques mois après, Ayler essayait de vendre ses disques au coin de la rue, pour bouffer... Des jams, oui, dans des coins pas possibles, mais que dalle comme engagement. Si sa tante n'avait pas acheté un appartement à New York sur St Nicholas Avenue, en proposant de l'héberger, je crois bien qu'il serait resté chez ses parents, tellement c'était dur...

— Quinze jours, qu'on le cherche ! Quoi ? Bon Dieu, t'es sourdingue, ou quoi ? QUINZE JOURS ! Don ? Mais, non. Don, il n'a plus que de la sauce blanche, entre les oreilles. Sa mère, elle lui donne le biberon, quand il fait pas le poirier. Hein ? Il s'est barré de chez lui ? M'en fous, de Don ! C'est de Al, que je te parle ! Al ! Il lui est arrivé quelque chose, sûr ! Bouge-toi un peu nom de Dieu, sinon, Mary, elle va tourner dingue…

The time is comin'
Time is comin'
Time is comin'
The time is comin'
You must answer for yourself
The way of the transgressor
Is harder than you think
You must go straight alread
Let you mind be the guide…

— Si je me souviens de la première fois ? Il a changé ma vie ! J'étais avoué, et question musique... Je n'avais même pas une stéréo ! Qu'est-ce que je fichais au Baby Grant, ce soir-là, sur la 125ème ? Ça… Elmo Hope et Richard Davis jouaient. Tout à coup, un gars avec un saxo plus grand que lui a sauté sur la scène et a commencé à jouer. Mais jouer ! Un torrent… Incroyable. Elmo et Richard se sont arrêtés, interloqués. Elmo a refermé le piano. Richard a posé sa basse, et ils ont laissé le gars continuer tout seul. Vingt minutes. Je ne sais pas ce qui m'a pris. À la fin, je me suis précipité vers lui : « Je suis Bernard Stollman. Je vais créer une maison de disques. Voulez-vous être mon premier artiste ? » J'ai mis un an et demi, mais j'y suis arrivé. Et l'aventure ESP, je suis sûr qu'elle comptera, dans l'histoire du jazz. Mais si j'avais su qu'on allait vivre de telles galères…

Pour le premier disque, *Spiritual Unity*, j'avais trouvé un petit studio pas cher, midtown, spécialisé dans les maquettes pour musiciens latinos. L'ingénieur installe les micros, et dès le démarrage, écœuré, il se tire en hurlant ! Ayler-Peacock-Murray : c'était tellement sublime, on ne s'est aperçu de rien. À la fin, on a réalisé qu'il nous avait enregistrés en mono, et qu'on entendait à peine Sunny...

Une semaine après, on recommençait. Dans l'appartement de Paul Haines, le poète. Avec en plus Don Cherry, John Tchicaï, Roswell Rudd. Il nous installe dans une grande pièce. On se regarde, inquiets : l'immeuble vibrait, à chaque camion dehors, tout s'entrechoquait... Et voilà que Paul se met à percer un trou dans le plafond : il avait installé les magnétos à l'étage du dessus, pour descendre les micros par le trou, et éviter les vibrations ! C'était ça, la vie de la nouvelle musique. Un cœur gros comme ça. Et des bâtons dans les roues à chaque instant. Le bricolage. Les humiliations, les moqueries. Et pas le moindre boulot... Vous vous rendez compte que Albert Ayler n'a joué qu'une seule fois dans un festival, en Amérique ? Qu'il s'est fait jeter d'Angleterre, ses bandes détruites par la BBC ? Alors, bon, c'est vrai. Les gars déjantaient, des fois. Donald Ayler, qui s'était mis en tête de vivre les pieds en l'air, la tête en bas, en poirier. Gary Peacock qui tombait en syncope à force de jeûner pour devenir « zen »...

Celui qui en a le plus bavé, c'est Al. J'ai mis du temps à comprendre pourquoi : parce que tout le monde, même ceux qui se moquaient de lui, *même ceux qui le détestaient*, savait que c'était un génie. Il avait un magnétisme incroyable. Et ça, on ne le lui pardonnait pas... Ça me déchirait le cœur. Car il n'y avait pas plus doux, plus tendre que lui. Ce qu'ils lui ont fait subir… Le Christ de la nouvelle musique, oui, crucifié tous les matins…

— Il n'était plus pareil, depuis son passage au Village Vanguard. On le voyait bien, qu'il pétait de trouille. Il disait qu'il se sentait suivi. Qu'ils finiraient par avoir sa peau…

— Avec tout ce qu'il prenait, son frère, putain ! Cap Canaveral au décollage… À la fin il se bagarrait avec des éléphants mauves !

— Non, non… Moi aussi, j'ai cru que c'était un coup de Don, qu'il avait des dealers aux fesses… Mais non, c'est Miles, qui le cherche…

— Miles ?

— Au début je rigolais. Encore une des visions du grand Albert, Alleluia, mes frères. Dieu parle par ma voix. Et puis… T'as déjà vu Miles engueuler quelqu'un ? Putain, sa voix… Elle te découpe en lanières. Et après il s'essuie les godasses sur ce qui reste. Crois-moi, tu serres les fesses… C'est arrivé au Village, cette histoire, en 67, Albert venait de signer chez Impulse, grâce à Coltrane. Le premier enregistrement devait se faire au Village Vanguard. Tu connais Al : il causait direct avec les anges – *Truth is marchin'in* ! Un soir, il n'y tient plus, il file là-bas écouter Miles qui jouait avec un nouveau saxo. Wayne Shorter, avec sous le bras son disque *Spirits Rejoice*. Et à la pause, il demande au taulier Max Gordon de passer le disque. Histoire d'annoncer le prochain enregistrement. Si Miles est OK, je suis OK, dit Max, prudent, Al va voir Miles et… putain il l'a regardé comme une sous-merde, des pieds à la tête. Et puis il lui a tourné le dos, sans lui répondre.

— D'accord, c'est un foutu enculé de salopard mais ça ne suffit pas à…

Attends ! En décembre, enregistrement, Coltrane était là, qui veillait à tout. Les techniciens d'habitude se foutaient d'Albert, mais là, crois-moi, ils ne mouftaient pas. Et Bob Thiele le patron d'Impulse, pareil ! Un jour… grand remue-ménage : Miles qui se pointe, avec sa cour ! Il s'installe, caché derrière ses lunettes noires, écoute… et il se tire, sans un mot. Pas une expression, rien ! Sauf que quelques jours plus tard Al s'est fait accoster par deux malabars à la sortie du Village Theatre, où il préparait un autre album. Des balèzes, avec des pognes de boxeur, bagouzes et compagnie, et juste une grosse bosse sous la veste, si tu vois ce que je veux dire… Pas le temps de se débattre, qu'il était balancé dans une grosse limousine et hop, les voilà partis. T'as vu Al, c'est quand même pas un costaud, il glapissait tout ce qu'il pouvait, eh les mecs, déconnez pas, qu'est-ce qui se passe, où vous m'emmenez, tout ça, mais les mecs ne disaient toujours rien. Encore une connerie de Don, s'est dit Al, il doit du pognon à un gros dealer, ou il a paumé au jeu, putain, les mecs, c'est quoi ce micmac, qu'est-ce que Don a encore foutu, écoutez, je suis réglo, j'arrangerai le coup, mais laissez-moi du temps. Toujours rien. Ça devait être pire que ça. Hey, les mecs, où c'est que vous allez ? V'la la limousine qui s'enfile dans une ruelle pourrie, roule sur des poubelles renversées, s'arrête dans un terrain vague, au bord du fleuve. C'est pas vrai, ils vont me buter, les cons!... Quand je l'ai revu Al, il était gris, parole, presque blanc, et il sucrait salement les fraises, crois-moi. J'ai chié dans mon froc, mec! Ils m'ont laissé chier dans mon froc! qu'il répétait, en claquant des dents. Et c'est seulement quand ça a commencé à puer que la vitre de séparation s'est ouverte, et il a entendu. La voix. Reconnaissable entre mille. Écoute-moi bien, merdeux : ta saloperie de musique, elle est aussi dégueulasse que ce qui coule dans ton froc. Alors, ton frère et toi, vous vous cassez vite fait. Terminé. Je ne veux plus t'entendre. OK? Si tu reviens à New York, lopette, t'es mort, pigé. Mort! Et pendant tout ce temps-là, répétait Al, il n'a pas tourné la tête. Rien. J'étais déjà mort, tu comprends? Et ils m'ont balancé sur un tas d'ordures, en démarrant...

— Wooohhh...

— Depuis... sûr, ça l'a changé. Il avait filé à Cleveland, chez ses parents, pour essayer d'oublier, mais... au moindre truc, il sursautait. Si un jour tu trouves mon cadavre flottant dans l'Hudson qu'il me répétait, tu sauras de qui ça vient...

— Myrtle? Allô, Myrtle? Enfin c'est vous... Maria, au bout du fil, Myrtle? NE RACCROCHEZ PAS !!!! Est-ce que Al est là? Non? Oh, je vais devenir folle... Mais arrêtez donc cinq minutes de le maudire! Ça fait quinze jours qu'on est sans nouvelles de lui. Vous comprenez ça? Quinze jours! Don? Mais je m'en fous de Don! Toujours Don! Vous êtes sourde ou quoi? ALBERT A DISPARU !!! Et d'abord qu'est-ce qu'il fout là, Don? Il doit être soigné! Il est en train de devenir fou! Bon sang, vous aviez promis de le laisser à l'hôpital...

Vous êtes en train de le tuer ! Mais ne recommencez pas sur Al ! Que quoi ? Qu'il a souillé l'âme immortelle de son frère ? Mais vous êtes folle ! Vous ne comprenez pas ? Albert parlait de se suicider ! Myrtle ? Ne raccrochez pas ! Myrtle ? C'est pas vrai ! Mais ils sont donc tous devenus cinglés...

Oh ! Love of Life
Do you hear me calling
Do you hear me calling for universal love
Universal love
Oh, love of life
Peace is all I'm asking
I want to be with you
Can you hear the angel singing their music ?

— La mort de Coltrane, pour lui, a été une catastrophe. Et pas seulement parce que Coltrane l'aidait financièrement. Ou qu'il l'avait fait signer chez Impulse. Il y avait une tendresse, entre eux... des frères en esprit. Trane était le plus vieux, comme un père pour Albert. Sauf que c'est lui, Ayler, qui influençait de plus en plus Trane. Sur la fin, Trane avait compris qu'Ayler ne pouvait créer ce qu'il créait qu'en état d'extrême fragilité, sans plus de défense, et qu'il fallait le protéger. Comme on protège un enfant. Mais Trane est mort, en juin 67. À son enterrement seuls Ornette et Al ont joué, selon les vœux de Trane. Et Al... C'est son âme qui pleurait, dans sa musique. C'est son âme qui rejoignait celle de Trane, ce jour-là. C'était... J'avais la chair de poule.

— Raciste, Al ? Tu rigoles ? Il était très conscient des souffrances des siens, oui. Difficile, en ce temps-là, de ne pas l'être ! Mais raciste... LeRoi Jones voulait à tout prix l'enrôler sous la bannière des Black Panthers, mais lui... Je me souviens d'un poème de LeRoi... *Black Art*, sur une musique d'Albert. C'était en 65...

We want « poems that kill. »
Assassin poems.
Poems that shoot guns.
Poems that wrestle cops into alleys and take
their weapons leaving them dead with
tongues pulled out and sent to Ireland.
Knock off poems for dope selling wops or
slick half white politicians Airplane poems.
rrrrrrrrrrrrrr rrrrrrrrrrrrrr... tuh tuh tuh
tuh tuh tuh tuh tuh tuh... rrrrrrrrrrrrrr...
Setting fire and death to whities ass.
We want a Black Poem
Let the world be a Black Poem
And let all black People speak this Poem
Silently
or LOUD

LeRoi levait le poing. Al jouait. Et puis le lendemain, il jouait avec Burton Greene. Un Blanc. Ou bien il engageait Michael Sampson. Un violoniste blanc, premier soliste de l'Orchestre Philharmonique de Cleveland. LeRoi Jones, ça le rendait fou. Il tempêtait, dénonçait, sans jamais citer Ayler, les traîtres à la cause qui engageaient des Blancs alors qu'il y avait tant de musiciens noirs sans boulot.

Mais rien à faire. Pour Albert, il y avait la musique, seulement, la musique et le rêve d'une communauté possible de tous les hommes...

— Faut pas se faire d'illusion : ils ne lui ont pas fait de cadeaux, eux non plus. Et quand il a signé chez Impulse, ils ont été les premiers à faire courir des bruits dégueulasses. Qu'il avait trahi. Qu'il se vendait aux rockers blancs. Qu'il acceptait de jouer n'importe quoi. Qu'il faisait de la merde, pour se faire du fric. Albert Ayler, du fric ! D'ici qu'ils lui aient réglé son compte... Je déconne ? Ah bon ? Parce que tu crois qu'ils en sont pas capables, les Frères ? Et ces connards, autour de LeRoi ? Putain, s'ils avaient le pouvoir, ces petits salopards, moi j'te dis qu'on rigolerait pas souvent !

Donald ? La dernière fois que je l'ai vu, c'est il y a plus d'un an. Au Slug's. Avec Beever Harris. Putain, mec, une épave... Bourré jusqu'à la gueule, saoul comme un cochon, la braguette ouverte. Il savait plus où il était. Ni par quel bout souffler dans sa trompette. Il a fini par pisser sur la basse de Davis.

— Joe dit que c'est à force de faire du yoga. Six heures sur la tête, en poirier. Quatre en lotus. Mais c'est la gnôle, oui !

— Tu crois qu'il saurait quelque chose pour Al ?

— D'abord faudrait le trouver ! Il n'est pas interné quelque part ? Et puis, ils ne se voyaient plus, depuis que Al a dû se séparer de lui.

— Putain, il ne s'est tout de même pas évaporé ?

— Les nuits de la fondation Maeght, à Saint-Paul-de-Vence, en juillet 90... Je crois que ça a été le plus grand bonheur de sa vie. Le décor. L'organisation de Daniel Caux. La douceur de la soirée, l'été. Et puis l'enthousiasme du public... Pour la première fois il se sentait porté par la foule, reconnu comme un artiste. La fondation Maeght, mince, c'était bien le top, question art contemporain ! Ces soirs-là, la musique a coulé de lui comme un ruisseau... Dans *Music is the healing force of the universe*... il y a un moment, comme ça, de grâce absolue. La tendresse avec laquelle il enveloppe les phrases chantées par Mary, sa compagne...

Mais c'est parfois très dur, de redescendre des sommets ! Toute cette merde, de nouveau à son retour. Le mépris. Impulse qui ne voulait pas reconduire le contrat. Don interné. Les récriminations de sa mère. Cette idée qui lui trottait dans la tête, qu'on le suivait pour le buter... Il ne supportait plus rien. Il avait des visions, qu'il disait. Tu sais, ce truc qu'il a écrit dans *The Cricket*, mes frères et mes sœurs, j'ai eu une vision, ouvrez vos cœurs à mes paroles, une saucisse volante m'est apparue qui descendait du ciel, en lançant des rayons colorés, et l'ange Gabriel sonnait de la trompette, cinq minutes, j'ai compté, montre en main, et Jésus, sur un disque volant, brandissait une épée, mes frères, il n'y a pas d'autre planète que celle-ci, et puis tous ses trucs sur Zion Hill, le temps venu de la Révélation... J'ai jamais été très sûr qu'il avait vraiment écrit tout ce texte, parce qu'il y a dedans une phrase...

... Elijah Muhammad is the true Prophet... qui

chez lui est impensable, mais, bon, il avait un peu pété les plombs, ça, c'est sûr… J'ai eu l'impression qu'après son retour de France, tous les fils qui le retenaient ici-bas ont commencé à se briser les uns après les autres…

— Toujours rien ? Mais c'est dingue ! Mary, elle va pas tenir le coup longtemps. Les frères cherchent partout. Hôpitaux, hôtels, clandes, boîtes, restos, tout. Merde, il ferait pas ça pour une gonzesse ?

— Ben, c'était plutôt le chaud lapin dans le temps…

— Un petit coup, comme ça, j'dis pas, mais quinze jours ! Et puis, merde, avec Mary, ça collait bien. Ils travaillaient ensemble un morceau, le jour avant…

— La mafia ? Les pieds dans le ciment ?

— Tu déconnes ! Don était un petit poisson. Et puis on s'est renseigné. Ils n'avaient rien avec Al…

A man is like a tree
Comes a change of the season
He dies and he's born
Again
A man is like a tree
Never cut his growth
Give him a chance to be…

— C'est les flics, je te dis. Ces foutus salopards d'enculés d'Irlandais de flics ! Ils ont dû le tabasser. Et puis quand ils ont vu qui c'était, ils l'ont abattu, ils l'ont buté, pour pas avoir d'emmerdes. Ou bien ils l'ont tué direct, juste pour voir comment ça fait un Nègre qui crève à petit feu…

— LeRoi Jones dit que non. Que c'est le FBI. Un plan pour liquider la culture black, en Amérique. Ouaip, mon frère. Et Elijah Muhammad dit pareil.

— Hein ?

— Fais le compte : Jimi Hendrix, Malcolm X, Eric Dolphy, Martin Luther King, John Coltrane. C'est pas une preuve, ça ? Et maintenant Albert. On va tous y passer ! Les gars du comité de Newark, ils disent qu'il faut tirer dans le tas. Sinon, demain c'est notre tour !

— Putain, s'ils l'ont tué JE SORS DANS LA RUE ET JE LES BUTE TOUS ! Merde… quinze jours !

Oh this land is a desert
And we dwell in this land
We separate, we join, and we separate again
In this land we are one great big band
Passing through the night

— Hey, vos gueules, les mecs ! Baissez-la un peu, on s'entend plus !

— C'était *Desert Blood*, enregistré au Plaza Sound Studio par Albert Ayler, Bobby Few, Stafford James…

— Ayler ! Qu'est-ce qui leur prend, de passer de l'Albert Ayler ? Ou bien alors c'est que ça y est, ils l'ont complètement récupéré ces en…

— Vos gueules ! Joe, monte le son, nom de Dieu, ils sont en train de dire quelque chose !

— «… LE CORPS REPÊCHÉ LE 25 NOVEMBRE DANS L'EAST RIVER, BROOKLYN, À HAUTEUR DE CONGRESS STREET, A ÉTÉ IDENTIFIÉ COMME CELUI D'ALBERT AYLER, FIGURE BIEN CONNUE DE LA SCÈNE MUSICALE NEW-YORKAISE, LA POLICE A CONCLU À LA THÈSE DE L'ACCIDENT : AUCUNE AUTOPISIE N'A ÉTÉ JUGÉE NÉCESSAIRE, ÂGÉ DE 34 ANS, ALBERT AYLER, DONT LES PRISES DE POSITION… »

— Pas d'autopsie ! Et ils vont nous faire avaler ça ?

« MARY PARKS SA COMPAGNE ET LE MUSICIEN CALCOBBS ONT FORMELLEMENT IDENTIFIÉ LE CORPS D'ALBERT AYLER, REPÊCHÉ LE 25 NOVEMBRE DANS L'EAST RIVER, ALBERT AYLER… »

— Bon sang… T'as entendu ça, petit ? Ils ont fini par l'avoir…

— Qui ça « ils » papa ?

— Tu te rends compte ? Il n'aurait pas pu faire de mal à une mouche. Et il ne demandait rien : juste pouvoir continuer à jouer. Et ajouter un peu de beauté au monde. Et… Ils l'ont eu. Trente-quatre ans ! Tout juste l'âge de Charlie Parker…

— Papa ! C'est qui, « ils » ?

— Oh… Qu'est-ce que ça peut foutre ? Ils – ce merdier de monde. Le système. La loi du fric. La chasse au Nègre. Ceux qui sortent un flingue, quand ils voient un artiste. Et puis tous les artistes qui savent qu'ils n'en sont pas. Et puis nous, quand on ne sait plus écouter… La saloperie du monde, tu vois. C'est toute la saloperie du monde, qui aura eu sa peau. Bon Dieu, crois-moi, on ne lui aura pas fait de cadeau, à celui-là…

— C'est lui qui jouait tout à l'heure ?

— N'oublie jamais ça, petit… Parce que ce gars-là, il tutoyait les anges.

PS : tout ceci n'est que fiction, évidemment. Mais Don Ayler est bien allé au Pôle Nord en quête d'un engagement. Sunny Murray a bien cru être traqué par des hommes liquides, vers Bremerhaven, et c'est Albert Ayler qui m'a raconté ce soir où Miles le kidnappa. Quant au drame familial des derniers mois, il a été confirmé à Mike Hammes, en 1983, par Mary elle-même…

Les textes cités sont extraits de Music is the healing force of the universe. New Generation. Thank God for women *(inédit, chanté a cappella le 24 juillet 70 pendant une interview accordée à Kiyosi Koyama)* Oh ! Love of life. A man is like a tree, *et* Desert Blood.

Et ça continue,

C'est en voyant Jon Jackson sortir son saxo et m'en jouer un morceau sur la véranda de sa maison de Corvallis (Montana) que j'ai eu l'idée de lui parler des *Treize morts d'Albert Ayler*.

Le lendemain je recevais le texte que Jon avait écrit dans la nuit. «Fais-en ce que tu veux, m'a-t-il dit. J'aime tellement Ayler que je n'ai pas pu résister au plaisir d'ajouter mon solo à l'album…»

Le texte a bien entendu sa place dans l'album et c'est comme ça que les treize morts sont devenues quatorze.

(À suivre…)

P.R.

JON A. JACKSON

Sur le Pont

TRADUIT DE L'AMÉRICAIN
PAR DANIEL LEMOINE

Il a grandi dans le Michigan et à Detroit et vit maintenant dans les Rocheuses du Montana.

C'est un fan de jazz, un pêcheur à la mouche, et un observateur d'oiseaux, il est aussi l'auteur de plusieurs romans dont *Au cochon aveugle* et *Grootka* parus en Série Noire.

J'ai vu l'homme, debout tout près du bord du trottoir. Je fixais mon anche. J'ai dit : Fais gaffe, mon vieux. Il m'a souri, c'est tout. Un mec blanc, plutôt jeune, mais une épave. Peut-être bien qu'il était saoul. C'était pas mes oignons.

Atlantide – retiens longtemps ton musicien à la dérive.

Je regarde autour de moi. Personne. Je fais : Qu'est-ce qui se passe ?

Il se contente de sourire et je secoue la tête. Saoul. Il me dérange. J'ai mes problèmes. Faut que je trouve mon air. Mais, dans ma tête, j'entends : *Platon dit : La musique est la connaissance de ce qui a trait à l'amour dans l'harmonie et le système.*

Je peux traduire ça en musique, je crois. Faut simplement me dire ce que tu entends par harmonie et par système. Puis je m'aperçois que je n'ai pas pensé cette phrase de Platon. C'est ce type qui l'a dite, forcément. Je tourne la tête et je le regarde. Un sourire idiot d'ivrogne, c'est tout. Je dis : Comment tu t'appelles ?

Heart, il répond. Je suis pas sûr qu'il a dit le

reste, mais je peux jurer qu'il a prononcé ce mot. Une minute plus tard, je regarde, et c'est comme s'il n'avait pas existé. Ça ne m'a pas troublé. C'est seulement plus tard que j'ai réfléchi à sa présence.

Je viens souvent sur ce pont et c'est le mê-ême, homme. Je regarde et j'écoute. Je lève la tête et je vois les câbles. Ils montent et montent, oscillent, se confondent avec le ciel, et ça me donne le vertige, et je me cramponne à l'un d'entre eux, pour ne pas tomber de ce pont qui tourbillonne. Puis je regarde en bas, tout en bas, au-delà des voitures, et je vois l'eau brune, mon ombre noire dessus, mon bras tendu, perpendiculaire au câble. Parfois, quelque chose roule dans l'eau brune et j'ai l'impression de voir un bras décrire un arc de cercle ; la main m'adresse un signe et le bras disparaît. Peut-être.

Je suis debout sur le trottoir. Il n'y a pratiquement jamais personne, ici, sauf Heart maintenant, et je fais pas attention à lui. Je sors le saxo et j'attends, j'écoute, après avoir glissé la anche dans ma bouche, pour l'assouplir – les anches en plastique ne conviennent pas à ce genre de travail ; c'est une La Voz extradure.

Je tends l'oreille dans l'espoir d'entendre Sunny. Pas Murray, Rollins. Je veux entendre ce que Sonny entendait, ce qu'il jouait quand il venait sur ce pont. Il cherchait quelque chose, lui aussi. C'était ce qu'il disait. Il y a presque exactement dix ans. Égaré mais, après, il a retrouvé son chemin. Je pourrais demander à Sunny, mais il a joué et joué cette musique, j'ai entendu cette musique et je l'entends, maintenant, lui, qui la joue. Pour moi, ça ne ressemble pas à ce qu'il a dû jouer sur le pont, mais je me trompe peut-être. Je me dis qu'il y a peut-être eu un instant où c'était comme ce qu'il jouait sur le pont, mais ça n'a pas duré. Je connais ce genre de truc.

Et, maintenant, je vois que ce Heart est le Fantôme. Et c'est logique, parce que le Fantôme n'a pas toujours le même aspect. Ce n'est pas la première fois que je vois le Fantôme, ici, sur le pont. La première fois, quand le Fantôme m'est apparu, je voyais tout et j'entendais tout ; c'était exactement le contraire de ce qui se passe maintenant. Bon, je ne voyais pas forcément tout parfaitement, au début, mais plus j'étais attentif, mieux je voyais. C'était de plus en plus net.

Comme le jour où le Fantôme m'est apparu, j'étais… voyez, maintenant, le voilà qui s'en va, qui s'estompe ! Dès qu'on y réfléchit trop directement, les choses se troublent, refusent de venir. C'est la règle. Mais si on réfléchit vraiment, si on travaille, on parvient parfois à les faire revenir. Travaille, cerveau. Travaille, bon sang. Je vous en prie, Seigneur, faites que ma tête travaille.

Voilà, merci Seigneur. Ouais, c'était à l'étranger… C'était à Amsterdam. Je suivais une de ces allées – mais ce n'est peut-être pas comme ça qu'on les appelle – que borde un petit canal, où des bateaux sont amarrés, où il y a des arbres et des petits mecs asiatiques qui arrivent du Riistafel en courant, et alors le Fantôme m'est apparu. La première fois, il ressemblait à mon père. Il avait son saxo, son vieux Conn ténor. Il portait un chapeau très chic, un *Louis the Hatter* à bord étroit, et j'ai l'impression qu'il avait… ouais, des chaussures voyantes. Des chaussures à rabat, marron et blanc. Vous voyez, c'est de plus en plus net. Merci, Jésus.

Mais, sur le pont, ce n'est pas mon père, c'est ce mec, Heart. Mais c'est le mê-ême – Quoi ? Parfum, halo lumineux, ton ? Bon, ça regarde le Fantôme. Je sors ma anche et je la palpe. Elle est prête. Je la place sur le bec, je serre la ligature. Je fais toujours deux ou trois essais – bip-bip – avant d'emmancher le bec sur le tampon. Et, pendant tout ce temps, je songe à mon père, qui venait à ma rencontre dans cette allée, à Amsterdam, je songe qu'il a levé son saxo, comme je fais, et que nous avons joué, joué exactement la même chose. C'est extraordinaire ! Comment se fait-il qu'il connaisse cet air ? Il n'a jamais entendu cet air.

C'était la première fois que je l'entendais. C'est celui que Cherry appelle : *Anthem.*

Et j'ai l'impression, maintenant, que c'est sur un pont que m'est apparu le fantôme-Père, que j'appellerai Fantôme parce que ce n'était pas mon père, voyez-vous, parce que mon père est toujours en vie et qu'on peut parier qu'il ne jouait pas *Anthem*, là-bas, aux States.

Et c'était à Stockholm, alors, à la sortie de la ville, dans le parc, où un petit pont franchit un canal, à moins que ça ne soit une rivière, mais c'est pratiquement à sec et ça ne ressemble pas vraiment à un cours d'eau ; je jouais et une femme s'est dirigée vers moi – je suppose que c'était Mary – elle portait une robe bleue et elle ne disait rien, puis elle a ouvert la bouche et elle a chanté cette chanson, pas de paroles, seulement la mélodie mais, oh, quelle mélodie ! La beauté à l'état pur. Je l'ai jouée sur l'instrument. Ou bien, en fait, elle s'est jouée d'elle-même. Et j'ai songé : Oh, mon vieux, c'est ça !

Mais ce n'était pas ça. Pas exactement. Presque, tout de même. Mais, chaque fois que j'ai essayé de la jouer à nouveau, je n'arrivais pas à la capturer complètement, même quand j'allais sur ce pont. Mais c'était presque ça. Et j'ai joué cet air pendant un bon moment et je l'ai appelé *Holy Spirit*. Mais je n'ai jamais revu le fantôme de Mary, même si j'ai rencontré la vraie Mary, plus tard, évidemment.

J'ai entendu Coleman Hawkins dire : « J'entends l'air, mais je ne peux pas le jouer. » Je hoche la tête : Ouais, mon gars, je sais ce que c'est.

Heart approche, à présent, et c'est incontestablement un fantôme, parce que les câbles passent à travers ses bras, ses mains d'acier, et que ses yeux sont bleu nuit, abîmes au fond desquels un simple point lumineux scintille, comme le reflet de la lumière sur l'eau... Et il me fixe, la bouche ouverte, et j'ai l'impression d'entendre :

Oh Solution de tout, – Anémone –
Maintenant, tandis que tes pétales consument les soleils, retiens...

Mais il ne le dit pas vraiment. Les mots sont comme à la dérive. Et la règle est : si je joue l'air, une partie quelconque de l'air, l'homme ne peut pas entrer en moi. Mais il faut jouer fort. Fort ! Il peut venir tout près, si près que j'entendrai presque son murmure. Il sort de l'ombre du tablier et s'estompe dans la violente lumière des phares, sa bouche s'ouvre tout grand et les mots partent à la dérive :

Ainsi, vers ta présence éternelle, au-delà du temps,
Tels les traits sanglants d'une étoile magnétique
D'où s'écoule l'infini – cordes enchanteresses,
Phalanges sidérales – je bondis et converge...

Ouais. Je peux traduire ça en musique. J'ignore totalement ce que ça signifie, mais je le joue. Ça fait penser à Jésus. Ça se joue de soi-même, ça jaillit de l'instrument. J'ai joué et joué, et puis je me suis aperçu qu'il pleuvait et que j'avais froid, que j'étais sur ce pont depuis je ne sais combien de temps et que l'aube était une fissure indistincte dans le ciel de Brooklyn, et je songe... eh bien, je songe que je suis simplement resté là longtemps, sans jouer, à regarder, tout bêtement. Mais l'air tournait dans ma tête. Et j'ai songé : cet air sera prêt quand j'en aurai besoin.

Alors, j'ai rangé l'instrument dans son étui et je suis rentré chez moi. Le jour se levait quand je suis arrivé et Mary était dans tous ses états, faisait les cent pas : « Où étais-je passé », « Savais-je ce qu'elle avait enduré », « Tu me feras mourir », « Je ne peux pas continuer ainsi », « Et s'il t'était arrivé quelque chose », « Qu'est-il arrivé », « Avec qui étais-je », et, finalement, je n'ai pas pu m'empêcher de dire : chut. Et puis j'ai plongé dans un rêve.

Je ne me souviens jamais de ces rêves.

Et, un autre soir, je suis encore en train de marcher. Comme un putain de représentant de commerce, sa valise d'échantillons à la main. Dans cette valise, j'ai mes marchandises. Des airs. Et je cherche. J'ai marché longtemps, je suis pratiquement sûr de ça. The Hawk dit qu'il entend un air et qu'il ne peut pas le jouer. C'est comme ça. Ça devient comme ça. C'est The Hawk qui dit ça, pas n'importe quel musico minable. J'entends l'air, mais je ne peux pas le jouer. Mais d'où sort-il ?

Et, évidemment, me voilà sur le pont, le pont de Sunny. Ça doit être le vent dans les câbles – *Un air, un pont de feu* ! Je lève la tête et ça me coupe le souffle. L'air est aussi pur que le chant d'un oiseau et, soudain, j'entends à nouveau Eric. Eric est l'oiseau qui chante dans les ramifications des câbles du pont. Il a toujours dit qu'il jouait le chant des oiseaux.

Ma anche est prête. Je sors le saxo et je joue. J'entends Eric, comme le jour où je suis arrivé à Hilversum et où le type, dans le poste de contrôle, m'a montré du doigt, et où ils ont dit qu'Eric était passé quelques semaines avant, que c'était presque pareil, d'après eux, que c'était formidable, et, ouais, je l'ai entendu jouer, comme un oiseau, et je suis entré dans son jeu, je lui ai donné la réplique, comme on fait, vous savez. Mais avec des variations, heh-heh.

Quand on joue comme ça, on a l'impression de savoir. Pendant deux ou trois minutes. Et puis on se dit : ça serait meilleur si je changeais de mode pendant quelques mesures... Ouais, maintenant que j'ai entendu ceci, je peux jouer cela... j'ai envie d'entendre cet accord, ce ton... de tenir ce ton pendant quatre temps. Et je regrette de ne pas avoir

Peacock et son archet qui prend la tangente, comme un homme maigre qui marche dans la rue et balance les bras, et la rythmique de Murray, et Don, qui rit tout le temps et qui réplique, qui donne la réplique…

Et puis je l'ai perdu. Je savais qu'il était à portée. J'entendais presque l'air. Je connaissais l'air, mais je ne pouvais pas mettre le doigt dessus, comme un homme qui cherche ses chaussures dans le noir, qui sait qu'il doit rentrer chez lui et qui ne veut pas la réveiller.

Mais, de toute façon, elle se réveille toujours, pas vrai ? Même si elle ne dit pas toujours quelque chose, elle vous regarde partir, les paupières à demi closes.

Et Heart est près de moi, à présent, et je baisse la tête. Le fleuve est tout en bas, très loin, et c'est le noir total, hormis le reflet d'une lumière, de temps en temps, et une sirène mugit, quelque part, et un hélicoptère file vers Brooklyn dans un grondement haché.

O toi, savoir d'acier dont la portée crée
Les lieux changeants du retour du rossignol…

Oh, Jésus, ne me laisse pas tomber.

Oh, Seigneur, je sais que vous avez marché sur les eaux. Je sais que Vous m'attendez. Je sais que je suis de plus en plus mauvais. Chaque jour, je suis plus usé et il y a un trou de plus dans mon âme.

Soutenez-moi, Seigneur ! Prenez-moi dans Vos bras. Soulevez-moi, Seigneur. Soulevez ces malheureux pieds. Ces pieds qui ont pris racine dans le goudron souillé.

Je suis de plus en plus léger. Mais je ne peux pas marcher sur l'eau. Jésus, je ne suis pas l'homme que je devrais être.

Coltrane dit : *Tu entendras chanter les petits oiseaux*. C'était sa voix, la voix au sourire inné.

J'entends Eric, aussi. Ma gorge palpite et j'ai eu l'air sur les lèvres.

Et ce fut la deuxième fois que je me réveillai sur ce pont. Cet amour m'emplissait de joie.

Et puis, passant devant une ruelle, j'ai vu le chii-ffon-nier. Mon sang s'est glacé. J'étais terrifié, comme à Cleveland, quand j'étais enfant. Il avait un vieux chariot et un cheval poussiéreux qui portait des œillères, et les lettres étaient si passées, sur son vieux chariot déglingué, que c'était à peine si on pouvait lire : CHIFFONNIER. Il s'engage dans notre rue, souffle dans sa petite corne en fer-blanc et, de sa vieille voix faible, il crie : Chii-ffon-nier ! Chii-ffon-nier !

Et mon frère pleure et je suis terrifié, moi aussi, mais je fais comme si je ne l'étais pas et je le taquine, je dis : le gaar-çon-nier arrive. Chut, il ne te prendra pas s'il ne sait pas que tu es là. Il t'entendra, si tu pleures. Et Moma dit : cesse de raconter des bêtises. Il ramasse les saletés, c'est tout. Mais, ensuite, on l'a vu derrière le funérarium, qui attendait. Mon frère m'a regardé et nos cœurs se sont mis à battre comme les caisses de Sunny. Le chiffonnier ramassait aussi les âmes.

Quand je l'ai vu dans la ruelle, à Harlem, j'ai compris que les règles avaient changé. Le chii-ffon-nier n'avait rien à faire là. Sa présence ne pouvait s'expliquer que d'une façon. Il venait me prendre. D'après la nouvelle règle, l'immobilité ne servait à rien, il savait que j'étais là. D'après la nouvelle règle, il pouvait venir tout près de moi et jouer ne pouvait plus l'empêcher d'approcher.

Il fallait que je joue l'air, et il fallait que je donne toute la puissance, que je joue aussi fort que Gabriel à la Fin, mais il fallait aussi que je sois d'une précision extrême. Telle était la règle, je le voyais bien. Lorsqu'on joue un air exactement, l'air est fini.

Cette fois, je lui ai échappé. Son vieux cheval mort ne pouvait pas me suivre, pas si je jouais vite. Mais j'ai compris alors que je ne pouvais pas rentrer chez moi, parce que le chii-ffon-nier savait où était la porte. Ils seraient devant la porte, le chii-ffon-nier et son cheval, et ils me suivraient.

Alors j'ai dit au revoir à Mary, intérieurement, et je suis allé sur le pont.

Il y a un endroit, au-dessus du trottoir, où on peut se tenir debout et c'est un endroit où il est agréable de jouer, même si le pont se balance sous l'effet du vent et qu'il faut se tenir, ce qui est difficile quand on joue. Et je me suis mis à jouer une des vieilles chansons de Moma, *Deep River.*

Mais, bientôt, j'ai vu le chii-ffon-nier, sur son chariot qui avançait en grinçant, et j'ai regardé de l'autre côté, de l'autre côté du pont, et le Fantôme approchait et j'ai joué à m'en faire éclater la tête… Atlantide, Atlantide, retiens longtemps ton musicien à la dérive.

Et quelqu'un m'a soufflé à l'oreille : Tu joues comme un oiseau... vole comme un oiseau.

Je me suis retourné et c'était Coltrane. John, c'est toi ? Je me suis tourné à nouveau et le chiiffon-nier avait sorti sa vieille trompe tordue, l'avait glissée dans sa bouche édentée. Il a respiré profondément.

John, c'est toi ? Est-ce que c'est Eric qui est avec toi ?

Coltrane a souri et, rassuré, j'ai ri. Il m'a pris la main droite et Eric a pris la gauche. J'étais d'une légèreté extrême. Je m'allège. Nous nous sommes élancés au-dessus du fleuve. Le soleil se levait et la dernière chose que j'ai vue, c'est mon saxo, qui tournoyait et tournoyait dans le soleil du matin, et puis qui a plongé dans les vagues d'eau brune.

Cet ouvrage a été composé
par Infoprint.
Reproduit et achevé d'imprimer sur Roto-Page
par l'Imprimerie Floch à Mayenne
le 28 octobre 1996.
Dépôt légal : octobre 1996.
Numéro d'imprimeur : 40411.

ISBN 2-07-049643-0 / Imprimé en France.

77855